长篇报告文学

王占鳌

吴望星　著

中共茂名市电白区委
茂名市电白区人民政府　编

SPM
南方传媒　广东人民出版社
·广州·

图书在版编目（CIP）数据

王占鳌 / 中共茂名市电白区委，茂名市电白区人民政府编；吴望星著 .
—广州：广东人民出版社，2022.6

ISBN 978-7-218-15759-7

Ⅰ.①王… Ⅱ.①中… ②茂… ③吴… Ⅲ.①报告文学－中国－当代
Ⅳ.① I25

中国版本图书馆 CIP 数据核字（2022）第 065790 号

WANG ZHAN AO
王占鳌

中共茂名市电白区委　茂名市电白区人民政府　编

吴望星　著

出　版　人：肖风华

出版统筹：卢雪华

责任编辑：伍茗欣

装帧设计：文六宇汇 广州六宇文化传播有限公司
Guangzhou Liuyu Culture Communication Co., Ltd.

责任技编：吴彦斌　周星奎

出版发行：广东人民出版社

地　　址：广州市越秀区大沙头四马路 10 号（邮政编码：510102）

电　　话：（020）85716809（总编室）

传　　真：（020）85716872

网　　址：http://www.gdpph.com

印　　刷：广州市豪威彩色印务有限公司

开　　本：787mm×1092mm　1/16

印　　张：22　　插　页：8　　字　数：260 千

版　　次：2022 年 6 月第 1 版

印　　次：2022 年 6 月第 1 次印刷

定　　价：65.00 元

杨鳌老书记是我们共产党员学习的榜样，永远是我们电白党员干部及广大人民群众心中的丰碑。以杨鳌同志一书出版发行，让更多人民群众以重温那一段令人热血沸腾的岁月，也让我们汲取杨鳌同志的精神力量，凝聚电白人民力量，努力打造湛茂阳地区行政第一县区。请区委组织部、区级党校干部认真研学，见贤思齐。

刘×
2022.5.27

中共茂名市电白区委书记谭剑锋的批示

黄沙水库于 1958 年 6 月动工,至 1960 年 6 月 20 日胜利竣工。图为县委书记王占鳌(左)参加竣工剪彩仪式

王占鳌

王
占
鳌

　　1959 年 12 月至 1960 年 6 月，县委书记王占鳌带领 3 万多民工建设罗坑水库。图为热火朝天的建设场面

县委书记王占鳌带领全县干部群众在沙滩上开展植树造林

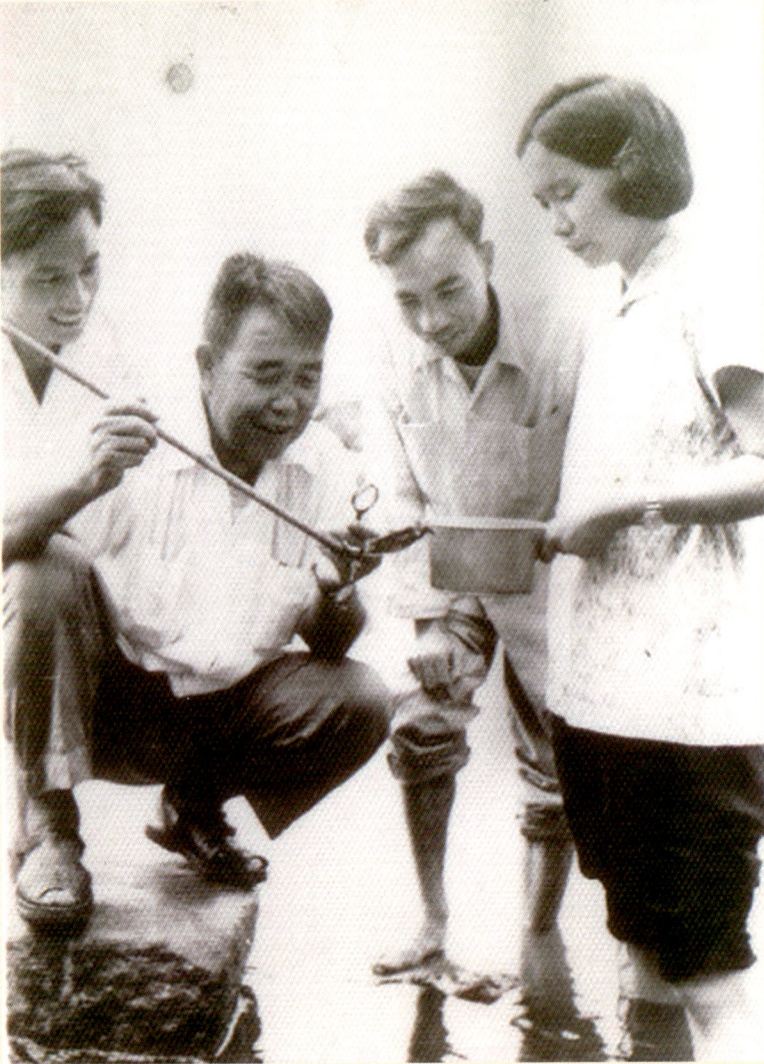

县委书记王占鳌（左一）与水东镇副镇长吴瑞兰（右一）
及相关科研人员在水塘里检查水质情况

县委书记王占鳌（左二）带领林业科研人员视察电白沿海林带

　　2021 年 7 月 15 日，曾与电白县委书记王占鳌共事多年的茂名市政协原主席吴兆奇（中）与王占鳌二女儿王改英（左）及本书作者吴望星（右）合影

2021 年 7 月 16 日，中共茂名市电白区委书记谭剑锋（左）亲切会见原电白县委书记王占鳌二女儿王改英（右），并就本书进行交流

弘扬王占鳌精神，全面推进乡村振兴战略。图为中共茂名市电白区委书记谭剑锋（前中）于 2021 年 12 月率队到乡镇调研人居环境整治工作

　　弘扬王占鳌精神，着力解决水东主城区交通道路"老大难"问题。为加快城区 13 条"半截路"建成通车，电白区委书记谭剑锋（中）带领有关部门领导到现场办公，督促工程建设进度

王占鳌

以王占鳌名字命名的电白占鳌水厂

　　2021 年，茂名市电白区全力推进乡村振兴建设。图为坡心镇红色村庄高圳车村

当年由王占鳌带领电白人民建起的东湖（上图）、西湖（下图），
后几经改造，已成为美丽的公园

编委会

　　他是一位传奇人物。身上有许多令人羡慕的光环：一位打遍晋中无敌手的武林高手，一位声名远播的抗日模范，一位年纪最大的南下干部，一位"焦裕禄式的优秀县委书记"，还是一位受"文革"牵连惨遭批斗的所谓"走资派"。但是，无论光阴如何流逝、岁月多么蹉跎，他的一生却是战斗的一生、光辉的一生、伟大的一生，是一位值得广大党员干部学习的好榜样！

　　斯人已逝，风范长存！笔者用真实的故事撰写了这部长篇报告文学，把它献给电白人民衷心爱戴、永远缅怀的好书记王占鳌，献给伟大的中国共产党！

——作者题记

为什么我把南海之滨电白当作我的第二故乡？

为什么我希望死后葬在罗坑水库的山岗上？

为什么我每次面对电白眼里总饱含泪水？

为什么我对电白一直有着深深的眷恋？

因为我对电白这一片热土爱得深沉！

——王占鳌

序　言

谭剑锋

王占鳌同志是新中国成立以来为数不多的一位"焦裕禄式"县委书记。他在电白担任县委书记的十三年间，电白县由名不见经传的赤贫县，一跃成为闻名全国的"五好县"，周恩来总理亲笔签发国务院奖状授予电白，这是何等崇高的荣誉！

王占鳌同志离开电白五十多个年头，且逝世三十多年，但他的音容笑貌，他高大的身影和足迹，依然留存在电白这片广袤的热土上。

1952年8月，作为南下干部的王占鳌，从山西老家武乡县，来到广东西部的电白县担任县委书记，这位从战争硝烟中走过来的革命干部，依然保持着吃苦耐劳、艰苦奋斗的共产党员本色，保持着革命优良传统和务实求真的工作作风。后人给王占鳌同志的评价是：一位"一干三为"县委书记。即：

他干事——深入群众，亲力亲为，兢兢业业，事必躬亲；

他为官——大公无私，廉洁勤政，一身正气，两袖清风；

他为政——爱民如子，呵护百姓，忠诚担当，任劳任怨；

他为人——光明磊落，坦荡如砥，心胸广阔，高风亮节。

也许这"一干三为"还不够全面，我以为，老书记王占鳌同志给后人留下的精神财富，才是无价的、永恒的和取之不尽的。

七十年前的电白一穷二白，山区穷山恶水，沿海风沙蔽日。当王占鳌同志踏上这片贫瘠的土地时，交给他的不仅是任务，而且是一场"战役"。他率领全县人民，自力更生，艰苦奋斗，用十三年打了五场漂亮仗，一举拿下了广东省生产好、水利好、绿化好、交通好、卫生好的"五好县"殊荣和"全国绿化先进县""全国治沙先进县""全国卫生标兵"等荣誉。其中，"五好县"的殊荣轰动全国，引来国内外各界人士前来电白参观、学习、取经。

邓小平视察电白时给予王占鳌高度评价，说他留给电白人民一笔宝贵的精神财富。时任中共中央中南局第一书记兼广东省委第一书记陶铸称赞王占鳌同志"为电白人民作出重大贡献"，还说，电白人民应该给他建一座"占鳌碑"。斯人已逝，精神永存。如今的电白大地上，有近百公里长的"绿色长城"——沿海防护林带，罗坑、黄沙等五大水库，共青河等四大人工渠，鸡打港等三大海堤和水东东湖、西湖等，这些都是王占鳌同志在任期间，率领全县人民创造的人间奇迹。

历史不会忘记，电白人民更不会忘记老书记王占鳌同志，他的精神风貌、工作作风影响着一代代电白人，无论是八九十岁长者，还是年轻一代，说起老书记王占鳌同志，都由衷地爱戴和自豪。走过半个多世纪的电白，不同往昔，各行各业都有了飞跃性的发展。尤其是近些年，电白"滨海绿城"优势更是凸显，经济发展、环境治理、脱贫攻坚、社会治安、向海而兴、拓展沿海经济带，形势一片大好，电白与时俱进迎来了大发展的春天。这既是时代赋予的使命和机遇，更是"王占鳌精神"发扬光大、全区人民共同努力所取得的丰硕成果。

纵观王占鳌同志的一生，我认为他真正符合习近平总书记所描述的"为民服务孺子牛、创新发展拓荒牛、艰苦奋斗老黄牛"的"三牛"精神。他的一生是战斗的一生、光辉的一生、伟大的一生，他是电白人民心中永恒的丰碑。作为电白第24任县（区）委书记，我面对老书记的伟大功绩，感到诚惶诚恐，压力很大，生怕干得不好会辜负九泉之下老书记的期待和当今200万电白人民的期望。但我决心变压力为动力，以老书记的行为准则作为我的学习榜样，不负重托、兢兢业业、艰苦奋斗，切实履行"一把手"的工作职责，为把电白建成更加美丽的现代化滨海城市贡献自己的一份力量。

今天，由电白区委组织部、区委宣传部和区党史地志办牵头，区党史地志办副主任吴望星同志主笔，历经两年多时间创作完成、图文并茂的长篇报告文学《王占鳌》一书即将面世了，我看了全书的各个章节和书中许多珍贵的历史照片，感到深深震撼，这是一本弘扬正气的好书！它的出版发行，对我们继续讲好"占鳌故事"、弘扬"占鳌精神"和正在开展的党史学习教育都具有深远的历史意义和现实意义。

习近平总书记的讲话掷地有声："江山就是人民，人民就是江山。""历史是最好的教科书。""不忘本来才能开辟未来，善于继承才能更好创新。"让我们牢牢把握党的历史发展的主题和主线，紧密团结在以习近平同志为核心的党中央周围，高举习近平新时代中国特色社会主义思想伟大旗帜，树牢"四个意识"，坚定"四个自信"，做到"两个维护"，不忘初心、牢记使命，全心全意为人民服务。要以老书记王占鳌同志为榜样，传承发扬"三牛"精神，以接续奋斗的昂扬姿态，勇于担当，砥砺奋进，深入学习贯彻党的十九大和十九届历次全会精神，以新时代新担当新作为，励精图治谋发展，心无旁骛抓落实，奋力当好建设产业实力雄厚的现代化滨海城市、打造沿海经济带上新增长极的主力军，为建设宜居宜业宜游的山海好心之城和平安有序的新电白而努力奋斗！

是为序。

（作者现任中共茂名市电白区委书记）

目录

引 子

"粤西多雷电，由此有电白。"

"电白"二字自带强大的气场，毫不拖泥带水；"电白"二字特殊别致，引人无限探幽。东南一隅，海角天涯，何以得来这样有筋骨的名字？追索开去，两个传说便跃然而出。

一说，电白初建定址时，其后山为宝山。在宝山的悬崖峭壁上有一岩洞，名为"龙湫岩"，放眼望去，深不可测。每每投石至岩中，立即雷电交加，白光闪烁，因而便将这里定名为"电白"。

二说，从电白至雷州半岛，地处粤西南，土地干旱，一年四季都有雷电，尤以夏季为甚，"电白"这一称谓便由此而来。

斗转星移，岁月沧桑。几千年来，这块土地上的人们经历过电闪雷鸣，经历过帝王将相，经历过移山填海，经历过血火刀枪。

日历翻到了 2017 年 7 月 1 日。这一天的电白犹如雨后青山，不见雷电的踪影，不见海潮的翻卷，只有一颗硕大的太阳当空高悬。丰饶的盛夏让电白主城区西湖公园里的占鳌广场绿荫馥郁，犹如镶珠嵌翠。广场上鲜花盛开的金色花篮，熙来攘往的人群，洋溢着节日的气氛。

这一天是中国共产党成立 96 周年纪念日。96 年光阴荏苒，这块古老而又神奇的土地在时光中迎来了天翻地覆的变化。

这一天也是电白老书记王占鳌铜像揭幕仪式的庆典日。电白当年在他 13 年呕心沥血的领导下，旧貌换了新颜。

▲ 2017 年 7 月 1 日，电白区隆重举行王占鳌铜像落成仪式

　　天地间这沐风栉雨的一隅，被这场隆重的仪式加持了祥和的光芒。此时，众多期待的目光正聚拢在一尊铜塑像上。

　　铜像总高 3.3 米，前宽 2.2 米，侧宽 1.3 米，是一个肩搭草帽、手握锄头的壮年男人。他神态质朴，站姿从容，带着劳动归来的风尘仆仆，栩栩如生地矗立在人们面前。面对这倍感亲切的铜像，人们的目光里投射出无限的赞叹和钦敬。

　　这些赞叹和钦敬属于化身为这座铜塑像的前县委书记王占鳌。是他，将自己半生的心血奉献给了电白这块土地；是他，用自己无私奉献的精神让自己化身为一尊铜像，永远地感动着、激励着这块土地上的后来人。

　　老书记王占鳌究竟为这里的人民留下了什么？为何数十年之后还能得到当地人如此敬重和殷殷缅怀？矗立着铜塑像的占鳌广场日光铺地，湛蓝的晴空微风轻拂。在这不疾不徐的微风中，关于老书记王占鳌的往事，也缓缓飘出人们的记忆，如丝如缕——

　　1904 年 9 月 17 日清晨，山西太行山麓蟠龙镇小活庄，一座矮趴趴的小窑洞里，一声响亮的啼哭，为穷困的王兴德一家添上了一丝生气。这个新来的男婴紧攥双拳，紧闭双眼，用无所顾忌的哭声宣告着自己来到了人间。

按照族谱的排序，这个小生命属于"成"字辈，父亲王兴德为他起了一个名字，叫王兰成。这个王兰成，就是我们要讲述的主人公——王占鳌。

从王兰成到王占鳌，那是一段长达34年的人生之路，是一个男儿早熟、坚强、刚毅、光荣的前半生。

因家中生活所迫，兰成13岁就开始在地主家打短工，15岁当长工时跟人学得一身好武艺，17岁就在师父的调教下成了拳房（武馆）的拳师，26岁成了当地著名的武打拳师、教头，28岁武艺精湛的他成了党的地下交通员，29岁加入中国共产党，33岁担任抗日游击队小队长、中队长，成了著名的抗日英雄。一次灵机一动的请求，让他由王兰成改名为王占鳌。

那是1937年11月，组织上派王兰成到八路军一二九师抗日军政学校学习。带队的"名扬游击队"政委杜炘根据学校要求让全体学员重新补填入党志愿书。早就对自己这个名字不满意的王兰成，灵机一动，就请杜政委帮他改个响亮的名字。杜炘想了想，这个王兰成在工作、训练、打仗上样样都争第一，样样都独占鳌头，于是大手一拍："干脆你叫'王占鳌'吧！"王兰成兴奋得一下子跳了起来，"好哇，好哇，我喜欢。今后我就要样样争先，独占鳌头。"

从此，军中少了个王兰成，多了个王占鳌。

新名字仿佛给他注入了新的活力，在工作、训练、战斗中，他表现得更为出色，正如他的名字一样，屡屡独占鳌头。他先后获得朱德总司令通令嘉奖的"抗日模范"锦旗，还被徐向前部授予"为国为民"匾额和武乡群众赠予的"为民服务"金匾。解放战争时期，他历任山西省武乡县第五区（树辛）区委书记、第一区（洪水）区委书记、第二区（蟠龙）区委书记，后又调到寿阳县任第三区区委书记，寿阳县委组织部副部长，寿阳县委常委、组织部部长。在战火中成长为一名坚定的共产主义战士和党的好干部。

新中国成立初期，南方正值土地改革，干部缺口很大。组织决定，从北方抽调部分干部南下，充实当地力量。在动员大会上，因年龄偏大，本来不在动员范围内的王占鳌坐不住了：谁说岁数大就不行，困难面前共产党员就要冲在前边。就这样，48岁的王占鳌被批准南下，成为南下干部中岁数最大的一位。

1952年8月，从未走出过山西的王占鳌夫妇，匆忙地告别了亲人，告别了两个年幼的女儿，告别战斗了33年的黄土大地，跨越大半个中国，南下广东，来到电白。

"电白无电、水东无水。""山上无树，岸边无林。""身上烂衣裤，番薯半年粮。"刚刚解放的电白，不但面临着土改、剿匪等严酷的政治斗争，还面临着环境恶劣、人民生活非常困苦的局面。在黄土地上长大的王占鳌连大海都没看见过，一下子掉进了一年四季酷暑、终日挥汗如雨的南国，身体的不适应也毫不客气地显现了出来。

白天头昏脑涨，晚上睡不着觉。怎么办？请求回去，还是坚持下来？考验摆在了他的面前。王占鳌就是王占鳌，再大的困难他能顶住，再大的压力也压不倒共产党员。

他很快就让自己适应了南国的天气，一头扎进带领全县干部群众改变环境的艰苦奋斗中。在他的带领下，13年间，电白先后建成旱平、黄沙、河角、热水、罗坑等五大水库；罗黄、共青河、河角、热水等四大水渠；鸡打港、水东、青湖等三大堤围；县城西湖、东湖两大公园；完成中小型水利建设工程2478宗。把博贺、南海防护林带打造成闻名全国的"绿色长城"；摘掉了电白缺粮县的帽子；把县城水东镇建设成为闻名全国的卫生先进单位。

1958年，国务院授予电白县"全国农业社会主义建设先进单位"荣誉称号。

1963年2月17日，《人民日报》第二版刊登通讯《造林改变了电白县经济面貌》，该文详细介绍了电白人民在王占鳌的带领下植树造林发展经济的经验。

1963年6月5日，《南方日报》头版头条刊发《生产好、水利好、绿化好、交通好、卫生好——电白人民发愤图强使山河改观穷县变富》的长篇通讯。电白县被时任中共中央中南局第一书记、广东省委第一书记陶铸赞誉为"全省真正的'五好县'"。

1964年9月1日，水电部召开黄河中游水土保持工作会议，特邀已上调广州市农委工作的电白县委原书记王占鳌参会，王占鳌在会上介绍了电白兴修水利的经验。

1965年3月11日，《人民日报》刊发消息《电白坚持绿化全县改造自然摘掉了贫穷帽子》和长篇通讯《电白变成了"电绿"》，并在头版配发《学习电白、绿化家乡、绿化祖国》的长篇社论。

一时间，苏联、越南、阿尔巴尼亚等60多个国家的专家学者，广西、陕西、江西、山东、浙江、青海、河南、宁夏等多个省份的参观人员，纷纷组团到电白学习取经。前前后后共有100多批，上万人次络绎不绝、纷至沓来，学习电白人民改天换地的雄心壮志，学习电白人民战胜困难的奋斗精神。

沧海横流，方显英雄本色。十三年的时长，在自然界的进程中完全可以忽略不计；十三年的时长，在人类历史上也同样微乎其微。但十三年的时长，在电白的历史上却是天翻地覆。十三年的时间，电白的山变了；十三年的时间，电白的水变了；十三年的时间，电白的一切都变了。这发生巨变的一切都与老书记王占鳌息息相关。因而，陶铸同志高度评价王占鳌"为电白人民作出重大贡献"。

电白的青山记住了他，电白的绿水记住了他，电白的老百姓更记住了他。当年和他接触过的乡亲们，每每说到他，一定是：那个身挎一只军用破挎包、头戴一顶旧草帽、脚踏一辆破自行车，没黑没白地跑遍全县的黑老头，就是我们的县委书记王占鳌！

人过留名，雁过留声。"敬爱的王占鳌老书记，共和国不会忘记您！电白人民不会忘记您！电白的山山水水更不会忘记您！"

2017年7月1日，在老书记王占鳌铜塑像揭幕仪式上，茂名市委常委、电白区委书记、水东湾新城党工委书记陈小锋满含深情地说："回顾党史，重温誓言，我们豪情满怀；缅怀先烈，继承遗志，我们永不懈怠。今天，我们建设占鳌广场，给老书记王占鳌同志立像，就是为了更好地缅怀他、纪念他，让他的精神在电白大地发扬光大，激励和鼓舞全区各级党组织和广大党员坚定信念、对党忠诚，履职尽责、奋发有为，艰苦创业、锐意创新，加快推进各项工作在新的起点上再创新的辉煌，让全区人民过上更加富裕健康、更有保障发展的美好生活。"

政声人去后，民意闲谈中。转瞬间王占鳌老书记已经离开电白50多年，转瞬间王占鳌老书记已经离开人世30多年，可在电白上下的民意闲谈中，称颂最多的是他，怀念最多的也是他。如果要想寻找为什么？答案只有一个：那就是他已经在电白人民的心中矗立起一座不朽的丰碑！

原电白县人大常委会副主任丁镇泰亲笔撰写的五言诗形容得非常好：

王公好书记，实干不喧哗。

莅电十三载，清廉堪可夸。

辛勤俭建设，五好党令嘉。

众口齐声颂，人民好管家。

潺潺银光泻，大地放彩霞。

占鳌仁大坝，笑看绿城花。

▲ 2017年7月1日，在王占鳌铜像落成仪式上，领导和嘉宾合影。左四为茂名市政协原主席吴兆奇，右四为茂名市委常委、电白区委书记、水东湾新城党工委书记陈小锋，左二为电白区委副书记、区长华翠，左三为王占鳌二女儿王改英，左一为茂名市党史地志办主任朱雄文，右一为全额捐资建设占鳌铜像的广州恒鑫地产集团总裁杨振鑫，右二为给占鳌铜像题字的电白籍著名书画家陈光宗，右三为广州美术学院教授、著名雕像家曹崇恩

▲ 2019年国庆70周年前夕，在占鳌广场王占鳌铜像前，电白区委四套班子成员在区委副书记、代区长谭剑锋主持下隆重举行纪念活动，并向王占鳌铜像敬献花篮

如果说天空中每一颗星星是一位英灵所化，那么定有一颗星星为我们的老书记在闪烁；

如果说大海上每一朵浪花为一个雄魂翻卷，那么必有一朵浪花为我们的老书记在呐喊。

让我们循着王占鳌老书记走过的人生轨迹，一点点去搜寻老书记的闪光印记，一步步去追溯老书记的初心与使命的最高境界……

第一章

烈火淬炼真英雄

第一节　武林高手出少年

一、老二降临穷人家

山西，中华民族的发祥地之一，早在尧舜时代，这里的平阳、蒲阪就曾是当时的首都。山西，从古至今就英雄辈出，群星璀璨。春秋五霸之晋文公重耳，开创大唐盛世的唐太宗李世民，开国元帅徐向前等都来自山西。我们要讲的这位"焦裕禄式的好县委书记"王占鳌，也同样来自山西。

在古老的太行山西麓，有一个穷县，名叫武乡县。距县城30公里处，有一个小镇，叫蟠龙镇，别看这个小镇不大，却是著名的革命老区，抗日战争时期，这一带涌现出很多抗日英雄，其中的一个就是王占鳌。

▼ 山西武乡县蟠龙镇砖壁村原八路军总部所在地旧址

抗日战争时期，国民革命军第八路军总部就设在武乡县蟠龙一带。蟠龙砖壁村就是当年八路军总部所在地，也是当年华北抗日根据地的军事、政治、经济中心地带。八路军总指挥朱德总司令曾在此地召开过多次重要会议。震惊中外的"百团大战"，也是由彭德怀副总指挥在这里亲自指挥的。现今，仅蟠龙一地，就有红色革命遗址 64 处之多（著名的抗日电视剧《亮剑》里的战斗故事，就发生在这一带，故这里就是该剧的拍摄地之一）。

在蟠龙这个红色小镇的西北部，有一个海拔 850 米的山旮旯儿，山里有一个几百号人的小村庄，名叫小活庄。几千年来，这里的人民一直过着"足蒸暑土气，背灼炎天光，力尽不知热，但惜夏日长"的贫困生活。庄里的村民，这个山坡一家，那个山坳一家，每家每户都在山坡上挖掘出一小块平地，打窑洞，建房子，砌院墙，营造各自的小日子。

庄里那几百亩零零碎碎的土地分布在周围的山坡上。村民们就指望

▼ 位于武乡县城的八路军太行纪念馆

▲ 武乡县八路军太行纪念馆全景图

这几百亩山地种出的小米、玉米、高粱、大豆、小麦维持生活。由于山多地少，稍稍富裕点的家庭还能养几头牛羊。但这些土地、山地全是地主的财产，佃农要耕山种地，就得向地主租用才行。正是：

穷山恶水小活庄，

岁岁年年最缺粮；

豺狼当道日难过，

卖女卖男哭坏娘。

1904 年 9 月 17 日（农历八月初八日），这是一个再寻常不过的日子。清晨，徐徐升起的太阳叫醒了睡梦中的村民。

老实巴交的庄稼汉王兴德站在自己的小院里，看着仅有的两孔破窑洞，三间破旧房子，正在为一家人的生计发愁，窑洞里突然传出了一阵阵婴儿啼哭声。

"男孩儿？女孩儿？"这是王兴德脑袋里冒出的第一个念头。"唉，男孩儿，女孩儿，都是一条命啊！男孩儿，女孩儿，也是多了一张嘴啊！"这念头只是在他心头一闪，随即还是怀着有点儿期盼又有点儿害怕的心情转身走进了窑洞。新"客人"来了怎么说也要去见个面。

王兴德夫妇结婚 10 年时间里，连生了 7 个孩子，可只有第二个孩子是个男孩。为了再要男孩，夫妇俩已经连续努力了多年，终于在这一天

如愿了。

　　当地习俗，非常重男轻女，就连排顺序男女都是分开的。即男排男、女排女，从大排到小。如头胎是女孩则称大姐，隔了几兄弟再生第二个女孩，则仍称二姐，依此类推；男孩排名则更怪：即使这家前面已连生几个女娃，但一旦生了个男丁，仍称老大。且按族谱规定，女子不得入宗谱，男丁则要按家族辈分早已列好的字起名。

　　轮到主人公这一代，家族辈分轮到了"成"字辈，主人公前边的哥哥起名叫王庆成。这个男丁是老二，老爹王兴德也早已为他准备好了名字，叫王兰成。

▲ 小活庄王兴德一家的老屋

"添丁发财日，金榜题名时。"王兴德又盼来了一个男孩儿，本是件很遂心愿的喜事。可看到满屋子一张张吃饭的嘴，却又有点儿高兴不起来了。家里太穷了，生到第五个孩子的时候，家中就已经吃了上顿没下顿地艰难度日，如今又添了一张吃饭的嘴，往后的日子就更难捱了！

小活庄是个开门见山、出门登山的山旮旯。这里不但行路难，就连吃水，也要下到几里地远的山沟底下去挑。若遇上旱年，水井都干涸了，吃水就是这里最大的难事！

这庄子地处太行山区腹地，周围都是光秃秃的大山，没有平地。耕地都是挂在山岭上一小块一小块的梯田，全都是靠天吃饭。雨水多的年份，就有点收成，干旱的年份，连种子也收不回。

村民年年拜雨神，祈望风调雨顺、五谷丰登。可老天爷经常不为所动，十年九旱，庄稼年年歉收。可这地方一直以来就有一个黑脸黑眼的规矩，不管灾多大、民多穷，就是不减租。丰年还好，总算能对付个温饱，遇到灾年很多人就只能债台高筑，或背井离乡去逃荒。王兴德一家子的生活主要是靠租种地主的土地，属于没有自己田产的雇农，比其他村民的日子更难过。丰年时交上租子后还能维持个半饥半饱，赶上灾年就只能吃糠咽菜了。

刚生完孩子的王母，身体非常虚弱，昏昏沉沉地斜躺在炕上。为了终于到来的这个男孩儿，她已耗尽了全身力气。此时，只能闭目养神，连多看一眼不停啼哭的孩子的力气都没有了。

王兴德则坐在炕沿上，埋着头，默默地抽旱烟。又得了一个男丁的喜悦转瞬即逝，呆滞的目光望着元气大伤的妻子和一群年幼的孩子，心里说不出是什么滋味。

正在王兴德为生活发愁时，孩子们都围了上来。大一点的远远站在一旁，两个小的直接爬到了他的身上。该做早饭了，可家里米缸空空。

他心里颇烦，看着天真无邪的孩子，又不好发作，只好调整一下自己的心情走出家门，硬着头皮去邻居家，想弄点吃的来，填饱这几张嗷嗷待哺的嘴和刚生下孩子的产妇。

走了好几户人家，总算借到了一点小米，王兴德忙回家煲了一大碗小米粥，端给老婆吃了。然后去地里挖了些山芋蛋，再从土坛子里掏出一把黑咸菜，煮熟了，权作一家人的早饭。看着还在啼哭的新生儿，王兴德发出一声长叹："孩子啊，你托生错了，咱家太穷啦！"

那时候的王兴德夫妇，做梦也没有想到，正是这个哭声响亮的王兰成，日后竟为他们王家及整个小活庄带来了无上的荣光！

两年过去了，王兰成顽强地活了下来。而那个年代没有避孕措施，不久，王家又添了一个排行第九的女孩儿；母亲四十八九岁时，居然奇迹般又为王家添了一个男丁。就这样，王母足足为王家生了 10 个孩子，虽应了乡下"十十足足"的好意头，但在那个年代，等待他们的只有生存的艰难和苦涩。

二、放羊被逼揍地主

王兴德一家 10 个孩子，在那个穷山沟里，再怎么节衣缩食，也很难供养得起。夫妇俩无奈，只好让大一点的王庆成到附近煤窑里当挖煤工。之后，又陆续地把王兰成的六个姐姐、一个妹妹一一送给人家当童养媳。这样家里仅剩下老二王兰成、老三王爱成和父母一起艰难度日。

1915 年，正遇春旱，地里的麦苗干死过半，没死的小麦也不抽穗，造成夏季收成极少；上秋时，老天又连下了几场大冰雹，将地里的玉米、谷子打死了许多，这一年的歉收也就成了定局。

这样一来，王兴德根本没有余粮给地主交租了。一天，地主前来逼租，王家自然无粮可交，凶恶的地主狗腿子便把王家仅有的一头羊也给抢走了。羊被抢走那天，王兴德夫妇哭红了眼，他们知道，接下来一家四口只能靠挖野菜艰难度日了。

当时，王兰成已满11周岁，看到狗腿子抢走羊的时候，他攥紧了拳头，几次想冲上去和狗腿子拼命，都被母亲紧紧地拉住了。

家里已经连续多日只吃野菜了，看到走路都打晃的孩子，母亲只得厚着脸皮去邻居家借粮，可灾荒年份穷人家家都没有粮啊！到哪里去借呢？看到瘦骨嶙峋的孩子，母亲心疼地说："娃子，咱家穷，没有饭吃，不如你去给地主家放羊去吧，讨口饭吃，保住小命……"

母亲说到这里，已是声音沙哑，泪水夺眶而出。

小小年纪的王兰成很懂事。他自小就帮母亲拾柴火、挖野菜、放牛羊等。自打哥姐们离家后，他更像一个大人那样，为这个穷困的家庭解愁分忧。他的衣服全是捡大姐、大哥的破旧衣服穿；家里缺粮，吃不饱肚子，他也从不哼一声饿、叫一声苦。

此刻，他用手替母亲抹去泪水，哭着说道："娘，你别哭，我听你的话，我给地主放羊去！"

母亲把小兰成紧紧地搂在怀里，泣不成声……

就这样，11岁的王兰成便在村里的私塾辍了学，到邻村给一家地主放羊去了。

王兰成来到地主家之后，双方商定：由地主家管吃管住，到年底给两斗小米（一斗10升，约33斤）作为工钱。

穷人家的孩子能吃苦。小小年纪的王兰成，白天赶着羊群到周围的山上去放牧，翻山越岭，风吹日晒，霜冻雨淋，忍饥挨饿，全都咬着牙挺了下来。一天要跑几十里山路，晚上，他还要与羊群为伴，睡在羊圈里，防止野兽偷袭。

就这样，日复一日，月复一月，12岁的王兰成和羊群滚在一起，一年时间下来，不但变得又黑又瘦，而且衣服又脏又破，看上去就像个要饭的乞丐。但是，他放的羊却是长得又肥又大。到了年底，王兰成幻想着地主能多给他点工钱，可地主根本就没有那个想法，还是只给了两斗小米打发他回家了。

转眼王兰成在地主家已经放三年羊了，年年羊群都长得膘肥体壮。可他14岁那年，连续多日秋雨绵绵，不到10月，天气就很冷了。因气候不好，不时有成羊患病而死。每死一头羊，地主就把王兰成叫去打骂并罚站一次，有时还不给饭吃。为了生计，王兰成只得咬紧牙关，强忍着地主的斥责、打骂。

进入腊月年关，王兰成盼着地主给足两斗小米的工钱，好拿回家与父母兄弟团圆过年。可当他向地主讨要那两斗小米时，地主却翻了脸。恶狠狠地瞪着他说，这一年你放的羊病死了那么多只，还想要全年的工钱！去领二升小米拿回家去过年吧。

王兰成想：我辛辛苦苦干了一年，又挨打又受骂，如今仅给二升小米就打发了，太不讲理了。就辩解说："羊是因为天气不好才死的，不关我的事，你不能扣我的工钱。"

"扣你的工钱是轻的，还没有叫你赔我的损失呢！"

"你扣了我的小米，我回家没饭吃……我不走了，我就留在你家蹭饭、过年。"王兰成说着，干脆坐了下来。

"你要是赖着不走，我就打死你！"

说完，地主抡起巴掌，啪啪几下把王兰成打倒在地上。

"你不给工钱还打人，我跟你拼了！"倔强的王兰成大声喊叫着，从地上爬起来，抓过一根扁担，朝地主身上劈去！

地主躲闪不及，被打了几下，高声呼叫，"反了…反了！快来人啊！"

王兰成看揍伤了地主，丢下扁担便逃离了。

地主家人听到喊声跑进账房，看到老爷躺在地下，腿上被打肿了好几块，便马上就叫家丁去追捕王兰成。可王兰成早就跑得无影无踪……

之后，地主又多次派人到小活庄去抓王兰成，可一次次都扑空了。

王兰成狠揍地主几扁担之后，害怕被地主抓回去问罪，就一直不敢回家。他在外面东躲西藏了好一段时间，直到觉得风声不那么紧了，才在一天晚上悄悄溜回小活庄的家。

王兰成进了家门，母亲一眼看到面前这个蓬头垢面、骨瘦如柴，犹如乞丐般的野小孩，吃惊地高叫了一声："你是我老二兰成？！"

"娘！"王兰成大叫一声，扑倒在母亲的怀里，母子俩抱成一团，失声痛哭！

三、拳师打擂连夺魁

生活让你知晓人间百味，生活也让你在磨砺中成长起来。

转眼间已到了1919年，王兰成15岁了。为了讨生活，他辗转来到同县的连坪村，开始给一家地主打长工。

连坪村里有一家"拳房"（武馆），拳师人称"大头鬼"，专门执教村里青少年练"国术"（武术）。每天晚上都有很多青少年到拳房习武，甚是热闹。王兰成放工后也站在很远的地方偷看。看到师傅的一招一式很带劲儿，他就想：我要是学好了武功就不怕被那些恶人欺负了。于是，他一边偷看一边比划着，偷偷地学了起来。

王兰成是个有心的人，虽然是偷学，但学得很认真。久而久之，师傅发现了王兰成在外面"偷师学艺"，但并没有干涉他，而是暗中观察他是不是块练武的料。

经过好几晚上的观察，师傅感到这个"偷师学艺"的人竟然比入室弟子还认真，就断定他是块练武的好料，日后必成大器。于是，师傅悄无声息地走到王兰成的身后，拍了拍他的肩膀，问道："伢子，你叫什么名字？"

王兰成收住手脚，嘿嘿一笑作揖："我小姓王名兰成。"

"你为什么要偷偷学国术啊？"师傅有意考考王兰成练武的目的。

王兰成想了想，答道："练国术可以锻炼身体，健身御寒；练好国术，一不怕恶人欺负，二可以除暴安良。"

师傅闻听他的回答如此不同凡响，十分欣喜，便追问："你家住哪个村庄？家里有什么人？生活如何？来连坪村干什么？想不想当我徒弟继续练武？"

王兰成一一回答。

师傅高兴地拍拍王兰成的肩膀，直爽地说："好！我收下你这个小徒弟了！"

王兰成马上拱手拜谢："谢谢师父！"

师傅扶起王兰成，说道："进去同师兄弟们一起练习吧！"

从此，每天放工后，王兰成早早来到拳房与师兄师弟们一起练武到深夜。腿力、臂力、散打、少林功夫……无所不练。

由于王兰成勤学苦练、机智聪慧，有些套路甚至可以做到无师自通，因此进步飞快，武艺大有长进。一个多月后，他的武艺就赶超其他师兄师弟们。在每次对打训练中，师兄弟们都不是他的对手了。

王兰成的刻苦精神和出色表现，令师傅十分满意和喜欢。从此，更是对他偏爱有加。师傅开始每晚亲自与王兰成对练，指点迷津，毫无保留地将自己的一身绝学传授给他。不仅如此，师傅还经常带王兰成到各个庙会、武馆、村庄进行武术表演、打擂台。让王兰成进一步开阔眼界，提高武艺，增强胆识，锻炼意志。

三年后，师傅应邀到别的地方设武馆去了，年仅 17 岁的王兰成就成了该村拳房的拳师（教头）了。就这样，他一直在连坪村任职拳师近十个年头，彼时的他，已是威震武乡的武术高手了。

1931 年 2 月，年仅 26 岁的王兰成因武艺高强，被洪水镇保卫团聘请为教头，执教武术。

同年 12 月 23 日，洪水镇举行盛大比武活动。报名参加比武者有附近武林高手几十人，王兰成作为当地闻名的武林高手，自然是参赛者之一。

当天，擂台周围人山人海，锣鼓喧天，喝彩声此起彼伏，不绝于耳。

参加比武的几十名武林高手从上午比到下午，最后，王兰成独占鳌头，夺得锦标。

擂台上，徒弟们兴高采烈，不断抬起王兰成抛向空中，欢庆胜利！

大比武的夺魁，使王兰成在武乡名声大噪。1932 年的一天，在蟠龙当拳师的王兰成接到某保卫团一名拳师的挑战。这名拳师是慕名而来，指名道姓要约王教头一决高下。

王兰成爽快地接受了挑战，准时赴会。

战幕拉开，双方你来我往，龙腾虎跃，拳打脚踢，左冲右刺。几十个回合下来，双方不分胜负。又战了几十个回合，王兰成是越打越猛，对手却渐渐地体力不支，只有招架之功，没有还手之力。

王兰成看到对手阵脚已乱，便一鼓作气快速连击，终将挑战者击倒在地！

顿时，众徒弟和观众们大声欢呼："噢嗬！胜利了！胜利了！王师傅无敌！王师傅第一！"

锣鼓声、鞭炮声、欢呼声、喝彩声……响彻云霄。

通过几次高手间的对决，王兰成已在当地名声大震，所向无敌，许多拳房纷纷邀请他去任教头，他遂成为远近闻名的一代拳师。在练拳、教拳、比武的同时，王兰成又结识了众多武林人士和各界朋友，同他们相互切磋、共同进步，这为他日后参加革命武装斗争和抗日斗顽敌打下了坚实的基础。

第二节 投身革命意志坚

一、"五抗"运动试身手

压迫和反抗，构成了人类几千年的历史。有的人习惯了在压迫下的逆来顺受，直至油尽灯枯；有的人却让自己血脉中那反抗的基因迸发出有力的呐喊，这正是人类进化的重要一环。

1932年10月，山西武乡籍中共党员李逸三，在参加广州起义失败后，回到家乡武乡县继续开展革命活动。他在一批知识分子的帮助下，创办了《武乡周报》，每月出版三四期，专门传播革命思想，揭露和批判封建地主阶级的反动统治。

以李逸三为书记的中共武乡县委，秘密成立武乡县抗债团，并部署全县各地党组织发展抗债团员，领导广大农民群众，开展以抗债、抗租、抗粮、抗税、抗丁的"五抗"运动。

李逸三书记身边有个好帮手名叫魏名扬，是武乡县枣烟村人，穷人出身，也曾到处拜师学艺，是当地有名的拳师。魏名扬在李逸三的带动和影响下，加入了革命队伍，光荣入党并成为革命骨干。

王兰成早就听说魏名扬的大名，在一次比武活动中，俩人有了接触。相互认识后，大有相见恨晚之感。后来，他们经常一起切磋武艺，畅谈理想，久而久之，俩人便成了一对很要好的朋友。不久，王兰成就在魏名扬的指引下参加了革命，成为一名地下交通员。

自从当了地下交通员，魏名扬便经常给王兰成讲革命道理和共产党的正确主张。那时，共产党员都是保密的，魏名扬出于保密需要，并没有向王兰成表明自己是一名共产党员。王兰成猜测魏名扬应该就是"地下党"，心里非常敬佩他，有事也乐意和他交流。开展"五抗"运动以后，他们又一起组织抗债团，与反动地主阶级作坚决的斗争。

在魏名扬的引导下，王兰成等人在武乡县东部地区，采取"桃园结义""办拳房练武"等方式，发展了200多名抗债团员。他们在民间社团的掩护下，与反动地主阶级开展公开、秘密、软磨、硬抗等多种形式的革命斗争。

王兰成在推进抗债团发展期间，走遍了其家乡小活庄附近大大小小的村庄，结识了许多朋友。其中结交最深的要数高家庄的高志贤。

高家庄地处武乡县城不远的一座高山山坳上，庄里的人都姓高。因这里穷山恶水，村民吃水要到数公里外的山下去挑，十分不便，所以人口不多。

高志贤在高家庄口碑不错。他有点文化，继承了祖传中医医术，是村里的一名郎中，为当地百姓诊病，写写东西，深受村民拥戴，后来当上抗日村长。

高志贤十分赞成发展抗债团，对王兰成的工作也十分支持，两人在工作中惺惺相惜，配合默契，成了称兄道弟的好朋友。

1933年腊月，一天晚上，王兰成带领抗债团的成员参加全县张贴标语传单活动。他们在一条贯穿全县100多公里的大道两旁贴满了各种宣传标语：

"抗债、抗租、抗粮、抗税、抗丁！"

"坚决支持'五抗'运动！"

"年头坏，不交租，不还债！"

"共产党来了，地主寿命长不了！"

"穷人团结紧，打死地主不顶命！"

"穷人没衣穿，没饭吃，没钱还债！"

......

第二天，乡亲们看到这些标语传单，议论纷纷，奔走相告。王兰成趁机对乡亲们说："我们穷人多，团结起来力量大。对地主催租逼债大家不要怕，我们要采取软磨硬抗的手段对付他们。"

有的中小地主看到标语传单，早被吓得心惊胆战、魂不附体。说共产党真的来了，要变天了，再不能像过去那样对农民苦苦相逼了，搞不好要摊上横事的。但一些大地主恶霸，自恃有家丁护院、势力强大，始终没把抗债团放在眼里，照常催租逼债。特别是当地有一个人称"活阎王"的恶霸地主，气焰十分嚣张。他到处扬言："穷小子们不交租还债，就一个个抓去坐牢！"

▲ 抗债团与恶霸地主作斗争

可抗债团人多势众，个个不畏强暴，决定给这个顽抗到底的恶霸地主一点颜色看看。

一天，恶霸地主"活阎王"又带领一帮狗腿子出门催租逼债。他们一行人正行走在路上，就被王兰成带领的抗债团成员团团围住了。

"天灾人祸，民不聊生，民众保命已是不易，你还敢带人出来催租逼债？！"王兰成质问"活阎王"。

"我们不出来收租收债喝西北风吗？""活阎王"一脸不屑反驳。

"你目无百姓，去死吧！"王兰成一声令下，一群练武之人冲上来对"活阎王"一顿乱棍痛打，"活阎王"被当场打得皮开肉绽！被一众狗腿子拼死救回府后，不久就见真阎王去了。"活阎王"死后，虽然当地政府也想追究相关人的责任，但因法不责众，此事也就不了了之。

"活阎王"的死，给了当地恶霸地主一个活生生的教训，从此再也不敢向佃农催租逼债了。佃农们有了抗债团壮胆子，纷纷拒不交租还债。这一年，武乡抗租抗税率高达 70% 以上，抗债团取得初步胜利。

抗债团的行为被武乡县反动派视为洪水猛兽，决定对其进行残酷镇压。他们派人逮捕了中共武乡县委领导，发通告禁止抗债团活动。

在白色恐怖下，为了更加隐蔽地进行对敌斗争，中共武乡县委决定将抗债团改为国术团，以教武术、赶庙会为掩护，进行隐蔽的"五抗"斗争。

王兰成和魏名扬等"五抗"骨干，则继续走东村串西村，在武乡东部 20 多个村庄组织国术团，团员人数多达数百人。

国术团员在村庄、窝铺、庙会开展活动，明里是教拳练武，锻炼身体，暗地里则是集会，宣传"五抗"运动和恶霸地主作斗争。他们成群结队，且人人手中握有大刀、长矛，使得地主、反动派闻风丧胆。

武乡县有个恶霸大地主姓赵名太和，一贯作恶多端。一次赵太和借举办庙会活动趁机敛财。国术团员得悉情况后出动数百人前来搅局。他们先是放开肚子吃光了赵太和的饭菜，然后砸烂了所有台凳碗筷，庙会现场一片狼藉。赵太和见势不妙，偷偷地溜走了。

当时，武乡县地主官僚在各城镇开办了官盐店，垄断食盐专卖权。偏僻的农村没有官盐店，群众买盐很不方便。同时，官盐店经常随意提高食盐价格，掠夺农民的钱财。于是，国术团员动员群众不买官盐，转买小贩从太谷、榆次挑来沿村叫卖的私盐。地主官僚发现这一情况后，立即差人前来追查、罚款、抓人。

一天，在武乡县东部偏僻的农村，地主官僚派遣几个爪牙前来捉拿买卖私盐的群众。王兰成知道后，立即带领手执大刀、长矛等武术器械的国术团员，把那几个前来抓人的爪牙围起来论理。

王兰成质问带头的人："你们为什么来抓人？"

带头的人说："他们买卖私盐，犯法。"

"犯法？"王兰成说，"官府垄断食盐专卖权，随便提高食盐价格，欺诈百姓，犯不犯法？！"

"官僚地主不顾百姓死活，残酷地压迫剥削百姓犯不犯法？！"

"你们狗仗人势，到处扣货、罚款、抓人，犯不犯法？！"

带头的人说："我们是奉命行事。"

王兰成哼了一声，说："今天，你们胆敢跑到我们这穷乡僻壤来抓人，睁开你们的狗眼，看看我们手中的家伙同不同意？！"

国术团员挥动着手中的武术器械，大声呼喊："揍他们！揍他们！！"

在武乡县周围，没有人不知道王拳师的厉害，要是谁吃上他一铁拳，不死也得脱几层皮！带头的人看着眼前的阵势，早就吓得魂飞魄散，脸色苍白。

"你们还不快滚！"王兰成大声吼道。

"再不滚蛋，小心狗命！"众人应声呼喊。

那几个爪牙见势不妙，如丧家之犬，夹着尾巴，灰溜溜地走了。

王兰成和国术团员看着他们逃走的狼狈相，哈哈大笑起来。

武乡县的"五抗"运动，由于有党的领导，又有一大批觉悟的农民佃户积极参与，取得了巨大的成功，也达到了预期目的。而王兰成通过运动的锻炼，革命的决心更加坚定了，完全具备了入党的条件。

二、光荣入党志更坚

时间如淬炼万物的熔炉，固然出炉过一堆堆的废渣，但也练就了一块块真金。经过一年多"五抗"运动的淬炼，王兰成已经从人生苦涩走向意志坚定。老朋友魏名扬看在眼里、记在心上，对王兰成的表现也十分欣赏，认为他符合了加入共产党的标准，会为今后革命事业作出更大的贡献。

王兰成本人也对加入党组织十分向往。一天，他神神秘秘地问魏名扬："魏大哥，您到底是不是共产党员？能不能也介绍我加入共产党？"

"你说我像共产党员吗？"魏名扬故弄玄虚反问道。

"像，像！"王兰成认真地点头肯定。

"为什么？"魏名扬追问一句。

王兰成想了想，说道："你说的与做的都和共产党的主张一模一样，都是为了咱们穷人，所以我才这样认为的。"

魏名扬听了很满意。他看得出，自己要培养的这个发展对象进步很快。他严肃地对王兰成说："参加共产党，为穷人闹革命，随时都有被国民党反动派抓去坐牢甚至杀头丢性命的危险，你怕不怕？"

王兰成毫不犹豫地说："为穷人闹革命，坐牢、杀头我都不怕！"

"好样的！"魏名扬赞许地拍了拍王兰成的肩头。

这年年底，经魏名扬的推荐，经过党组织考验，认为王兰成已经具备了加入中国共产党的条件，决定吸纳他为中国共产党党员。

在小活庄王兰成的家里，魏名扬严肃地对 29 岁的王兰成说："党组织已批准了你加入中国共产党的请求。宣誓后，你就是党的一员了。从今以后，你要积极参加组织生活，缴纳党费，完成党交给你的任务，保守党的秘密，永不叛党，为共产主义奋斗到底。"

王兰成紧紧握住魏名扬的双手，心情无比激动，好半天才说出一句话："我一定听党的话，好好干。"入党后，王兰成更加勇往直前地投入到革命斗争中。

长时间在一起工作，他和魏名扬既是志同道合的同志，又如亲密无间的兄弟，两个人终日形影不离，干什么都在一起。虽然王兰成的年纪

▲入党宣誓

比魏名扬大三岁，但他却一直尊称对方为魏大哥。

到抗日战争全面爆发的 1937 年时，王兰成已经入党四年多了。这四年多时间里，不管什么工作，不管有多大的困难，只要是组织上派给他的任务，他都能保证完成；危险面前他从不退缩，样样都抢在前边，很好地起到了党员先锋模范作用。

第三节 抗日模范大英雄

一、改新名抗日立功

古老的神州大地狼烟四起，古老的民族饱受凌辱。1937 年 7 月 7 日，日本帝国主义发动了卢沟桥事变，中国人民抗日战争的序幕全面拉开。

不久，山西武乡县各级抗日群众团体和抗日武装都纷纷建立起来。

1937 年 10 月上旬，魏名扬与王兰成等党员骨干，在武乡大有镇泰山庙组织有十几人参加的抗日游击队。同月下旬，共产党员杜炘带领一批人到泰山庙与魏名扬会合，组建"名扬游击队"，队员有 30 多人。魏名扬任大队长，杜炘任政委，王兰成任小队长。

其间，王兰成带领他手下的游击小队，采取夜袭、奇袭、偷袭、突袭等办法，经常到敌占区去打击日伪军。凡被他们盯上的敌人，几乎是难以活命的。以致当地的日伪军，凡听到王兰成游击队的名字，无不闻风丧胆、唯恐躲之不及。

▲ 抗日名将左权将军在十字岭殉难的地方

很快，王兰成就被提拔为"名扬游击队"的中队长。手下的队员多了，取得的战果就更大了，成了当地著名的抗日英雄。

同年11月底，王兰成受党组织派遣，在"名扬游击队"政委杜炘的带领下，前往辽县（因抗日名将左权牺牲在此地，后更名为左权县）大营盘八路军一二九师抗日军政学校学习。

八路军一二九师可不是一般的抗日部队。那可是中国国民革命军第八路军三大主力师之一，师长刘伯承，政委张浩（1938年1月由邓小平接任），副师长徐向前，政治部主任宋任穷。这些人后来都是共和国赫赫的将帅！

一天，政委杜炘告诉王兰成："党组织要你补填入党志愿书，参加学员开学典礼和新的入党宣誓仪式。"

王兰成接过表一看，头都大了：自己只读过两年的私塾，文化低，上战场杀敌人容易，填表嘛，就勉为其难了。他满脸通红，硬着头皮来到了杜政委面前。

"杜政委，您帮我填吧！"王兰成恳求道。

杜政委知道王兰成的底细，便爽快地答应了。

见杜政委那么爽快就答应了，王兰成很是高兴，就得寸进尺，提出了新的要求。

"杜政委，帮我改个新名字吧？"

"为啥想改名字啊？"杜政委问他。

"这个名字中间带个兰字，女里女气的。"

杜政委一听，也觉得在理。这个人长得五大三粗，中间夹个"兰"字实在不合适。而且这个人在工作、训练、打仗上，样样都要争第一，每每独占鳌头，于是他大手一挥："干脆就改名'王占鳌'，行吗？"

"行！"王兰成高兴得像个孩子一样地手舞足蹈。他知道，这个杜政委可不简单。参加革命前就是个帅书生，读了不少书，是队里最有学问的人。

杜炘三两下就将入党志愿书填写好了。在表中现姓名和曾用名两栏分别写上："王占鳌""王兰成"。

就这样，王兰成改名为王占鳌的事，很快就在抗日军政学校传开了。同学们都说：这名字改得好，够霸气！

第二天，在学员开学典礼上，王占鳌和一批党员列队肃立，面向党旗，举起紧握拳头的右手，庄严宣誓——

服从党的领导，执行党的决议，保守党的秘密，放手发动群众，广泛宣传群众，组织地方武装，坚持抗战到底，打败日本帝国主义，建立新中国。

此时的王占鳌已是有近5年党龄的老党员了，自然明白誓词的意义。他与其他参加宣誓的学员都暗暗发誓：坚贞不渝地信守入党誓言！

此后，在抗日军政学校学习期间，王占鳌与大家一起如饥似渴地努力学习新知识、新本领、新技能。

王占鳌是拳师，对军事科目一学就会；对政治课也感到很新鲜，聚精会神地听，也大多能明白其意。

经过学习，王占鳌和全体学员开阔了视野、增长了知识，充满了抗日必胜的信心。

一个月后，经过考核，王占鳌和其他学员全部合格。

1938年1月底，培训学习顺利结束。王占鳌回到武乡县，不久就被提任为游击队大队长。

其时，日军部署了一个所谓"九路围攻"的战略，妄图将我抗日武装围歼。得知日军施展毒计前夕，王占鳌急急抽空赶到高家庄去探望了老朋友高志贤。此时的高志贤对日军侵略中国恨之入骨，他也在村中组织了一支抗日队伍。当高志贤听到好朋友已经升任游击队大队长，正准备带领他的抗日大队及其他地方武装投入反击日军"九路围攻"的战斗时，内心既兴奋又激动。于是高村长主动请缨，要带领庄里的抗日队伍与王占鳌他们一起并肩作战。王占鳌听了十分高兴。"好。"两双大手当即就紧紧地握在了一起。

第二天，高志贤带领的抗日队伍与王占鳌的抗日大队会合，组成了一支 500 多人的地方武装，配合主力部队进行反"围剿"战斗。这支地方武装在反击"九路围攻"的战斗中表现出色，特别是 4 月 16 日的"长乐伏击战"一战中战功显赫，大队长王占鳌在庆功会上被八路军朱德总司令通令嘉奖，成为太行山区著名的"抗日模范"！

1938 年 4 月 4 日，日军纠集 3 万兵力，分博爱、邯郸、邢台、石家庄、阳泉、榆次、太谷、沁县、长治等九路向晋东南地区分进合击，妄图把八路军压缩到辽县、榆社、武乡地区，一举歼灭。这就是当时日军所谓的"九路围攻"战略。

面对日军的"九路围攻"，八路军总部沉着应对。其时，八路军总部驻地就在武乡县马牧、义门一带。朱德总司令和彭德怀副总司令立即作出周密部署：分出一部分兵力牵制数路进攻之敌，集中主力部队围歼其一路；组织八路军、游击队、自卫队协同作战，大打人民战争；堵截敌人找到吃喝之物，军民一律实行空室清野、坚壁清野的战略。

武乡县男女老少全都动员起来了，组织起了游击队、自卫队、担架队……大队长王占鳌也带领他手下的游击大队 500 多人积极参战。

日军进入武乡县根据地后，屡遭八路军、游击队、自卫队的袭击和骚扰，饥渴疲惫，惶恐不安，急于找八路军主力决战，但又找不到。于是，惨无人道的日寇，一面放火焚烧武乡县城，一面杀害那些未来得及转移的无辜群众。整个县城大街小巷横尸遍地，血流成河。

4 月 16 日上午，武乡县城方向腾起一股烟尘，几声炮响，日军第一一七联队 3000 多人，仗着装备精良，杀气腾腾地向长乐碾压而来，妄图将八路军主力一口吃掉。但日军做梦也没有想到，他们已钻进了朱德总司令和彭德怀副总司令精心设置的伏击"口袋"里。

长乐位于武乡浊漳河上游的峡谷里，南面石山陡峭，北边梯田层层，敌人南进的蟠（龙）武（乡）公路就蜿蜒在浊漳河北岸的山脚下。此地两边高、中间低，是打伏击战的最佳地形。彭德怀副总司令亲自上阵察看了长乐的地形地势，与朱德总司令共同研究布下了这个"口袋阵"，就等待敌人上钩了。

日军在一名大佐的亲自指挥下，一边走一边开枪进行火力侦察，趾高气扬，不可一世。

此时，八路军一二九师师长刘伯承、政委邓小平、副师长徐向前指挥一二九师两个团、一一五师一个团等主力部队和由王占鳌带领的武乡县游击大队、自卫队等地方武装力量，做好了充分的战斗准备。他们计划将这支来势汹汹的日军截为数段，一举围歼。

王占鳌带领他的队员埋伏在半山腰的壕沟上。他不失时机地在作战前动员："同志们，我们要服从指挥，协同八路军全歼这股鬼子，为武乡县城的乡亲们报仇雪恨，杀鬼子个片甲不留！"

16 日 9 时许，日军进入了埋伏圈。八路军指挥员一声令下："打！"

两边山上的八路军、游击队、自卫队一齐开火。顿时，枪声骤起，炮声隆隆，硝烟弥漫。在公路上行进的日军，遭到突然伏击，晕头转向，抱头鼠窜，纷纷倒下。等日军指挥官清醒过来后，他一面命令迫击炮和重机枪火力还击，一面组织部队向两边山上进攻。抗日军民则以更密集火力阻击敌人反扑。一排排炮弹把浊漳河水击起数丈高的白色水柱，一批批蹚河猛扑的日军像塌崖头一样倒在激流中和公路上。

敌人受到重创。抗日军民犹如排山倒海，从山坡、崖头、谷口冲下大道，跳入敌群之中近身肉搏，大刀向鬼子们的头上砍去！特别是王占

▲ 长乐伏击战场面

鳌手上的那把长大刀，一路如入无人之境，杀得敌人鬼哭狼嚎、血肉横飞、尸横遍野……

这次战斗，整整激战了 14 个小时，抗日军民共歼日军 2200 余人，缴获步枪 500 余支，轻重机枪 30 多挺，迫击炮及其他辎重一大批。长乐滩上横七竖八躺满了敌人的尸体，武器辎重堆积得像一座座小山。

长乐伏击战的胜利，彻底粉碎了日军"九路围攻"的阴谋。

▲ 战利品

4 月 20 日，八路军总部在武乡县驻寨上村召开粉碎日军"九路围攻"祝捷大会。王占鳌率武乡县游击大队参战有功，在颁奖会上受到朱德总司令通令嘉奖，并授予他"抗日模范"

▲ "抗日模范"锦旗（局部）

锦旗一面。

王占鳌把这面"抗日模范"锦旗挂在大队队部里，天天面对锦旗，心里那股高兴劲儿就甭提了。

日军受到打击后就开始疯狂地报复，除了继续不断地"扫荡"，还经常下乡来抓"花姑娘"。被抓去的女人，除了被禽兽般的日寇凌辱，还有些被送到大本营去充当"慰安妇"。

高家庄高志贤的大女儿，取名高水珍，当年15岁，是附近有名的美少女。

1941年的一天，有人给高家庄抗日村长高志贤报信说，日寇准备到高家庄来抓"花姑娘"。高村长立马通知村里几户有十多岁姑娘的人家，赶紧把自家的女儿安顿好。高村长的长女高水珍之前参加了村里的妇女识字班，她爱憎分明，对日寇恨之入骨，若被日寇抓去了那还了得？一家人急得像热锅上的蚂蚁团团转。正当全家人为如何帮助高水珍逃过此劫而犯愁时，王占鳌执行任务路过高家庄，得知此事后，便急匆匆地来到高家，对好朋友高志贤说："老高，你别犯愁，让水珍侄女跟我走好了，到我的队伍上躲过此难。"

高志贤知道王占鳌是靠得住的人，把姑娘交给他，一百个放心。他毫不犹豫地叫高水珍跟王占鳌走了。他也放下了自己一块心病，安心留在村里带领村民抗日。

二、斗顽固派获大胜

通往光明的路总是布满荆棘。1938年，抗日战争进入到第八个年头。

此时的武乡县，在共产党和八路军的直接领导下，抗日气氛特别高涨。但是，各级政权仍主要掌握在国民党顽固派手中，县、区、村各级干部都是由国民党政府任命，这些区、村干部消极抗日，破坏团结和国共合作，对抗日大局十分不利。

这年年初，中共武乡县委针对这些问题，曾发出指示："对消极抗日，破坏团结，行为恶劣，民愤极大的村长，要动员群众与之作斗争，向县政府控告和请愿，要求撤换，直至把他们赶跑……"

恰在此时，蟠龙镇树辛村就出了事。

原来，蟠龙镇树辛村的村长陈汉杰就是一名国民党党员，是个地地道道的顽固派分子。自担任村长以来，陈汉杰不但消极抗日，还经常挪用、贪污抗日经费，当地群众意见很大，强烈要求共产党方面能及早派员前来撤换整顿。

于是，武乡县党组织顺应民意，决定派"抗日模范"王占鳌前往树辛村任村队副，并立即着手调查整治，以平民愤。

10月，王占鳌刚刚到职，当地群众就纷纷前来向他投诉：

"村长陈汉杰是个坏村长。"

"国民党员陈汉杰是个顽固派分子。"

"陈汉杰在省政府有靠山，无人管得了。"

"陈汉杰贪污抗日经费400多两白银。"

……

王占鳌没有听信群众的一面之词，而是立即深入开展认真细致的调查。结果事实与群众反映的完全一致，确认陈汉杰就是个坏村长，与汉奸卖国贼的行为无异。

心中有数的王占鳌第二天就去找村长陈汉杰，当面质问他："群众反映你贪污违法，你承认不承认？"

"没有这回事！"陈汉杰矢口否认。

"那你敢对群众公开收支账目吗？"王占鳌问。

"凭啥要向那些人公布账目？"陈汉杰坚决地说。

双方的第一次交锋就这样不欢而散。

王占鳌知道碰到了硬茬，不给对方点颜色是无法有结果的。无奈之下，他只得选择向陈汉杰采取强硬措施。

第二天，王占鳌带着几个村队员来到村公所，与陈汉杰展开了第二次交锋："今天，我们几个人来查查你的账目，……"

话还没有说完，陈汉杰鼻子里哼了一声："你们算个什么东西？敢来查我的账？谁派你们来的？！"

"人民群众！"王占鳌高声回怼。

"你们没有这个权利！"陈汉杰有恃无恐。

"有！"王占鳌理直气壮地说，"现在是全民抗战，人民群众有权利监督抗日经费开支。"

"我就是不给查！"陈汉杰毫不退让。

几个村队员见陈汉杰要赖了，纷纷说：

"不给查就是贪污！"

"我们一起到县政府评理去！"

几个队员一哄而上，扭住陈汉杰就往外拉。

陈汉杰一边挣扎，一边高声叫嚷："我不去！我不去！"

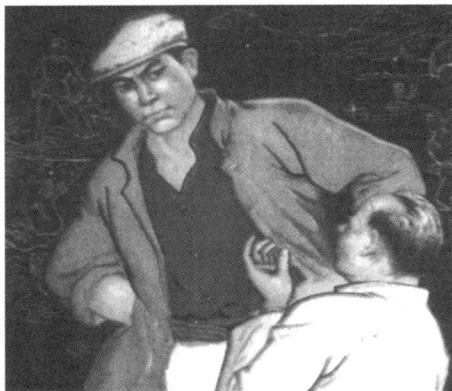

▲ 勇斗坏村长

陈汉杰气得七窍生烟，涨红了脸，挥起拳头就向一个队员打去。

队员们见他已动手打人，一下子把他按倒在地，一边拳打脚踢，一边高声叫喊："陈汉杰打人了！陈村长打人了！"

不一会儿，陈汉杰被打得鼻青脸肿，落荒而逃……

可事情并没有完结。

陈汉杰仗着省里有靠山，很快就跑到省政府去告了王占鳌一状。省里下令武乡县政府严肃处理打人事件。结果王占鳌被警察强行抓走，关进了戒备森严的武乡县监狱。

王占鳌入狱后，我党组织立即想方设法多方奔走营救他。

其时，山西省牺牲救国同盟总会是我党领导下的群众性抗日团体，总会在全省各县设立牺牲救国同盟分会。总会向各县分会派去特派员，主持领导工作。特派员大多数是共产党员，主持正义。因此，各级牺牲救国同盟会在发动群众抗日和建立抗日根据地政权等方面，起到了重大作用。

为了及早营救王占鳌出狱，树辛村几名群众代表到武乡县牺牲救国同盟分会、县政府告状，要求释放好队副王占鳌，查处坏村长陈汉杰。

武乡县牺牲救国同盟分会接到树辛村群众告状信后，立即派员与县政府提出交涉、协调研究、调查此事。

王占鳌在县监狱关押期间，被提审三次。他知道，要同顽固派作斗争，就必须利用每次提审他的最佳机会，揭露陈汉杰贪污抗日经费，破坏抗日工作的恶劣行径。

终于，经过武乡县牺牲救国同盟分会和县政府的详细调查核实，确认陈汉杰贪污抗日经费的证据确凿，于是立即下令撤销了陈汉杰树辛村村长职务，并同时宣布王占鳌无罪释放。

王占鳌坐了两个月的冤狱后终于被释放出来，重获自由。他出狱后，一面在树辛村履职并着手整顿陈汉杰留下的烂摊子，一面参加"赶跑"

武乡县县长郭腾蛟、建立抗日民主新政府的革命活动。

同年12月12日上午，武乡县城东门外的河滩上红旗招展，锣鼓喧天，人声鼎沸，为纪念"西安事变"两周年，"拥蒋抗日"大会即将在这里隆重召开。主席台上方悬挂着"拥护蒋委员长抗日救国大会"横幅，台上端坐着武乡县党政军要员，会场上聚集着全县各区、村的代表上万人。会场周围，安排有300多名工人自卫队维持秩序。

在筹备大会时，中共武乡县委书记刘建勋指示，大会由县牺牲救国同盟分会出面主持，会议宗旨是拥蒋抗日，反对顽固派，各区、村派党员带领群众代表参加。

王占鳌按照大会通知带领树辛附近数百名群众代表参加大会。

大会开到高潮时，台下与会代表纷纷向主席台上递纸条：

"国难当头，应同甘共苦，共同抗战。"

"政府官员要节衣缩食，减少待遇，支援抗战。"

"要求郭县长带头减薪，动员全民抗战。"

"要坚决实行'有钱出钱，有力出力，有粮出粮'的合理负担政策。"

……

县长郭腾蛟看到与会代表递上的纸条，先是表示同意，后又推脱搪塞，引起台下上万与会代表的强烈不满。

王占鳌和各区、村带队的共产党员和群众代表一起拥向台前，质问郭腾蛟，并高呼口号：

"坚决反对顽固派！"

"拥护好官好绅好人！"

"打倒坏官坏绅坏人！"

"全民行动起来，打败日本侵略者！"

……

王占鳌目睹着群情激昂的斗争场面，内心非常激动，他被无辜关押

▲ 声势浩大的抗日群众大会

两个月的晦气也一扫而光。

大会一直开到天黑才宣布结束。

这次大会，对县长郭腾蛟打击很大。他觉得再也无法继续在武乡县待下去了。经权衡再三，他决定辞官走人。几天后，郭腾蛟就收拾好一应细软，夹着尾巴灰溜溜地离开了武乡县。

王占鳌参与的"赶跑"武乡县县长郭腾蛟的行动取得了最后胜利。

1939 年 1 月，鉴于武乡县县长一职空缺日久，山西省第三行政公署专员薄一波派共产党员谭永华接任武乡县县长。谭永华到任后，组织武乡县抗日民主政府，废除县、区两级"薪俸制"，实行"供给制"。对县、区、行政村、自然村四级政权进行改选，许多共产党员和进步人士当选各级政权的领导，武乡全县八成五的政权掌握在了共产党的手中。

这些成绩的取得，都有王占鳌一份功劳。

三、巩固抗日根据地

1940年，抗战进入到相持阶段，"千岩烽火连沧海，两岸旌旗绕碧山"。祖国大地在战火的焚烧和铁蹄的践踏下，不时发出激昂而壮烈的嘶鸣。为打击日本侵略者的嚣张气焰，八路军总部决定，在华北敌后2500公里长的战线上，发动一场以破坏日军交通线、大规模进攻和反"扫荡"的战役。由于参战兵力达105个团，故又称"百团大战"。

百团大战是八路军发动的一次规模最大、持续时间最长的战役。参战八路军先后出动105个团40万兵力和20万民工，进行大小战斗1824次，攻克日伪军据点293个，毙伤日伪军25800余人，缴获各种枪支5800多件和其他大批武器、军用物资，摧毁敌人大量军事设施，并破坏敌占铁路470多公里、公路1500多公里。

这次战役重创了日伪军的嚣张气焰，有力地配合了国民党军正面战场的作战，极大地振奋了全国人民的抗战信心。同时，也引发了日军对我华北军民实行更大规模的报复作战。

不出三个月，日军大规模的报复行动开始了。

1941年春，日军从山西沁县、段村、襄垣三个据点扑向武乡县中部地区进行报复，形势相当严峻。

为粉碎日军的报复行动，5月，中共武乡县委决定加强中部地区特别是三区的领导，调得力干部充实和加强三区的领导班子。武乡县"抗日模范"、游击队大队长王占鳌被任命为三区武委会主任。

王占鳌到任后，深感形势严峻，他立即带领队员投入了反"蚕食"、打"维持"的斗争中。他着手组建了区游击队，扩大各村民兵队伍，进行军事训练，提高战斗力；他亲自带领区游击队和村民兵，开展袭击敌人间谍网点、维持会的多面作战，全面捉拿汉奸、特务、敌伪头目。然后及时召开群众大会，将罪大恶极的汉奸、特务公开枪毙，张贴布告，震撼敌伪人员。

同时，王占鳌又教育一般敌伪头目认清形势，不与人民为敌，配合建立两面政权，为抗日办事。其间，他亲自率领区游击队和村民兵，参加摧毁敌炮楼、拔掉敌据点的攻坚战。

▲ 抗战胜利纪念奖章

7月下旬，王占鳌还亲率区游击队和村民兵，配合八路军决死队将敌一炮楼摧毁，俘虏日军一个班。为此，太行区奖给他银质奖章一枚。

王占鳌领导的反"蚕食"、打"维持"的斗争，在三区轰轰烈烈开展开来，有力地遏制住敌人的报复势头，巩固了抗日根据地。

王占鳌在三区领导抗日整整5年，鉴于他工作得力、抗战有功，上级于1945年6月将他调任武乡县武委会副主任，后任主任。

王占鳌担任县武委会主任后，领导武乡抗日军民取得了一次又一次的胜利，为巩固抗日根据地、粉碎敌人的"蚕食"阴谋作出了重大贡献。

两个月后，也就是8月15日，日本政府宣布无条件投降。

但是，盘踞在武乡县城段村镇的日军一个小队、伪军一个团、警备队一个中队共2000余人，却拒不向我抗日军民投降。

我抗日军民义愤填膺，发出呼声："敌人不投降，就坚决消灭它！"

县城段村镇是日伪军重要据点，城墙高7米，城上有垛口、射击孔，城门顶上和城四角均有高碉堡，环城外壕深宽各6米，城郊北山、王家垴、东村山都设有外围据点。城内主要街道有巷战工事，东北角日军"洪部"院顶建有高碉堡……是一座设防坚固、易守难攻的城池。

8月25日，太行军区李达司令员指挥五六个团的西进正规部队向段村之敌发起进攻。

王占鳌率领武乡县游击队、民兵1000多人的地方武装力量配合正规部队作战。他们在北山实施佯攻，牵制敌人；在松村围困据点，阻断敌人增援；在段村周围阻击白（圭）晋（城）线的援敌；在东门配合正规部队正面攻城……

26日晚8时，部队攻进城内。王占鳌指挥游击队、民兵开展心理攻势，向敌伪军呐喊：

"活捉伪师长段炳昌！"

"八路军不杀俘虏！"

"拒不投降，就地歼灭！"

……

▲ 王占鳌（左）在武乡县任武委会主任时，与大哥王庆成（中）、警卫员（右）留影

伪师长段炳昌见大势已去，惊慌失措，带着几十个随从乘着黑夜从地道逃出城外。刚好被王占鳌手下的一支地方力量堵住去路，伪军丢下数十支枪，徒手逃走。游击队、民兵追赶，打死十几人。段炳昌带领20多名随从趁着夜色拼死逃掉了，遗留在城内的其他伪军一部分被歼灭、一部分缴械投诚。

此时，"洪部"院碉堡里的日军仍在负隅顽抗。

27日11时，八路军调来山炮和工兵连进行强攻。他们用山炮、炸药包炸开碉堡，用手榴弹、机枪等武器将拒不投降的日军全部消灭。

这一仗，共歼灭日、伪军800多人，缴获八二迫击炮4门，各种枪支600余支，一举解放了武乡县城所在地段村镇，至此，武乡全县宣告

▲ 武乡县政府奖给王占鳌"为国为民"匾额

解放。

　　这是太行区从日伪军占领中收复的第一座县城。当日，《解放日报》刊发消息——《武乡人民欢庆全县解放》。

　　1945 年 12 月，王占鳌因参加解放县城有功，又被评为武乡县"抗日模范"。

　　22 日，在武乡县"抗日模范"表彰大会上，县政府以县长武光清、副县长李玉田的名义，奖给王占鳌匾额一块，上书"为国为民"四个金色大字。

第四节　老夫少妻结连理

经过前后长达 14 年的浴血抗战，中国军民取得了抗日战争的伟大胜利。一时间，大江南北，长城内外，到处是欢腾的人群、欢庆的场面。

多年的抗战，"抗日模范"大英雄王占鳌已年过四十。"匈奴未灭，何以还家"。现在日寇已被赶出中国，王占鳌想成家了。

在当地乡下，女孩都是早婚的。除很小就被送出当童养媳之外，要是到了十五六岁（虚岁）还没有定亲，18 岁还不嫁人就叫老姑娘了。高水珍当然也一样，早几年她就与别人订有婚约，男方是一个部队军官。后来，在一次战斗中，未婚夫光荣牺牲了，高水珍非常难过，也就一直没有再提婚姻之事。

高志贤与王占鳌的家乡相距仅 30 多公里山路，且他们俩关系一直就不同寻常地好。高志贤当然知道他一直还没成家，内心也颇为焦急。现在抗战胜利了，自己的女儿也没有了婚约的束缚，他有心想让女儿高水珍与王占鳌结秦晋之好。前两年，女儿曾到王占鳌队伍里避过难，双方都留下了深刻印象。再次见面时，高水珍长得越来越漂亮、越来越成熟，王占鳌很是喜欢。王占鳌就是个铁汉子，上战场打鬼子那是硬碰硬，对待感情也如打仗一样直来直去。

有一天，他对高水珍说："若你愿意跟我就跟我，不愿意就拉倒吧！"

高水珍很是喜欢王占鳌这样的直来直去，当即就红着脸说："我愿意。"至此，俩人的关系就确定了下来。

抗战胜利了。在这欢庆胜利的大好日子里，41 岁的王占鳌与 19 岁的高水珍正式确定了婚期。不久之后的 1945 年 9 月 20 日（农历八月十五日中秋节），王占鳌和高水珍在老家小活庄王家"当村院"举行了简朴的婚礼。

此时，王占鳌的父母早已去世，大哥王庆成也已成家。所谓长兄如父，他的婚事就由大哥一手操办。在村里老前辈及一些亲戚朋友的见证下，王占鳌与高水珍拜过天地、高堂等一应习俗，终成连理。

婚后，年轻的新妇高水珍操持起王家的家务，照顾一家人的饮食起居和日常生

▲ 婚后的王占鳌夫妇合影（摄于1947年武乡县城照相馆）

活。而王占鳌新婚不久，很快就离开老家，出任武乡县要职：1946年2月担任第五区（树辛）区委书记，同年10月出任第一区（洪水）区委书记，翌年4月任第二区（蟠龙）区委书记。

1946年秋，王占鳌与高水珍第一个爱情结晶——长女王桃英出生，这给高家带来了极大的欢乐。作为父亲的王占鳌，因为区里工作繁忙，连回家看望爱人和孩子的时间也是少得可怜——一年也仅仅三次！

王占鳌在武乡县三个区担任区委书记期间，领导群众着手开展土地改革工作，他在土改工作中，措施得力，成绩显著，得到各级领导及各界群众的高度评价。

第五节　土改运动显身手

一、干部群众赠金匾

1946年5月4日，中共中央发出《关于清算减租及土地问题的指示》（史称"五四指示"），明确指出："解决解放区的土地问题是我党目前最基本的历史任务，是目前一切工作的最基本环节。"

"五四指示"揭开了解放区土地立法的序幕，为实现"耕者有其田"的土地革命指明了方向。根据这一指示，武乡县委、县政府召开三级干部会议，部署全县土地改革运动。

长工出身的第五区（树辛）区委书记王占鳌，参加革命十几年了，此时才真正感到农民要彻底翻身了。他心情无比激动，浑身充满无穷的力量。他立即与五区的干部一起，精心领导、组织好全区的土改运动：清算和没收地主的田地、房产和财物；召开群众大会，控诉恶霸地主的罪恶行径；组织群众分田地，分房屋，分财物……

王占鳌严格执行中央指示，准确把握土改政策尺度，在土改过程中尽力做到"清算到位而不超线，面对矛盾而不扩大矛盾"，夜以继日地工作，顾不上休息，眼睛熬红了，人也累瘦了。经过他的不懈努力，五区百分之百的农民获得了土地，实现了耕者有其田，农民对共产党的政策更加支持了。第五区的土改工作得到了武乡县委、县政府的充分肯定和表扬，也深得社会各界群众的好评。

当王占鳌从五区调到一区任书记时，五区共5个村的干部群众打锣敲鼓，给王占鳌送来了金匾，匾中间刻着"为民服务"四个金光闪闪的大字……

▲武乡县五区干部群众给王占鳌赠送的"为民服务"金匾

二、调往寿阳任新职

山西全省刚刚解放那段时间，组织上需要重新调配各级领导干部。1948年2月，为了支援邻县工作，王占鳌被调往邻近的寿阳县工作，并担任该县第三区区委书记。

1949年1月，王占鳌就任中共寿阳县委组织部副部长，两个月后即提任县委常委、组织部部长。

这一年春，他们的第二个孩子——二女儿王改英出生。王占鳌的岳父高志贤，曾因医治一部队领导有功，其一家也由组织上

▲1951年春，王占鳌（右二）在山西寿阳县工作时，与妻子高水珍（左二）及女儿王桃英（右一）、王改英（左一）摄于寿阳县城照相馆

▲1952年，王占鳌（中）南下前与曾经一起战斗过的部分战友合影

调到寿阳县工作，高志贤到该县人民医院任中医科医生。不久，高水珍也带着女儿王桃英、王改英从家乡来到寿阳县与丈夫王占鳌一起生活，高水珍由组织上安排担任县妇委（后妇联）干部。从此，王占鳌一家与岳父岳母六口人共同生活在一起。

那是共和国刚刚成立的年代，各级干部一律实行供给制。王占鳌、高水珍夫妇每天都要到各自单位去上班，小家庭生活虽不富裕，但他们全家老少同心协力，日子过得也其乐融融。

从1948年2月至1952年6月，王占鳌夫妇一直在寿阳县工作，直至夫妻俩双双南下广东为止，时间接近四年半。

第二章

南下干部担重担

第一节　夫妻双双下广东

1949年10月1日。历经磨难的中华民族终于迎来了自己的辉煌时刻，毛泽东主席在天安门广场向全世界宣布：伟大的中华人民共和国成立了，中国人民从此站起来了！

此时的北方，如东北、山西、河北、河南等省，早已是解放区，这些省份的土地改革工作也已全面完成。

而在南方地区，许多地方都是新中国成立后才获得解放，如电白县，其解放纪念日是1949年10月29日。而属于广东省管辖的海南地区，则直到1950年上半年才获得解放。

广东全境解放后，许多地方还没有实现全面太平。特别是在广东许多山区、沿海一带，还有很多股土匪或与国民党残余部队组成的反动势力，

▲ 欢送南下干部合影

经常骚扰、残害老百姓，在当地为非作歹。

1952年初，为解决南方土改人才紧缺的迫切问题，中共中央决定：从解放较早的山西、河北、河南、山东等省抽调大批干部南下，支援南方各省开展土地改革工作。

其时，曾与王占鳌一起在武乡县战斗过的县委书记、县长、区委书记、区长等100多人，已分四批南下，成了最早的南下干部。

王占鳌知道这个消息后，对曾经的战友们报名南下甚为羡慕：他也希望自己有朝一日能成为南下干部的一员。不过，他内心却是一直在纠结：自己年纪都快要五十了，还能有这样的机会吗？

这年5月，南下干部动员报名工作正式在寿阳县开始。在动员大会上，王占鳌第一个报上自己的名字，还顺带把自己的爱人高水珍的名字也报了上去。他对组织上说："别看我岁数大点了，但党的需要就是我的志愿，共产党员、党的干部应以四海为家，哪里需要就到哪里去！"

不久，经寿阳县组织研究决定，同意批准王占鳌、高水珍、阎富有、武德祥、李万全5人为南下广东干部。

王占鳌接到通知后，马上做好手上相关工作的移交，将自己两个年幼的女儿托付给岳父岳母抚养，与自己的兄弟姐妹、一众战友道别，参加组织上召开的欢送座谈会，收拾好行装，随时准备南下……

▲ 南下前的王占鳌夫妇合影

1952 年 6 月的一天，中共寿阳县委、县人民政府门口挂着"热烈欢送南下干部"的巨幅横额，干部职工列队两旁，举着红旗，敲锣打鼓，欢送南下干部。王占鳌等 5 名南下干部披红戴花，神采飞扬，整装待发。他们抓紧临别前的一点时间，与前来送别的亲人、朋友话别。高志贤夫妇也抱着两个年幼的外孙女，前来为女婿女儿送行。

直到分别时刻，才知亲情难舍，望着两个满脸泪水的小女儿，王占鳌的心开始一阵阵难过，不知不觉泪水就涌了上来。但有什么办法呢？这些年的四处奔波让王占鳌明白一个道理，无论任何时候，公与私都不可能没有一点冲突，只要一心为公，就只能作出一定的自我牺牲。这并不是具体事物上的选择，而是人生方向上的选择。选择一旦做出，就只能一次次毫不犹豫地公而忘私，否则就一定会违背自己的初衷，甚至走向反面。想到这些，他快速地拭了一把眼中溢出的泪水，微笑着亲了亲两个女儿，轻轻地抚摸着她们的头，嘱咐她们："在家要好好听外公外婆的话，长大以后，爸妈再回来接你们。"

一会儿，锣鼓声、鞭炮声、口号声，响成一片。王占鳌同其他南下干部与欢送的领导一一握手告别，前往省城太原市集中，与来自山西、河北、河南等地的南下干部前往北京进行短暂的集中学习、培训。不久，这批南下干部从北京乘火车抵达广东省城广州，然后分赴各地任职。

1952 年 8 月，王占鳌夫妇正式来到广东省电白县任职。除来自寿阳县的另外三人都被分配到电白县外，还有来自山西其他县的赵永胜、梁兴进、张德全、王兰顺、孙玉琳、傅英、马永胜、王志毅等人。而王占鳌则是这批南下干部中年龄最大的，时年已 48 岁。王占鳌最初在电白县的职务是担任中共电白县委第三书记，4 个月后调整为第二书记，分管土改工作以及清匪反霸、镇压反革命等工作；妻子高水珍则到县妇女联合会任职，至 10 月正式担任电白县妇女联合会主任。

第二节　分管土改打攻坚

一、土改工作首告捷

土地改革，要改变的是在我国已经形成了几千年的土地所有关系，将土地从地主手里夺回来，分给广大的农民大众，实现"耕者有其田"。土改，涉及广大农民最切身的利益，土改工作的好坏，直接关系着国家政权的命运。组织上安排干部南下，就是为了让有土改经验的干部到南方各地，抓好土改工作。

王占鳌到电白，主抓的就是任务艰巨的土改工作。虽然他在山西武乡县多区主抓过土改工作并取得很大成绩，但南北方仍有所不同。

王占鳌深知没有调查就没有发言权。他并没有急于下指示、发命令，而是先了解当地的实际情况，摸清情况后再做下一步的工作部署。上班第一天，他立即请来了县土改委的工作同志，详细了解情况。

分管土改工作的各部门共十多人，聚在会议室里整整汇报了一天，事无巨细，林林总总。一天中，王占鳌除了就个别问题进行简单追问，基本没有发表自己的意见，只是静静倾听，边听边在头脑中飞速地勾画着这项复杂工作的轮廓和未来工作的线路图。

当时，全国土改工作的大致都是分三个阶段进行：

第一阶段，宣传发动。组织群众斗争地主，减租退押。

第二阶段，划分阶级。没收、征收和分配土地、财产。

第三阶段，土改复查。

王占鳌接手电白县的土改工作时，电白县的土改工作已经进入第一阶段。当时全县参加土改工作队的干部有1100多人，其中部队同志500

多人，地方同志 600 多人。他们深入农户，扎根串联，访贫问苦，积极工作，取得了一定成绩。全县已组织农协总会 56 个，分会 88 个，小组 760 个，发展会员 53003 人。斗争地主恶霸 179 人，清算地主 239 人，初步获得一定成果。但由于许多干部存在着右倾思想，不敢放手发动农民斗争地主，一些地方斗争规模小、声势不大，没有真正把国家的土地政策宣讲、落实到位。一些地主分子不但不接受国家的政策，还在负隅顽抗，他们挑拨离间，破坏农民内部团结；用金钱、婢女收买落后群众；破坏生产，投毒水井，毒害群众，制造各种各样的事端；同时还造谣恐吓，说共产党只有三年天下，国民党又要回来了。他们一边对政府实行舆论对抗，一边大量分散、转移物资，拒不交出财物……

汇报完情况之后，大家都把目光集中在王占鳌身上，希望他做一个总结或做个表态发言。但他并没有如众人所期，反而进一步追问了一些问题。

"全县面积多大？"

"2229 平方公里。"

"多少人口？"

"50 多万人。"

"分几个区？"

"分六大区。"

"多少乡村？"

"34 个大乡，61 个小乡，186 个行政村，2393 个自然村。"

……

会议像是没有结果一样地开完了。从人们的表情上看，似乎都有一点儿失望的味道。在他们的眼里，这个"北方佬"似乎有点莫名其妙。之所以会有这样的反差，是因为他们并不知道，在王占鳌的心里，会议就从来都不是结果。第二天，他依然像从前一样，简单地带上两个人下乡去了。他要深入到乡村和普通农民之中，做深入调查了解，亲自掌握第一手材料。

他首先来到离县城不远的陈村。陈村是一个有 2000 多人的自然村，在土改开始时由于工作做得不够深入，使得该村地主恶霸、伪保长和二流子混入我基层组织，把持村政权，骑在农民头上，继续作威作福。该村 8 个农会，有 7 个农会被在社会上混事情的坏分子操纵。土改工作队进村发动农民退租退押时，行政村长陈兆祯（地主）利用职权，恐吓农民说："谁敢退我的租，我就给谁颜色看。"结果农民们个个心里都有很大的压力，从古到今，哪里有无权的人敢去斗争当权的人呢？那不是造反吗？虽然，上边一直在宣传，农民们要起来斗争，可是，权利仍然在被斗争的人手里，斗争不就是一个表现文章嘛！所以，面对先期进村了解情况的干部，农民们连真话都不敢讲，除了流露出一些不满情绪，没有人愿意讲出实情，怕日后被该村村长打击报复。

陈村的情况给王占鳌以深刻的启发。宣传是必要的，可是如果不从组织上解决一些实际问题，工作就不会有实质性的进展。长此以往，就形成了工作上的夹生饭。群众一旦认为上级组织是在光说不干，做表面文章，以后就不会再有信任，而一旦失去信任，任何工作都无法推进。他决定，先从陈村入手，给全县各乡村和全体农民作一个示范，有了示范，下边干具体工作的同志也有一个可参照的尺度。

有了这样的想法后，王占鳌立即组织了一个工作队进入陈村，他亲自带队，靠前指挥，采取果断措施，先把混入农会的地主陈兆祯和恶霸邓维刚、邓本谦等阶级异己分子清理出去，改选了基层组织。这一步做完之后，农民们的情绪才恢复正常，敢说话了，也敢表达自己真实诉求和想法了。

　　"多少年以来，我们都是敢怒而不敢言，这回我们敢说话了！"很多农民真真切切地看到当地政府肯为自己撑腰、敢为自己撑腰时，才敢张口说话。之前，不是没有觉悟，而是没有底气和胆量，不知道政府最后会不会真帮自己。

　　只有真实情况暴露出来，土改的意义才呈现出来，这项工作的深入推进才有了可靠依据和坚实基础。贫农陈日丙在农民大会上诉苦说："我耕地主邓伯龄6石租田，交了4石谷押金，因收成不好，欠一担租没交够，地主就抢走我一亩番薯，牵走我一头牛，把田转租，夺去押金，害得我流离失所。现在有共产党撑腰，我要与地主阶级斗争到底！"

　　地有多贫，农民就有多穷，地主就有多恶毒。因为在资源有限的情况下，少数地主要富起来，就得拼命地压迫和剥削农民。

　　保宁乡莘陂村（今树仔镇）有个大地主邵学增，因为是吃人不吐骨的"魔王"，所以他的家财特别多，对土改的抵制最坚决。他的租是"铁租"，铁租的意思就是无论遇到什么情况，他的租金也一分一毫不能少，也不能拖欠。佃农如果欠租，他就到租户家捉猪抢牛，抓租户女儿当婢女。佃户卓亚彬欠了他一石田租谷，他就抢了卓家的耕牛和所有家具，并把田转租给别人，弄得卓家人流离失所。邵学增经常把自家的工人、婢女打得死去活来。他打死的婢女有4人，打残废的工人婢女多达8人，强奸后赶出家门的3人，被迫投河自杀的1人。

　　麻岗乡地主恶霸邵宜荣，伪乡长，干了多起谋财害命的勾当。他欠邵庆元的钱，邵庆元只问一下，他就诬陷邵庆元是"共产党"，捉到乡公所割皮挑骨，并在伤处撒上辣椒盐，又用香火烧焦全身，并在解送县衙的路上把邵庆元杀害。邵宜荣以莫须有罪名杀人谋财7宗。

　　新中国成立前夕的1949年，全县饿死1万多人，外出逃生的达34000多人。农民在饥饿、死亡的威胁下，卖掉田园屋地、卖掉儿女。

▲ 广大农民踊跃参加土改

就在全国上下都在搞土地改革之际，爵山乡地主杨爵初还觉得这个天变不了，将来的富人还是富人，穷人还是穷人。所以，他还趁看破形势转卖土地的人手里低价买了土地 150 多亩，婢女 10 多个。

······

从这些实例可以看出，阶级矛盾往往是不可调和的，非采取革命和斗争的形式永远无法从根本上解决问题。在当时资源十分匮乏的情况下，如果只有少数人拥有大部分资源，自然就会有多数人无法拥有起码的生存资源。

经过诉苦，农民的觉悟提高了，信心增强了。土改工作队立即组织群众向地主恶霸展开激烈的斗争，并将继续死心塌地与土改运动相对抗的恶霸邓维刚、邓本谦依法惩办。结果，仅陈村一村就取得了十分丰厚的斗争果实，缴获稻谷 14400 千克，人民币 200 多万元（旧币）。灭掉了地主阶级的威风，树立起贫雇农的政治优势。

从此，全县土改运动形势一片大好，仅一个月时间，就斗垮地主1000多名，退租退押共计稻谷489600千克，黄金362两，白银113200克，人民币8亿4000多元（旧币），还没收了大批封建物资。这些物资改善了农民生活，支援了农业生产建设。

同时，全力开展"八字运动"（退租、退押、清匪、反霸），并在反霸斗争中，破获一批土匪特务的地下组织，击毙和俘虏土匪100多名，投诚自首的土匪400多名，缴获枪支300多支，子弹17000多发和一批手榴弹、炸药、电台等。

"八字运动"取得的胜利，使农村阶级力量发生了根本的转变。农民居于压倒优势，地主阶级面临总崩溃的趋向，这是土改工作迈向第二阶段并最终取得彻底胜利的关键。

1952年8月22日，王占鳌及时召开了各区土改工作队的领导人会议，第一次谈了土改工作意见。他在会上着重指出："我们土地改革的目的，是斗倒地主，消灭封建制度，解放农民生产力，使劳动人民彻底翻身得解放。""斗倒地主的锐利武器，是中央制定和颁布的土地改革政策。这政策，不但我们要掌握，而且要让广大群众都掌握。掌握了这一政策，就是掌握了斗倒地主的锐利武器。""地主是劳动人民养活的，他们的东西都是劳动人民的，应该归还给劳动人民。我们要向群众提出'打垮地主快分田，天下农民一家人'的口号；要警告地主必须规规矩矩，不准乱说乱动，服从人民的管制，老老实实参加劳动。""领导同志思想不能右倾，要站稳立场，对地主该杀的必须杀，该教育的必须教育，该管的必须敢管，该放的必须敢放。打击的重点是群众最恨的大地主大恶霸，对中小地主要进行分化瓦解，达到打击少数、争取多数的目的。""在斗争中，要采取攻心战术，与地主斗智、斗理、斗法，组织公审地主大会、遇害农民追悼会、地主财产和穷苦农民家庭展览会，把大地主从政治上、思想上斗垮……"

这次会议，纠正了土改干部的右倾思想，使全县掀起了土改运动的新高潮。在这高潮中，王占鳌凭借会议东风，亲自抓一区的土改先行点工作，使一区的土改工作按照既定目标一步步推进。

王占鳌任中共电白县委第二书记之后，继续主抓全县的土改工作。他充分利用一区先行点的经验，将全县的土改工作推向前进。他要求土改队员一进村就展开访贫问苦，在乡村中寻找生活最贫苦受压迫最深的农户作为土改"根子"，并与他们实行"三同"（同吃、同住、同劳动），完全打成一片，从中引导他们忆苦、诉苦、诉陷害，促使农民觉悟，更好地拥护党的政策，主动起来与地富分子决裂；接着以"根子"户为基础，展开大串联，把贫雇农串联组织到阶级队伍中。同时，他还一边通过展开"三查"（查敌人、查队伍、查政策）确保了组织队伍的纯洁性；一边加紧开展清匪反霸和镇压反革命。自1952—1954年仅三年时间，全县共剿匪及逮捕各类反革命分子2600多人，这使土改得以在一个和平安定的社会环境中进行。

1953年1月21—25日，王占鳌带领在一区集中11个重点乡的代表和土改干部554人，开展以查敌人、查队伍、查政策的"三查"活动。广大群众纷纷揭发地主用金钱、婢女收买人心的罪恶行为，主动交代他们自己包庇地主财物的错误事实。其中，包庇地主财物有：稻谷1776担（88800千克），人民币257万元（旧币），大银洋56元，小银圆3320元，黄金13两，长短枪32支，子弹842发，衣服一大批……

"三查"活动后，这些代表和土改队干部回到各乡，立即开展斗地主、划阶级、征收余粮工作。首先，召开各乡群众大会，斗争大地主。由苦大仇深的群众控诉地主的罪恶阴谋和发家史，划出大地主、中小地主和富农，征收余粮。然后，召开群众大会，进行评划雇农、贫农、中农的示范。最后，召开农协小组会议，逐家逐户诉苦，评划出阶级成分。

所谓划分阶级，是根据中央划分阶级的政策来定成分。以户为单位，把每户家庭划分为地主、富农、中农、贫农、雇农及其他成分，包括小商贩、手工业者和小土地出租者、游民等，以分清敌我，逐步消灭剥削阶级。

划分阶级的斗争可谓是一场你死我活的尖锐斗争。地主阶级不甘于承认自己剥削、压迫农民的罪行，不愿意被划成地主。四区新南乡车头仔村郑明经被划作地主时，极不服气，百般刁难、抵赖，最后还是他的婢女、长工站出来，揭露了他虐待工人、婢女和从来不参加劳动的罪恶。村民指出他雇长工 3 人、婢女 2 人，每年雇日工 180 多人次，依靠剥削过日子，在事实面前，郑明经只得乖乖自认地主阶级。

还有些地主在斗争时承认压迫剥削农民的罪行，但在划分阶级时否认自己是地主，有些划完阶级是地主，过后又企图翻案。如地主何明超解放前三年是靠放高利贷、雇工、买租田租给佃户，全靠剥削过日子，他自报家史时，说财产是勤俭得来的。经斗争会摆事实，他理屈词穷，承认是地主，并交出剥削的余粮。五区新棠乡刘宗日自报中农成分。经过农民和工作队算剥削账，在铁的事实面前只能低头，认可地主成分，并承认过去害死 3 条人命的罪行。

划定地主阶级后，农民内部阶级由贫雇农主席团委员会和农协会委员按照解放前三年各户的田园、家产、经济、生活等状况划分为富农、中农、贫农、雇农及其他成分。

七区的那楼乡林德成死了，没有被划为地主成分。农民检举了他的妻子，当即又召开斗争会，在声势浩大的压力下，她承认自己也算是地主，并交出余粮谷 23 石（1656 千克）和隐藏的短枪 2 支，子弹 41 发。

通过划阶级，在全县共 537810 人中，划为地主成分的 29002 人，占全县总人口的 5.4%；划为富农 28178 人，占全县总人口的 5.2%；划为中农 150473 人，占全县总人口的 28%；划为贫农 193176 人，占全县总人口的 35.9%；划为雇农 50490 人，占全县总人口的 9.4%；划为其他成分 86491 人，占全县总人口的 16.1%。土改第二阶段的划分阶级，没收、征收和分配土地、财产工作顺利结束。

1953 年 4 月，中共电白县委主要领导人再次调整，原任中共电白县委第一书记的马伯鸿离任，由王占鳌接任县委第一书记。此时，全县的土改工作也进入了第三阶段，也就是最后的分田分地、复查发证阶段。

这一阶段，据全县 121 个小乡统计，共没收封建地主土地 374263.6 亩，房屋 20879 间，耕牛 3255 头，农具 25779 件，余粮 246998 担（12349900 千克），以及大批封建地主财产。这些土地和房屋，经过评定、复查、核准，后丈田、发证，全县有 273693 名劳苦农民分得了土地，24068 名农民分得了房屋，并领到了土地证和房产证。还有 58076 名农民分得了耕牛，大批余粮谷物及封建地主财产都分发给了贫雇农。

▲ 群众欢庆胜利完成土地改革

1953 年 7 月 20 日，历时两年的土地改革运动宣告胜利完成，基本实现了 1953 年上半年完成全县土改工作任务的目标。

农民分得土地后，人人充满激情，家家都说"翻身不忘共产党，吃水不忘挖井人"，户户都挂起毛泽东主席的画像。生产热情高涨，大生产运动风起云涌，一条新的社会主义建设道路，在全县广大农村中展示出来。这一翻天覆地的变化，彻底消灭了持续两千多年的封建剥削制度。世世代代当牛做马的广大农民，从此彻底推翻了封建制度这座压在劳动人民身上的大山。靠剥削劳动人民过日子的封建地主彻底被打垮了。50 多万电白农民扬眉吐气，欢欣鼓舞，在政治上、经济上都翻了身，成了新中国的主人。

电白土改运动结束时，王占鳌在召开的总结会议上明确指出："这个运动，彻底消灭了地主阶级和封建剥削制度，摧毁了两千多年的封建统治的经济基础，从根本上改变了农村封建剥削生产关系，实行土地农民所有制，为下一步的社会主义'三大改造'、农村农民生产合作化、发展生产打下了良好基础。"

二、"三大改造"传捷报

"为有牺牲多壮志，敢教日月换新天。"1953—1958 年期间，生机勃勃的祖国大地红旗招展，到处都是歌声嘹亮。党在过渡时期的总路线："中华人民共和国成立，到社会主义改造基本完成，这是一个过渡时期。党在相当长的时期内，逐步实现国家的社会主义工业化，并逐步实现国家对农业、对手工业和资本主义工商业的社会主义改造。"总路线明确提出由新民主主义向社会主义过渡的伟大任务，全面贯彻执行该总路线，成为全党的首要任务，也是团结和动员全国人民共同为建设社会主义新中国而奋斗的重大举措。

虽然已经担任了电白县委第一书记，王占鳌的工作作风依然没有改变，在全面调动全体领导班子成员积极性的前提下，对自己应该做的一切工作仍坚持亲力亲为。中央确定了推动社会主义的总路线，王占鳌就立即一马当先，率领电白县人民按照总路线的指引，不讲代价，克服困难，全力以赴地完成全县的社会主义"三大改造"，即对农业、手工业和资本主义工商业进行社会主义改造。

为完成全县农业的社会主义改造，王占鳌将这一改造分成三个阶段来完成，即着手建立农业生产互助组、建立初级农业生产合作社、建立高级农业生产合作社等三个阶段。到1956年秋末冬初，全县出现了"并社、升级"的高潮。当时全县142个乡，989个初级社已报名升社，入社农户44344户，占原有初级社农户的86.7%；个体户报名入高级社的也有842户。至11月，全县共有613个高级社，参加农户102805户，占总农户的80.2%，基本实现农业高级合作化，全县农业合作化取得决定性胜利。

王占鳌在对全县农业进行社会主义改造的同时，也着手对手工业进行社会主义改造，即对全县原从事粮油加工、铁器农具、木器加工制造、缝纫、皮革制品、陶瓷、食品、竹草编织、造纸、雕刻、建材、砖瓦、石灰、酿酒、水产品加工等手工业进行改造。其时，全县有从事手工业人员1738人，从业人员1694人。在他的周密部署下，在方针上，积极领导、稳步前进；在组织形式上，先由手工业生产合作小组、手工业供销生产合作社再到手工业生产合作社；在方法上，从供销入手，实行生产改造；在步骤上，由小到大，由低级到高级。同时，加强领导管理和部署，成立领导机构，对全县手工业进行全面普查。至1956年，全县组织起各种类型的手工业生产合作社44个，社员1252人；手工业生产小组 19 个，人员 442 人。另外，建立水上运输社，把全县木头船组织起来，海损事故损失额比上年下降 83.6%，社员收入人均比上年增加 13.6%。全县参加合作组织的人员占从业人员 98% 以上。手工业户组织起来后，解决了资金短缺、设备简陋等困难，同时进行技术革新，建立和健全各项管理制度，开展社会主义劳动竞赛，提高劳动生产率。1956 年上半年，全县手工业生产总值达到 1122.27 万元，利润总额 6.04 万元，社员收入比建社前增加 15%。顺利完成全县手工业的社会主义改造。

自 1953 年 6 月开始，王占鳌又着手对全县资本主义工商业进行社会主义改造，该项改造也是党在过渡时期总路线的重要组成部分。他对改造资本主义工商业的做法，采取和平赎买的政策，通过加工订货、统购包销、经销代销和公私合营等一系列由初级到高级的形式，将资本主义私有制经济逐步改造成社会主义公有制经济。至 1956 年全行业合营后，全县资本主义工商业改造成国家资本主义工商业，对企业按新型的关系进行管理，工人参与、资方人员与公方代表共事。资本主义工商业者交出生产资料所有权，八成以上的资方人员要求上柜台、下车间和参加体力劳动。至此，全县资本主义工商业进行社会主义改造取得全面胜利。

至此，电白县社会主义"三大改造"任务的胜利完成，为全县经济社会发展奠

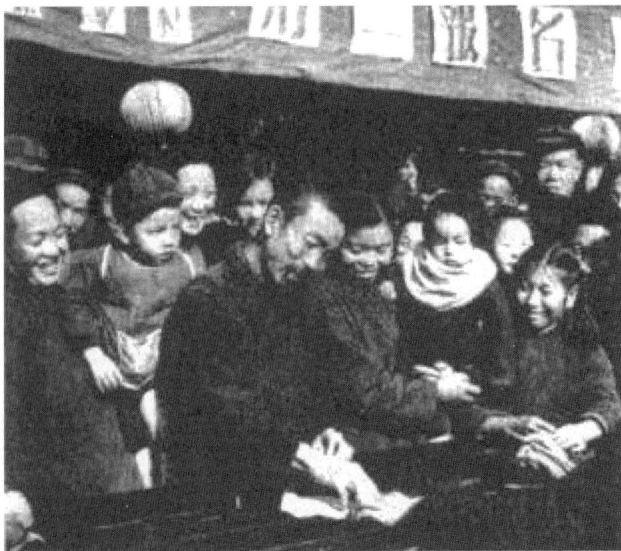

▲ 农民申请加入农业生产合作社的情景

定了良好基础。

三、引领农民合作化

一家一户的小农经济，长期阻碍着我国农村的发展。"组织起来，走合作化的道路"成为那个时期国家的主要任务。

1953年8月，在全县土改结束后，王占鳌这位县委第一书记开始深入农村展开调查研究。在调研中，他发现了一些制约生产发展的情况：农村中有耕牛、农具，有劳动力的农户，生产搞得比较好；而没有耕牛，少农具，缺劳动力的农户，生产困难不少；如果按照生产力和生产关系之间的关系来衡量，生产力水平的落后已经非常不适应先进的生产关系。只有解决了生产力水平落后的问题，才能把农民从高强度的劳动中解放出来，在生产力水平无法产生大幅飞跃的情况下，只能动员农民大干苦干。此外，农村还有少数游手好闲的二流懒汉，生产生活更是搞得很差，更有甚者，连田地都不愿意耕种，造成一定程度的丢荒……

王占鳌心里十分清楚，土改的真正目的是让所有的人都有饭吃，都过上好日子，可是纯粹地顺其自然，分田到户之后，照样会有一些人吃不上饭。不管个人的天性如何，是勤奋还是懒惰，是要强还是堕落，如果吃不上饭还是自己这个县委书记的责任。

怎么办？谁都知道先进的生产工具能解决很多问题，但那时国家政权刚刚建立，百废待兴，连钢铁都无法大量生产，哪有能力研制先进的生产工具？当务之急，只能采用以先进带落后、以积极促消极的办法，解决一些劳动意识、劳动能力低下的农民的吃饭问题。找一条合理渠道，让农村的问题就地消化解决在农村。

王占鳌经过周密的调查研究和深入探讨、思考，决定结合中央的精神和当地实际，动员全县党员、干部组织农民办起互助组。将那些工具落后、意识落后、能力低下的人整合到各个互助组之中，通过群众监督、集体帮带，让他们发挥出更大的潜力。至 11 月，全县先后办起互助组 3486 个 15468 户，占全县总农户的 13.6%。参加互助组的农户，发挥各自的优势，互相扶持，互相帮助，解决了一家一户克服不了的困难，农业生产形势喜人。

1954 年 1 月，王占鳌组织部署全县的农业生产合作社试点工作。4 月 26 日，在沿海一区的丹步农业生产合作社（今岭门镇丹步村委会）和山区十二区的大陂农业生产合作社（今观珠镇大陂村委会）宣告建成。至这年夏季，全县农业生产合作社发展到 12 个，全县经济形势出现了少有的大好局面。

但天有不测风云。1955 年 1 月，电白县发生了历史罕有的严重霜冻，全县冬种番薯全部被冻死。接着，又遭严重春旱，导致引发严重春荒。据统计，全县农村断炊 9400 多户 3.1 万人，饿病、浮肿 2000 多人。其中，有很多单干户由于没有可以共享的资源，面临的困难更大，更难以度过灾荒。而参加农业合作社的农户，依靠集体的力量，互帮互助，生活困难的程度就轻了许多。这说明农业合作社还是有它的优越性，船大，抗击风浪的能力就越大。

王占鳌从这场自然灾害中发现了农业合作社在抗击风险方面的优势，而当时我国农业的实际状况非常脆弱，根本无力应对各种各样的自然灾害，连天气预报都很难做到准确，怎么能做到有备无患？连最起码的抗灾能力都不具备，即便预知了自然灾害又能避免几成？所以，最可靠的方式还是从组织上建立起抵制风险的机制，那就是下定决心大力推进农业合作社的发展。

1955 年 9 月，电白县开展全面规划农业生产合作化运动。王占鳌带领工作组到坡心乡搞先行试点工作。

坡心乡位于电白县平原地带，全乡有 27 个自然村、833 户、3226 人，已建农业生产合作社 4 个、247 户、1039 人。入了社的农户，没有一户断炊的，大家相信农业社好。未入社的农户，大多数生产都失收，把耕牛、农具、家具卖了，换粮食吃。许多人还饿浮肿了、病了，靠吃政府的营养粥治病。他们有要求入社的思想基础。

但是，4 个老社不愿意接收未入社的农户入社。全乡 22 名党员，21 名在老社。他们也不愿意领导落后村片建新社。

其时，坡心乡有一个"红十月社"，其领头人、社主任是一个年轻美丽的农村姑娘，名叫李秀英。这姑娘不但人长得美，还特别有号召力。她成立合作社时正值金秋十月，她说：共和国成立是 10 月，我们社成立也是 10 月，干脆就命名为"红十月社"吧！这个红十月社，后来让社主任李秀英闻名全国，成了"全国农业劳动模范"。

王占鳌亲自来到红十月社蹲点。他找来社主任李秀英和党员骨干谈话，进一步提高党员骨干的觉悟和境界，教育和动员他们带领群众走集体化道路。

在党支部大会上，李秀英说："我们原来不愿意吸收本村无牛、无劳动力的贫农入社，现在经王书记点拨，我已认识到这完全是错误的，我是共产党员，就不能只想着自己，要时时刻刻想着为人民谋福利，我们应该带领他们一起走集体化道路。"经过一番动员，其他共产党员都表示愿意到新建社去工作，为农业合作化作出自己的贡献。

党员骨干思想统一后，党支部作出了规

▲全国农业劳动模范　李秀英

划方案，并抽出 6 名党员去办新社。

他们利用广播、黑板报、演戏、放幻灯、贴标语等方式，宣传农业合作化的方针政策；组织未入社的农民参加 4 个老社的展览，听社员介绍情况，深入了解农业合作社的优越性；组织积极分子分片包干，串联农户入社。

坡心乡的群众纷纷报名入社。他们说："去年我们不入社才受灾饿肚子，今年我们再不能不入社了。"

5 个新社建成了，从每社三四十户扩大到五六十户。入社户占全乡总农户的 70%。

王占鳌总结了坡心乡先行点的经验，继续指导全县农业生产合作化运动。1955 年秋，全县农业生产合作社发展到 1707 个。其中，老社 172 个，新社 1535 个。入社农户占全县总户数的 50%。至 1956 年 6 月，全县基本实现了农业合作化，有农业合作社 1370 个、入社农户 118272 户，占全县总农户的 94.6%。其中，高级社 209 个、农户 56910 户，占总农户的 45.5%。

当然，由于受当时认识的限制，扩社、并社，初级社升高级社，因速度太快，工作不够仔细，遗留下很多隐患，致使有的地方出现退社风波，这是后话。但是，农业生产合作社为发挥集体的力量，战胜自然灾害，曾一度发挥了巨大的作用。

1954 年春，电白县为建立人民代表大会制度，成功开展了全民普选运动。全县 30 多万名选民中，顺利普选出 5630 名乡镇人民代表，371 名县人民代表。代表中有工农业等生产战线上的模范、功臣 194 人，占代表总额 52%；妇女代表 84 人，占比 22%。这两个数字，是当时电白的社会风气风向标，它表明，在电白先进人物和妇女在人们心中的地位都很高。

同年 6 月 25 日，电白县首届人民代表大会在县城水东隆重开幕。县委第一书记王占鳌在这次大会上作了关于《电白县农业生产的具体方针与任务》的报告。代表们热烈讨论，认为电白发展的方针、任务明确，振奋人心，信心百倍地表示跟着县委走合作化、集体化道路，为摆脱电白的贫困而努力奋斗。

第三节 齐心合力抗旱魔

一、堵江蓄水稳生产

农民有句谚语：插秧插到立夏，插不插秧也罢。意思是，早造水稻如不能赶在立夏前插秧，过了该节气，即使插下也是失收、没用。

1955年4月下旬，距立夏节气仅有10天时间了。电白县境内，因为去冬今春180多天没有下过透雨，江河干涸了，土地像当地电城炒米饼一样干裂，旱情特别严重。全县水稻秧苗因干旱缺水一直无法插秧，早该播下的花生种子，也因严重干旱大部分无法播种。

早在3月份，王占鳌就已分派县一位领导负责分管全县的堵江蓄水抗旱保春耕工作。但因该分管领导抓得不紧，其他干部队伍也普遍存在等天下雨的思想，结果堵江蓄水抗旱的计划一直没有落实到位。

但季节不等人，误了农时，生产失收，群众遭殃啊！

此时的县委书记王占鳌真正着急了！

4月25日，王占鳌亲自带领有关人员到沙琅江沿岸的山寮乡、郁头鹅乡（两乡今均属坡心镇）选择堵江点位。经实地考察，他果断决定在两乡附近江河上用沙袋堵江，蓄起江水灌溉沿江两岸水田。

随即，王占鳌在堵江现场召开了八区郁头鹅乡、牛六架乡，九区山寮乡、上吴乡（以上四乡今均属坡心镇）的干部战地会议。会上，他宣布即时成立堵江抗旱指挥部，并亲自任总指挥；八、九区区委书记任副总指挥，郁头鹅乡等4个乡党支部书记为成员。指挥部成员分片包干，按时完成筑起拦河坝、蓄水抗旱任务。

王占鳌在现场会上激动地说："现在春荒遍及全县，许多农户断炊，

▲ 热火朝天的堵江场面

不少人饿病、浮肿了。如果春花生种不上，早稻又插不下，灾情还会继续蔓延。我们不能再犹豫等待了。同志们要下定决心，拿出共产党员的气魄，与老天爷拼一拼。把沙琅江堵上，提高水位，灌溉两岸水田，保证沿江春耕生产用水，为父老乡亲们办件好事实事！"

王占鳌的言行鼓舞了参加战地会议的区乡干部。会后，各乡党支部书记立即召开党团员动员会议，组织堵江队伍参加堵江工程会战。

27日，堵江工程决战开始了！

郁头鹅、牛六架、山寮、上吴4个乡共出动3000多人参加堵江会战，附近的坡心、排河、械朴山、坡仔等乡也出动1000多人前来支援堵江。工地上红旗招展，人声鼎沸，气氛热烈。

为了争时间、抢速度，参战人员夜以继日地干。白天，工地上热火朝天；晚上，汽灯照射一片光明，4000多名干部群众不分白天黑夜在工地上轮班休息、轮流作战，一刻不停。

所有参加堵江的群众，他们中午也不回家吃饭，各自挑着锅、柴米、番薯到工地上煮番薯或番薯粥当午餐。但因受灾，有些群众家中没有番薯和大米，王占鳌只能让有番薯或大米的党团员、干部主动借点番薯、大米给他们煮番薯粥，解决堵江吃饭问题。

王占鳌和八、九区的区委书记，亲临现场指挥，各乡党支部书记亲自带队，党员起模范带头作用，党团员、青年纷纷参加堵江突击队。

经过两个昼夜的不停奋战，至 29 日上午，终于在山寮、郁头鹅乡胜利完成堵江任务。两处筑起蓄水堤坝共长 280 米，底宽 8 米，高 5 米。

王占鳌站在江堤上，望着哗哗江水流向两岸农田，心里头特别高兴。他不时注视着蓄水堤坝叮嘱在场管理人员：一定要密切关注江中蓄水情况，严防堤坝崩坍，以免功亏一篑。

堵江后的第一天，沙琅江干流水位提高了一尺多（30 多厘米），原来干涸的支流也灌上了水。三天之后，水位越来越高，凡是有支流的地方，30 公里以内都有水灌溉到了，受益农田达 6 万亩以上。

两岸农民群众欢天喜地，对堵江成功赞不绝口：

"共产党真有办法，喊一声就把江堵起来了！"

"没有共产党领导堵江，我们不可能有水插秧和种花生。"

"共产党和王占鳌书记为人民群众办了一件大好事。"

……

30 日，王占鳌在现场召开 4000 多人的堵江总结庆功大会，会上隆重表彰了 8 个先进单位和 73 名先进个人（优秀干部、积极分子）。王占鳌亲自给这些先进单位和先进个人颁发了锦旗、奖状，并号召全县干群立即行动起来，抓紧抗旱，抢种抢插，确保全县取得春耕生产的全面胜利。

榜样的力量是无穷的。在王占鳌激励人心的感召下，全县迅速掀起了抗旱抢种的新高潮。

一时间，十区在正中乡、十一区在大村乡又成功筑起堵截沙琅江的堤坝，一下子就解决了沿江 11 万亩农田的灌溉用水问题。

沙琅江两岸，农业社的无数龙骨车，被身强力壮的男女踩得车辘轳飞转，哗哗的流水伴着吱吱的车叫声，沿着渠道流向田里。终于，许多农业社完成了花生、水稻抢种抢插任务，为夏季夺得农业好收成打下了基础。

二、"三定"政策促自救

临近沙琅江的乡，通过堵江蓄水，抢种抢插，早造播种插秧暂时基本解决了。但是，远离水源的村庄还是没有很好解决干旱的问题，特别是沿海很多地方旱灾依然严峻。仅两个月时间过去，全县还是有 3233 户 1 万多人断炊，2000 多人病肿，灾荒依然十分严重。

王占鳌沉痛地对各级领导干部说："我作为电白县的父母官，看到自己的人民断炊、浮肿，心里无比难过。我们一定要千方百计地帮助他们度过今年的灾荒。"

王占鳌说到做到。自从春荒一开始，他就把救灾工作放在全县各项工作的首位，组织县、区、乡各级机关，投入了紧张的救灾工作，想方设法跑地区、跑省里，筹集救灾物资和款项，挖掘县里一切可以挖掘的潜力，向全县灾民施救。发放救济款，组织粮食供应，医治浮肿病人……

这些措施，虽缓解了部分重灾民一时的困难，但还是有许多灾民没有真正摆脱困境。为了解决根本问题，王占鳌决定在救灾的同时，积极组织"开源"自救，靠粮食的增种、增产和分配的均衡合理，从源头解决粮食供应问题。这最关键的一步棋就是在全县全面贯彻执行粮食"三定"政策，定产、定购、定销，发展农业生产，使全县人民渡过难关。

王占鳌立即着手部署全县第一批粮食"三定"计划制定工作。在该计划开始实施之前，他从 1955 年 6 月初开始，便深入八区、十区调查了解粮食"三定"计划的制定。他在调研中发现，许多乡干部指导思想并不明确，没有把"三定"计划作为实施生产救灾的办法，而是为了完成定购任务而摊派指标，群众的生产积极性没有调动起来。于是，他决定在十区正中乡指导粮食"三定"计划制定工作。

王占鳌采取先干部、后群众的办法制定"三定"计划。

在全乡干部制定粮食"三定"计划的会议上，王占鳌向大家解释了"三定"的含义：定产，是按田亩多少而定的每户粮食总产量；定购，是每户扣除种子粮和口粮后，剩余部分就是国家的定购粮；定销，是农户粮食总产量达不到种子粮和口粮的总数，所欠部分由国家向农民返销供应。

他说："'三定'要实事求是，合理公道，先作出方案，然后交群众讨论，代表会议通过，才能作为正式计划。'三定'的目的，是调动广大干部群众的生产积极性，保证粮食供应。我们要通过'三定'发展生产，做好救灾工作。"乡干部听了他的讲话后，弄清了"三定"政策的含义，消除了怕当余粮户、怕卖余粮的思想，实事求是地自报了余粮数。

有一位乡干部自报缺口粮 140 斤，实际不止这个数，大家都建议他按实际情况上报。但他说："我要开一亩荒地，种上番薯，弥补粮食不足，就不用多要国家的定销粮了。"全乡 13 名干部，自报结果：5 人为余粮户，6 人为不余不缺户，2 人为缺粮户。共报余粮 1360 斤，是上年余粮 3433 斤的 40%；缺粮 254 斤，是上年 2843 斤的 9%。在干部的带动下，全县农民都从自己的实际出发，本着实事求是、不瞒不抢的原则，进行了申报和调剂，顺利地实施了"三定"政策，使受灾较重的人口顺利渡过难关。

"三定"计划政策实施后，充分调动了广大农民的生产积极性。农民普遍加强了水稻施肥、除草、除虫工作，争取多打粮食；二流懒汉也把丢荒田补种上番薯，为自己度荒创造条件；困难户、受灾户、地主、富农等阶层，在群众的帮助下，也积极种好自己的田地。

1955 年年终统计，全县稻谷亩产增长 1.8%，秋番薯、花生获得丰收。

全县人民胜利地渡过了灾荒难关。在全县人民欢庆丰收之际，王占鳌内心一直绷紧的弦却始终没有放松，他想到了电白县十年九旱的现实。此时，谁都有理由好好松口气，只有他不敢、不能。为了防止下一次旱灾的肆虐，他又及时提出了 1956 年度开展"三千一万、消灭旱灾"的工作计划。

三、"三千一万"抗旱灾

1956 年 1 月，电白县加入农业生产合作社的农户已达 75%。农业合作化的推行，为全县农业生产的高效、统一组织创造了条件。

新年刚过，王占鳌就在县委会议上就全县农业生产开展"三千一万、消灭旱灾"活动进行了紧密部署。

所谓"三千"即实现粮食产量千斤亩、千斤社（平均亩产）、千斤乡（平均亩产）。

所谓"一万"即每亩田积土杂肥一万斤下田改良土壤。

所谓"消灭旱灾"即拦河、打井、修渠，战胜冬春旱灾。

王占鳌在认真分析国家和本县农业生产形势的基础上，在会上提出了自己的看法和主张："目前，全县大部分农户加入了农业生产合作社，有利于我们组织农民掀起农业生产高潮。我县土地贫瘠和冬春天气干旱，只有大力积肥改土，抗旱救灾，才能发展生产。因此，特提出开展'三千一万、消灭旱灾'活动。活动内容人手一份，请大家讨论表决。"

王占鳌这个想法一提出，立即得到了县委一致同意。大家为电白农业生产的窘境苦恼已久，但始终找不到一个冲出困境的突破口。如今看来，也只有按照王书记提出的设想和目标，奋力一战才能彻底摆脱窘境，杀出重围。

开展这一活动的消息一传开，有些人对此持怀疑、否定和消极的态度，并议论纷纷：

"在电白这些瘦田要实现平均亩产粮食一千斤，不可能！"

"一亩田积上土杂肥一万斤改良土壤，难办到！"

"要消灭电白旱灾，则更难啰！"

……

要实现"三千一万、消灭旱灾"活动的目标，困难的确不少。但是，一遇到困难大家就害怕，是什么事情都办不成的。王占鳌事先也料到了这点，他之所以大胆提出这个方案，一方面是他自己的性格使然，从参加革命以来，他从来没有向困难低过头，越是困难的环境，就越能够创造奇迹。另一方面，他也了解民众的心性和状态，特别是以群体状态存在的人，要是进入消极状态，就会一盘散沙，一事无成；要是以一个有效的目标和动力去激发，形成情绪和干劲的合力，就有可能发挥出高于个体十倍百倍的潜能。

现在，摆在电白人面前的只有两条路：一条是等靠，挨饿；一条是苦干，富足。经过比较，大多数人都知道，除了采取积极态度按照新的奋斗目标大干苦干，似乎并没有第二条路可走。尤其是一些深谙农业生产规律的人，态度更加积极、明确：

"电白土地贫瘠，多施土杂肥，改良土壤，一定能增产。"

"农业合作化了，农民的积极性高了，集体的力量大了，实现粮食平均亩产一千斤，是有可能的。"

"电白年年冬春都干旱，抗旱工作是势在必行。"

……

最后，大家的思想达到了高度统一：开展"三千一万、消灭旱灾"的活动是必要的。

其实，在开展这个活动之前，电白县已经在条件较好的十二区的大陂和八区的坡心、米粮乡搞了试点，并且取得了较为明确的成果。1955年的实际数字是这样的：十二区的大陂乡第一社，在 100 亩贫瘠的沙质田里，改良土壤，全面实行技术改革，实现平均亩产粮食 1000 斤。八区的坡心乡第二社也就是红十月社，社主任李秀英大胆与保守思想作斗争，进行技术改革，全社 63 亩水稻，平均亩产达 1109 斤，最高的亩产达 1426 斤！成为全县第一个水稻平均亩产超千斤的社。八区的米粮乡党支部，领导群众战胜旱灾、虫灾，全面推广先进技术，全乡 3360 亩水稻田平均亩产达 812 斤，加上番薯、杂粮折算，平均亩产达 1014 斤，创造了全县第一个粮食平均亩产千斤乡。

这些明确无误的数字，鼓舞了王占鳌的设想，同时他也希望已经取得的局部成果能够变成全县的成果。所以在接下来召开的全县三级（县、区、乡）干部动员大会上，他明确强调："大陂、坡心、米粮三个社乡取得的成绩，明明白白摆在那里，都是看得见摸得着的。为什么他们能办得到的事，其他乡就办不到？只要大家克服畏难思想，动员广大群众共同努力，我相信绝大多数乡是可以办得到的。现在，我们已经渡过了灾荒难关，但是不能松劲，要抓住有利时机，带领广大群众掀起农业生产新高潮。"

全县三级干部会议后，王占鳌又主持召开了全县 20 个重点乡、社党支部书记和社主任座谈会，研究如何具体开展"三千一万、消灭旱灾"活动。与会书记、社主任情绪高昂，信心百倍，表示一定要积极带头响应县委及王书记的号召，切实开展好这一活动。

半个月后，八区的尼桥乡（今属七迳镇）18 个农业生产合作社打水井 1090 口，走在全县前列，还创造了多种打井方法，如竹圈法、结石法、砌砖法、沉箱法、钉木板法。这 1000 多口水井，给全乡 1300 多亩冬种番薯灌饱了水，解除了旱情，生长得很茂盛。

▲ 土壤改良现场

眼看当年的旱情又有漫延的趋势，王占鳌立即组织全县受旱的区、乡干部前来尼桥乡参观学习打井抗旱经验。过去认为地下无水、"打井不能解决问题"的人心服口服了。大家回去后，当即带领广大群众开展热火朝天的打井抗旱活动。

不久，全县普遍推广"尼桥经验"，共打水井75792口，挖塘1912口，修建中小型水利9300多宗，拦河1157段，受益农田23万多亩，旱田变水田16126亩，单造改双造10811亩。

水的问题解决了，肥的问题不解决也达不到增产、丰产的目标。俗话说得好："庄稼一枝花，全靠肥当家。"积肥，也是"三千一万、消灭旱灾"的重要内容之一。这一年，在这个领域也是捷报频传。八区的坡心乡9个合作社联合行动，出动700人、30多部龙骨车，连续6天6夜，抽干6段小河、7口鱼塘，十多天时间共积河（塘）泥肥60多万担。平均每亩下田泥肥达3万斤，超额完成了改良土壤任务。其他区、乡如石曹、丹步、海港、大榜、白蕉、那行、坡头、潭桥……很快就完成了每亩万斤土杂肥下田的任务。河泥、塘泥、牛舍泥、垃圾泥都成了农民群众的土杂肥。短短两三个月，全县共积土杂肥1亿担，实现了平均每亩1万斤的目标。放眼各条田垌，到处都堆满了土杂肥。

1956年春，全县番薯比上年增产184.9%；6月，早稻丰收在望。

第四节　退社风波妥处置

就在此时，八区郁头鹅乡却刮起了"退社风"。全乡三个高级社里，坚决要求退社的有189户，思想动摇的有124户，合计313户，占入社户数的36.5%。

从1956年6月10日开始，"退社风"越刮越大，社、乡、区已无法控制局面，也无法解决要求退社群众提出的问题。每天四五十人集体到县委合作部上访，要求批准他们退社。

这样发展下去，势必会影响全县高级社的巩固和发展。于是，县委书记王占鳌带领工作组立即赶到郁头鹅乡调查处理。

工作组到后，马上召开社员大会，宣布处理退社事宜。

会上，王占鳌说："入社自愿，退社自由。对具体问题要具体分析，实事求是地处理。请大家先选出社员代表，集中意见，然后，我们召开社员代表会议，虚心听取大家提出的意见，认真解决存在的问题。到最后，有的人要是还要坚持退社，我们给予批准……"

会场上，响起热烈的掌声，表示拥护王书记的讲话。

乡、社干部心里暗暗叫苦：坏了，这样退社的不就越来越多吗？

社员代表选出来了。

参加社员代表会议的有社员代表、区乡社干部和工作组的同志共50多人。而不请自来旁听会议的社员群众有60多人，比社员代表还多，这说明社员群众对这一会议极为重视。

对前来旁听会议的群众，王占鳌也不驱赶。他觉得只要不影响会议，让他们听听也没有什么坏处。

会议一开始，代表们不敢发言，怕说错话，怕被扣帽子。

王占鳌启发说："你们是社员代表，应该是有什么意见就说什么意见，说出来大家好研究解决。我们北方有句俗语，说的是'有理走遍天下，无理寸步难行'。如果大家不说，一是说明你们没意见，二是无法解决存在的问题。只要大家实事求是地提意见，本着帮助干部改正工作中的缺点和错误的态度，我们是不会扣帽子的。"

会场上开始活跃了。代表们交头接耳，小声议论着。大胆的社员代表开始发言了。

有人发牢骚，有人向乡社干部提出问题，有人质问干部的错误行为：

"去冬入社，干部为什么要命令我们挖掉小番薯？我们不挖，就放水浸、割薯苗，使我们今春没有番薯吃。"

"我们不想入社，但是，有的干部说，不入社就是反革命分子，强迫我们入社。"

"有三个女社员说过几句社里排工不公道的话，就被社主任在社员大会上宣布开除出社。而后，她们再三要求入社，就是不批准。"

"为什么财务账目不公布？因为有的干部有贪污行为。"

"干部瞎指挥，该种番薯的地不种番薯，该种花生的地不种花生，该插水稻的田不插水稻。生产搞不好，社员没饭吃。"

……

社员代表越说越激动，意见越说越多。

乡、社干部感到无地自容，都静悄悄地听着。

代表们把社员的意见都说了，总算出了一口气。

在王占鳌和工作组同志的鼓励和启发下，乡、社干部纷纷检讨自己的缺点和错误。

灯不拨不亮，理不辩不明。经过一番辩论，问题已水落石出。

原来，在并社、扩社，初级社升高级社的工作中，缺乏经验，准备不足，进度太快，遗留问题较多。高级社的规章制度未能及时建立健全，旧的问题还没有解决，新的问题又不断出现。如此，不但合作社的优势没有发挥出来，还处处暴露出劣势。

怎么办？当然不能因噎废食。退社，别说国家和上级不允许，就是当前农村生产实际也不允许。只能从解决问题入手，让农业合作社发挥出其应有的优势。

经过一系列的工作，一位乡领导交代贪污自筹粮款 120 元，表示会后马上退还，请求组织从宽处理。

另一位乡领导检查自己领导方法简单，态度粗暴，存在强迫命令的问题，表示今后一定改正。

各社主任分别检讨自己强迫命令，不关心群众疾苦，没有把生产搞好等缺点错误。他们诚恳表示，如果大家还要自己当主任，一定要把社办好；不要自己当主任了，一定当个好社员。

干部检讨之后，社员的怨气也消除了许多。

王占鳌及时地把会议引到研究解决遗留问题上来。

干部的思想包袱放下了，群众也心平气和了。

经讨论研究，王占鳌对遗留问题作出如下处理决定：

入社前，田地里种的木薯，六成归种植人，四成归合作社；开荒种植的作物，全部归个人所得。

自留地，由每人两厘地增加到一分地。

退社的社员，田地里未收获的花生一半归社员个人，一半归社集体。

以后凡合作社开支，5 元以内的由社主任审批；6~10 元的由社委会集体审批；10 元以上的则由社员大会通过后开支。账目每月公布一次。

……

这下，干部的错误问题和社员群众的实际问题都解决了。

原来要求退社的，一部分人决定不退社了；一部分人退出高级社，又重新组织了一个初级社；只有一些家庭条件较好的中农，真正退出了合作社。

王占鳌和工作组的同志，根据入社自愿、退社自由的原则，没有强求他们。

当时电白是湛江地区管辖的广东南路15个县[即两阳（阳江、阳春）；高州六属：茂名（后改名高州）、信宜、电白、化县（后改名化州）、吴川、廉江；雷州三属：遂溪、徐闻、海康（后改名雷州）；钦廉四属：合浦、灵山、防城（后改名防城港）、钦县（后改名钦州）]之一，自郁头鹅乡退社风波平息后不久，时任中共电白县委第一书记的王占鳌于6月下旬被地委免去该职务，奉命调往湛江地委边防部任副部长，三个月后又晋升部长。

但王占鳌这个地委边防部长任职不到半年，又被中共湛江地委于1957年3月调回电白县重任县委第一书记。翌年春，又让他兼任中共湛江地委常委。

第五节　总理签发大奖状

　　1958 年，在中共湛江地委常委、电白县委第一书记王占鳌的领导下，全县深入贯彻党的八大和八大二次会议精神，高举"三面红旗"，扎实开展全民整风运动和反右派斗争，带领全县人民走一条"坚持以农业为基础、工业为主导、其他行业齐头并进、彻底改变电白一穷二白面貌"的经济发展新路子，不但成了"粮食自足县"，还被国务院评为"农业社会主义建设先进单位"。

一、农业发展为基础

　　电白县经过土改、农业合作化、人民公社化运动、全民整风运动和反右派斗争，农村生产力大解放，社员集体生产的积极性大提高；进行技术改革，合理利用土地，挖掘了生产潜力，农业生产的增长，连年提高。

　　在此基础上，王占鳌继续坚持"拨亮一盏灯，照亮一大片"的理念，凡事亲力亲为。在接下来的几年里，他又亲自蹲点办了互助组和高级社，使全县实现了农业合作化。其间，他还先后主持制定了《电白县发展林业生产五年计划》《电白县农业生产第一个五年计划》《电白县水利建设第一个五年计划》和《开展爱国卫生运动》《全党办交通》等文件，号召全县人民自力更生，艰苦奋斗，建设新电白，为电白人民走上集体化道路和各条战线取得辉煌成绩作出巨大贡献。

　　1958 年 5 月，党的八大二次会议制定了党的总路线。"鼓足干劲、力争上游、多快好省地建设社会主义"的社会主义建设时期总路线精神，将"总路线""大跃进""人民公社"这"三面红旗"推向全国运动。号召全国人民争取在15年或更短的时间内，在钢铁和主要工业产品产量方面，赶上和超过英国。农业提出"以粮为纲"的口号，要求5年、3年以至1~2年达到12年农业发展纲要规定的粮食产量指标。其间，中共广东省委第一书记陶铸、省长陈郁来到电白检查工作，给电白的"大跃进"推波助澜。以王占鳌为班长的中共电白县委响应党中央的号召，以高度的热情，带领电白人民掀起了"大跃进"的高潮。

深入贯彻农业"八字宪法"。农业"八字宪法"就是水、肥、土、种、密、保、管、工，以肥为纲。王占鳌亲任县积肥指挥部总指挥，带领全县4000多名干部、2万多居民、3万多师生、15万多社员投入积肥运动，使全县每亩农田积肥超过100担，保证农作物获得丰收。

掀起人民公社化高潮。1958年8月间，电白县响应毛主席提出"人民公社好"的号召，同全国各地一样很快掀起了办人民公社的高潮。8月30日，县委组织干部到电城、坡心试办人民公社。9月12日，红旗

▲ 王占鳌在坡心公社水稻试验田里观察禾苗生长情况

人民公社（电城、马踏、大榜、爵山）、卫星人民公社（坡心、七迳）首先建立起来。试点社建立后，不到一个月，全县掀起一个声势浩大的人民公社化高潮，全县各地很快都建立了人民公社。分别是前进（驻水东，含南海）、红星（驻麻岗，含博贺、旦场）、金星（驻羊角，含林头）、跃进（驻观珠，含霞洞、大衙）、东风（驻沙琅，含黄岭、那霍、望夫）、八一[驻沙院，含小良、覃巴（后划入吴川）]6个大型人民公社。至此，电白县共有红旗、卫星、前进、八一、红星、金星、跃进、东风8个大型人民公社。翌年10月，又从这8个大型人民公社，改划为水东、南海、马踏、大榜、电城、爵山、树仔、麻岗、旦场、博贺、坡心、七迳、小良、沙院、羊角、林头、霞洞、观珠、沙琅、望夫、那霍等21个人民公社和罗坑综合农场。

下基层蹲点大办农业试验田。为推广科学种田试验和农业增产增收，王占鳌亲自到坡心人民公社李秀英领导的红十月社蹲点，与群众"三同"（同吃、同住、同劳动），并与社主任李秀英、组长李炳荣、老农李七爹及技术人员，探索出一年三熟和实现亩产量超千斤社的经验。所谓一年三熟，就是将一年的春秋两造改为一年春秋冬三造，可种"稻、稻、薯"或"稻、稻、麦"或"花、稻、薯"或"稻、稻、豆"等（稻即水稻，麦即小麦，薯即番薯或木薯、甜薯，花即花生，豆即黄豆或绿豆、饭豆），做到粮、油、糖、麻、烟、菜等一齐上。三造实现亩产稻谷1000余斤、番薯1400余斤、花生200余斤、黄豆100余斤的喜人成绩。红十月社的经验在全公社推广，都实现超千斤亩或千斤社，继而在全县推广这一经验。其间，遇到旱灾、水灾、风灾等自然灾害，王占鳌很快动员全县工农兵学商20多万人昼夜投入奋战，与自然灾害搏斗，人多力量大，保护了人民生命财产，迅速恢复生产，重建家园。

王占鳌考虑到影响电白农业最大的问题，还是干旱的问题。只要这

▲ 建设罗坑水库的热火朝天场面

个问题得到了有效解决，即便不获得超出常规的大丰收，至少能够保证全县人民不会落入到饥饿或饥荒状态。因此，他打算借助"大跃进"的总体氛围，做一些事情，于是他再次掀起了全县兴修水利建设高潮。

1958 年 1—10 月，在王占鳌的亲自指挥下，电白县先后开工兴建了一批水利骨干工程：1 月，首宗中型水库观珠旱平水库开工，同年 12 月竣工。总库容 2920 万立方米，灌溉面积 5.1 万亩；6 月，第二宗中型水库罗坑

▲ 位于罗坑镇与沙琅镇交界处的黄沙水库

黄沙水库开工（至 1960 年 6 月竣工），总库容 5670 万立方米，灌溉面积 7 万亩；10 月，第三宗中型水库马踏河角水库开工（至 1960 年 4 月竣工），总库容 2826 万立方米，灌溉面积 5.1 万亩；10 月，第四宗中型水库麻岗热水水库开工（至 1960 年 3 月竣工），总库容 3134 万立方米，灌溉面积 4 万亩；第五宗大型水库罗坑水库是 1959 年 12 月开工（至 1960 年 6 月竣工），总库容 11473 万立方米，灌溉面积 15.7 万亩。同时，建起配套的全部渠道和 201 宗大小建筑，此外，还建有小（一）型水库 10 宗，小（二）型水库 89 宗，山塘 142 宗，总库容 30845 万立方米，总灌溉面积 40 多万亩。另外，还先后建成共青河、罗黄、河角、热水等四大人工水渠以及水东、鸡打港、青湖三大堵海堤围，完成各种中小型水利工程 2478 宗，使全县引蓄水量增加 6~8 倍，灌溉面积增加 26 万亩，抗旱能力保证 160 天，根本改变了电白县干旱的历史，给粮食增产创造了良好的条件。

1957 年以前，电白县粮食还一直不能实现自给自足，是有名的"缺粮县"。每年需要从外地调入 300 多万斤大米作为救济粮（其中 1957 年调入大米 317 万斤）。在王占鳌的重视下，全县加大粮食种植面积，落实推广坡心人民公社的一年三造耕作制度和千斤亩制度，这使得电白县农业总产量连续几年都保持了稳定和增产，粮食生产全面获得丰收：1950 年，全县粮食产量仅 200 多万担（2858460 担），1953 年提升至 300 多万担（3143308 担），至 1958 年首次突破 400 多万担（4072694 担），完全实现了粮食自给自足，一跃成为"粮食自足县"，彻底改变了电白农业发展的历史。且农、林、牧、副、渔各业实现重大突破，全县 1958 年实现农业总产值 3641.3 万元，占工农业总产值的 64.8%。

二、工业发展为指导

电白工业原是一片空白，连一颗螺丝钉也不能加工生产。从生活到生产材料，几乎全部靠外地供应。刚解放的 1949 年，全县工业总产值仅占工农业产值的 15.58%，占比率低得可怜。王占鳌认识到，今后必须花大力气进一步把工业发展起来，才能改变这一被动局面。

于是，他积极响应党中央提出的"五个并举"（农业与工业并举、商业与交通运输业并举、中央企业与地方企业并举、大型企业与中小企业并举、工业与手工业并举）和"全党全民办工业"的号召。先是引导手工业者走向集体化，并对资本主义工商业进行改造，"加工、订货、收购、包销""合营"，使其纳入国家计划的轨道。再又领导他们转为国营企业，使他们在组织形式上和经济性质上都起着新的、质的变化，使生产关系更适应于生产力的发展。全县先后拥有制盐、机制糖、石灰、铁锅、食油等加工业，还拥有钢铁、煤炭、石油、钨、铋、铜、收割机、鼓风机、机床、刨床、电动锤、小马达、化学肥料等十多种工业门类，工业产量也不断提高。至 1958 年，全县钢铁产量 2643 吨；煤产量 17 万多吨；原盐产量 161800 吨。工业产值占比率也逐年提升。1961 年统计，全县工农业总产值 5619.7 万元，其中工业产值 1978.4 万元，工业产值占工农业总产值的 35.2%。

海盐，是电白的特产。至 1958 年，电白盐场有工人 1585 人，建起了 1400 座私宅，95% 的盐工人住了新房（没住宅的，政府又于 1957—1958 年拨款新建盐工宿舍 4583.13 平方米）；各工区还为盐工新建了学校、戏院、图书室、医疗站；职工免费治病，家属免半；老工人享受劳动保险、医疗保险、退休金。这样，调动了工人们的积极性，产盐量大幅增加，盐税成为电白财政收入的重要来源。

蔗糖，也是电白一大产业。林头糖厂用穷办法，把宿舍变厂房，办公厅变车间，单一的设备综合利用，不仅生产食糖，还生产酒精、白酒、葡萄糖浆、汽水、硫酸、漂白粉等。还有后来建起的岭门糖厂，产量更大，产值更高。工业系统的技术革新，有力地推动了工业生产的发展。

▲ 国务院奖给电白县的奖状

重视工农并举、互相促进、互利共赢、共同发展。工业为支援农业进行技术改革，农业为工业提供市场和原料。1950—1959 年，电白县的工业系统共为农业提供 4450 万元产值的农业生产资料，既支援了农业，也巩固了工农联盟。

▲ 国务院奖给坡心人民公社的奖状

1958 年底至 1959 年 1 月，全国农业社会主义建设先进单位代表会议（后全国性的先进代表会议都称作"群英会"）在北京隆重召开。电白县参加首届"群英会"的先进代表有王占鳌、李秀英、王李广、吴瑞兰、杨言共 5 人。这 5 人胸前都被别上一枚金光闪闪的"群英会"纪念章出席会议。会上，王占鳌、李秀英光荣地接受了大会授予的、由总理周恩来亲笔签名

▲ 1958 年，县委书记王占鳌等参加全国农业社会主义建设先进单位代表会纪念章，左为正面，右为反面

▲1959年春，省里奖给电白县2辆吉普车，后其中一辆成为王占鳌的下乡"坐骑"

的国务院奖状："奖给农业社会主义建设先进单位"。

　　会后，鉴于电白县为广东省争得了荣誉，省里特别给电白县嘉奖了4800元奖金和2辆吉普车，后其中一辆成了王占鳌下乡的"坐骑"。不久，全国妇联又在北京召开"群英会"，李秀英光荣出席，全国妇联授予她"三八红旗手"的光荣称号，受到毛泽东、刘少奇等党和国家领导人的亲切接见。之后，李秀英曾以劳模代表的身份赴越南考察农业，还七次到北京开会领奖，五次受到毛泽东主席的接见，成了全电白最幸福的女劳模。

DI SAN ZHANG

第三章

绿化美化立奇功

第一节　博贺沙滩披绿装

王占鳌一到电白，就抓紧对电白县各方面的情况进行深入细致的摸查了解。他了解到，电白电白，其实就是"不毛之地"。这地方虽名叫电白，但根本就没有电；而县城虽名叫水东，但根本就没有水；而广阔的海边，更是一片白茫茫的沙滩。所以，"电白"无"电"、"水东"无"水"、海边无林也就成了当时电白的真实写照。

电白之所以连年干旱，与这里植被稀疏造成的水土流失和蒸发量大有一定的关系。如果想根治电白的干旱问题，除了直接的

▲ 当年被风沙吞噬的电白沿海民居

拦河、打井增加水源，还要着眼于系统治理，从整体生态上全面改善。为此，王占鳌下定决心，一定要从根本上解决电白自然生态问题。

随着罗坑水库等五个大中型水库和共青河等四大人工水渠以及水东等三大堵海堤围的建成，清甜的水库水通过人工水渠源源不断地流向县城水东，彻底改写了电白千百年来水利设施落后和水东无水的历史！

但是，沿海的大片白茫茫的荒芜沙滩还没有被征服，电白许多地方还没有实现全面绿化。这又成了王占鳌的一块心病。

他决定到沿海沙滩最多的博贺镇寻找突破口。

博贺，古称"霸下"（传说中的龙王第六子），后据谐音改为"北虾"（博

贺是海话的"北虾"二字音译而来）。地处电白沿海地带。这里刚刚解放时，作为二区的一个乡。1953 年春，全县区乡调整时，曾将水东划为区级镇，将电城、博贺、沙琅划为乡级镇，其他 179 个小乡仍然称为乡。如今电白区划已全部称为镇，所以博贺镇也是电白历史最悠久的三大古镇之一。

1953 年 4 月，也就是王占鳌夫妇南下来到广东电白工作仅仅几个月，他就驱车下乡来到博贺镇调研。在该镇有关领导的陪同下，他深入该镇的渔港、农村、田野、沙滩等地细致察看……

当王占鳌来到白茫茫的海滩时，陪同的镇领导便向他简单介绍了一下该镇风沙灾害情况：

博贺是一个半渔半农地区。渔业生产比较好，农业生产比较差。沿海 20 多公里的海岸线上，从农田到海边，都有一两公里宽度不一、白茫茫的沙滩，面积达 2 万多亩，树木不长，寸草不生，一片荒凉。夏季，太阳一晒，把细沙晒得灼热，可烤熟番薯、鸡蛋、花生，除了耕海人其他行人基本绝迹。台风一来，风沙、海潮直捣村庄、农田，房倒地毁，惨不忍睹。1927 年的一次大风沙，把汕村子、车路封村的房屋全部摧毁，埋成一个大沙丘，整个村庄都消失了。1943 年的一次大风沙，博贺村的 400 多间房屋倒塌了近 400 间。耕地一年比一年减少，沙滩一年比一年扩大。仅存的 1 万多亩水质耕地，产量很低，稻谷亩产只有几十斤，番薯亩产只有三四百斤，农民和渔民缺粮、缺柴，生活非常艰苦……

王占鳌听了介绍后，问道："你们说，怎样才能改变这种面貌？"

"康熙年间，京都派钦差大臣视察之后，出动兵马驱赶这一带群众迁离沿海 50 华里之外居住，农民们不愿背井离乡，纷纷起来反抗。"镇领导说，"我们不能像他们那样，驱赶农民离境吧！只能植树造林，防风固沙，改变环境，征服自然。"

"对！对！很对！"王占鳌连声称赞，"我们要在沙滩上植树造林，固沙防风，征服自然，改变面貌。这是博贺唯一的出路，也是电白改变一穷二白的方向。你们要带个好头，给全县做个好榜样。"

"但是，在这滚烫的沙滩上种树，前所未有，能成功吗？"镇领导大胆向王书记提出了疑问。

王占鳌是北方人，来电白之前甚至连大海长啥模样都没见过，这海滩上能不能把树种活？他自己实在答不上来。没有调查，就没有发言权。他决定回去后找县农林科技术人员咨询研究一下再说。

王占鳌一回到县城，就直接通知县农林科的技术人员前来商讨："你们告诉我，在博贺那些滚烫的沙滩上，能栽活树木吗？"

"理论上嘛……应该可以。但……我们从没试验过。"县农林科的技术人员小心翼翼地回答。

"同志哥啊，这样不行啊！"王占鳌有点生气了，他把声音提高了八度，"要是你们连这个事情也处理不好，我要你们这帮人干吗？从现在起，你们赶快组织好一个试验小组，挑选和培育出能在沙滩上种植的树苗来！然后从明春起，带齐行李驻到博贺的海滩去种植，之后再把试验结果给我带回来！"

1954年春，县林科工作组根据王占鳌的指示，带着他们选定的1900多棵木麻黄树苗到博贺海滩进行沙滩种树试验。他们把树苗发给各家各户去种。全部树苗种下后，仅仅十来天，树苗竟全部枯死了！

这次试验以失败告终。

不久，博贺镇共产党员王李广、陈娇发动全镇党团员和青年在沙滩种下木麻黄树苗3000棵。没过几天，树苗全部被风刮倒，被沙掩埋了。

这一次试验又以失败而告终！

▲ 1991 年 7 月，王占鳌二女儿王改英（右一）于"文革"后第一次回电白，与时任电白县接待科科长梁以群（左二）到博贺镇拜访全国林业模范陈娇（右二，博贺镇原副镇长）和当年参加植树造林的青年突击队队长黄卫华（左一），并在博贺林带前留影

这两次的试种失败，引来了对沙滩种树抱怀疑态度人们的嘲讽：

"这些想在滚烫沙滩种活树的人真是闲着无事做，自找麻烦。"

"沙滩种树，犹如海底捞针，难。"

……

面对失败，王占鳌没有退缩。他立即组织林业技术人员和植树积极分子，召开一场别开生面的"诸葛亮会"，研究试验情况，分析失败原因，寻找成功的办法。他在"开场白"上说："千重难，万重难，想起了子孙万代福，千难万难只等闲。今天请你们来，就是要认真分析上两次失败的原因，然后找出切实可行的办法来。"

"在沙土上种树，确实很难。"与会者说，"沙滩太松，没有黏性和水分，树苗种下去，不是被风刮倒了，就是被旱死了。"

还有人在会上分析道：第一次种植的树苗，分发给农户自己种，他

▲县委书记王占鳌带领全县干部群众在沙滩上开展植树造林

们因农忙，拖了几天时间才去栽种树苗，又大多没有淋水定根，这样不枯死才怪。第二次种植的树苗，选择的是刮风季节，掩埋是迟早的事。所以，两次失败都是方法不对头所致。

听了大家的分析，王占鳌批评了林科人员工作过于马虎、不负责任。林科人员也检讨了自己的错误行为，表示今后一定会认真对待。这时，与会的一名植树积极分子是个老农民，他大胆提出了一个经他多年实践得出的"客土种植法"：就是每一个树穴填上一筐挑来的客土，再施上一些土杂肥，然后种上树苗，踩实培土，淋水定根，覆盖稻草，保证能把木麻黄树苗种活。

大家听了老农的话，都觉得这土法可行。因为这种"客土种植法"，是从根本上改善了沙滩原来的土质条件，种树就不容易枯死了。

王占鳌立即在会上拍板：按老农的意见办！

于是，王李广、陈娇按照这个土办法，带领党团员和青年，在植树造林青年突击队队长黄卫华的带领下，上百名女青年、妇女突击 5 天，种下了 3000 多棵木麻黄树苗。

树苗种下后，果然没有被风刮倒，也没有被旱死。经精心管理，浇水施肥，两个月后，树苗果然抽出了新枝。沙滩种树试验成功了，成活率高达 85%！在白茫茫的沙滩上，终于出现了一片绿洲。人们无不欢欣鼓舞，王占鳌听说了这个好消息特别高兴。特别指示要全面推广"客土种植法"。

1955 年 1 月，王占鳌决定由县委、县政府牵头，在博贺正式成立防护林站和营造防护林指挥部。从此，博贺镇迅速掀起营造沿海防护林的新高潮。

1956 年春，全镇按照"客土种植法"，一共出动 5000 多人参加植树造林。这些参加种树的都是年轻妇女、老太太和儿童。为何没有男人参与？因为他们是渔民，都出海打鱼去了。渔民渔具多，农具却很少。没有锄头，就拿家里的锅铲挖穴；没有粪箕，就拿水桶挑泥；没有木勺，就用螺壳浇水。5000 多人共突击 9 天，种下木麻黄树苗近 70 万棵。

1957 年春秋两季，他们又种下木麻黄近 100 万棵。三年累计种植木麻黄树苗达 170 多万棵。经过他们的不懈努力，一条长 20 公里，宽 30~50 米，树高 7~8 米的博贺沿海防护林带终于呈现在人们面前。

这条宽阔雄伟的博贺沿海防护林带，镇住了常年满天飞舞的风沙，挡住了台风的侵袭，保护了沿海一带的农田、村庄。沙滩渐渐退却，耕地渐渐扩大。水稻亩产由几十斤上升到二三百斤，番薯亩产由二三百斤上升到一二千斤。农、渔民烧柴难、用材难的问题也逐步解决了。

1957 年 9 月 16 日，南方 12 省林业参观团 56 名团员在中央林业部

▲ 宽阔美丽的博贺沿海防护林带

造林司司长刘琨的带领下，前来参观博贺林带。参观团对博贺镇人民在沙滩上营造防护林带的奇迹倍加称赞，分别给县人委及博贺镇赠送了锦旗一面。

同年 11 月 2 日，王占鳌主持召开县委农业生产积极分子会议，到会 1944 人，历时 5 天。大会传达党的八届三中全会精神和省委、地委指示，提出两年消灭水旱灾、三年绿化全县的号召。会上，王占鳌将中央林业部"林业模范单位"锦旗和奖状授予博贺镇政府；县委、县人委还奖励了博贺镇、石曹乡、陈村二社、霞洞田头社、望夫一社等 5 个农业生产成绩突出的单位。

接着，王占鳌又及时在博贺镇召开全县植树造林现场会，向全县推广博贺的植树造林经验，号召全县开展植树造林，在沿海 200 多公里的海岸线上，用"客土种植法"将宜林的 80 多公里海滩向东向西延伸营造一条绿色防护林带，并让全县的荒山秃岭都披上一层绿装。

经过全县数十万造林大军的不懈奋斗，电白很快变成了"电绿"。

之后，中央和省、地各级领导前来电白参观考察，全国各地林业专家纷纷前来参观学习，向全国推广电白的造林绿化经验。

1959 年 4 月 1 日，《人民日报》第四版刊登了该报记者郑世文与《南方日报》记者张富贤合写的长篇通讯《渔家女制服流沙——博贺港植树造林的故事》，后又发表该报记者撰写的《电白四年变电绿》的报道文章。一时间，电白县的造林绿化经验闻名全国。

其间，前来电白取经的全国各地及沿海省市、地区、县等各条战线的参

▲1959 年 4 月 1 日，《人民日报》刊登的《渔家女制服流沙博贺港植树造林的故事》一文版面

观者络绎不绝。其中，时任福建省东山县委书记的谷文昌，曾在东山人民面前立下誓言：如果我制服不了东山的风沙，就让风沙把我埋掉！可他带领东山百姓在东山岛海滩沙丘上植树造林，多年来却是一败再败，这成了他心头挥之不去的"心病"。

当谷文昌听说几乎与东山同一纬度的广东省电白县在滚烫的荒滩上植树造林成功的先进经验后，这两位同为北方汉子、同为一心为民的优秀县委书记终于有了交集。谷文昌急不可待地立即通过长途电话与电白县委书记王占鳌取得了联系，在得到王占鳌的同意后，他当即派出两批林业专业技术人员前来广东电白学习取经。他们取得"电白真经"后，立即回到东山，按照电白县的"客土种植法"，把从电白带回的一批木

▲ 福建省东山县委书记谷文昌带领干部群众在沙丘上植树

麻黄树苗、树种在沙丘上加客土试种、育苗，也一举获得成功，解决了困扰他们多年来无法在海滩及沙丘上植树造林的难题。之后，谷文昌不但成为绿化东山的先进典型，还成了全国植树造林的先进模范人物，并被评为全国"优秀县委书记"。谷文昌的这些荣誉，都有王占鳌和电白人民的一份功劳。

▲ 福建省东山县的谷文昌纪念园

第二节 绿色长城贯南海

按照王占鳌的造林规划，从博贺向西延伸的沿海防护林带就是指在没有一草一木的南海营造一条新林带。

南海位于县城水东的西南面。新中国成立初期，南海和水东是被大海隔开的，是一个荒凉的半岛。从水东去南海，必须在水东油地码头搭渡船才能过去，然后到对面的霞里码头上岸；如果要从陆路进入南海，则必须绕西边的沙院经澳内转一个约 90 度大弯，走二三十公里的路程才能抵达霞里码头这边。是一个交通极为不便的地方。

当时，这里从东边到西边，有着 20 多公里的海岸线。海岸线一带，则有 2 万多亩光秃秃的沙滩，沙滩上没有一草一木。一年四季，风灾、旱灾、潮灾，肆意横行，人们把南海戏称为"难海"。

那时的南海，人们总结出了"七大难"：出入难、生产难、烧柴难、走路难、吃水难、过渡难、娶妻难。

下面这首民谣就是彼时南海的真实写照：

> 生女休嫁南海郎，
>
> 缺柴少米饿断肠。
>
> 访友探亲难过渡，
>
> 天灾祸害人心慌。

1953 年，王占鳌提出要在全县营造一条沿海防护林带，改变自然环境、灾害侵袭和落后面貌。于是，时任六区（霞里）的区委书记黄什、区长吴金生便响应县委书记的号召，组织群众在这一带的荒沙滩上植树造林，但每一次种树都以失败而告终。

于是，人们开始哀叹：

沙滩沙滩，种树不生；

南海南海，一穷二白……

1954年秋，王占鳌带领博贺人民用"客土种植法"在滚烫的沙滩上植树造林成功，后又及时在博贺召开植树造林现场会，介绍沙滩植树造林经验。

参加现场会的六区领导在县委书记王占鳌面前表态：将虚心学习博贺的植树造林经验，一定要带领干部群众在海边荒沙滩上成功种上树，制服风沙，改变面貌。否则，对不起群众，对不起党。

1956年2月，群众还在欢天喜地过春节，黄什、吴金生就带领区机关干部来到沙滩附近的后井坝边，脱下衣服，冒着严寒，跳下水塘，从冰冷的水塘中捞起一筐筐塘泥，倒进一个个新挖的树穴里，然后按照博贺的方法，种上木麻黄树苗，再在每棵树周围筑起"堡垒"，把树苗保护起来。

他们把40亩沙滩试验树种下后，安排人员对树苗进行精心管理。两个月后，这批树苗成活率竟然高达87%，竟比博贺那边还高2个百分点。这一成功让干部群众看到了希望！也为南海沙滩植树造林掀开了大序幕。

他们一鼓作气连续作战，经过几个春秋寒暑的努力，历经六区、南海乡、前进人民公社、南海人民公社的演变和黄什、吴金生、赖瑞云、许达泉等一茬茬领头人以及数千干部、社员的共同奋战，硬是把南海2万亩沙滩变成了一片绿洲！

取得荒漠沙滩造林绿化胜利后，王占鳌又指挥南海干部、社员立即转移阵地，带领2000多人向晏镜岭、后载岭等荒山进军，开辟植树造林的新战场。

▲ 郁郁葱葱的南海林带

这两座山岭石多土少，是造林绿化的"硬骨头"。

他们用特制的牛舌锄头和钢钎，一边挖一边凿，硬是把一个个树穴"开"了出来，手磨破了，擦点红药水，消消毒不下火线；锄头断了，换一把继续干。山上没有土没有肥，他们就从山下一袋袋往山上背；山上没有水，他们就用铁桶一桶桶往上提……

几个冬春，晏镜岭、后载岭 2000 多亩的石头山，经过不懈努力硬是被他们全部种上了树。

这下，整个南海绿化了。沙滩、岭头上绿树成荫、郁郁葱葱，村旁葵树成片，路边椰树成行。

南海林带形成了。它与博贺林带组成了电白沿海的绿色长城，降低了风速，固定了沙流，保护了农田、村庄，促进了农业生产。

王占鳌带领南海人民战天斗地、植树造林、改变环境的同时，又组织干部群众在水东隔海相望的海湾筑起了一条 1000 米长、近 100 米宽的内海拦海大堤，将南海与水东陆地连接起来，并在内海拦海大堤修起一条宽阔的公路，实现了通汽车，改变了当地人民世代出入水东要靠摆渡过海的历史。同时，王占鳌又把共青河水引进岛里，使南海 90% 的干旱沙坡地得到有效灌溉，2000 多亩农田由单造变为双造。

1964 年，《南方日报》刊载《又一绿色长城——南海林带》一文，叙述了南海的巨大变化：

昔日的荒岛，变成了绿树成荫、公路畅通、渠道纵横、风沙低头、旱灾无踪的宝岛；水稻亩产由过去的几十斤增加到现在的三四百斤，每年林业打枝间伐收入近 100 万元，葵树加工产值达 100 万元；农民用间伐的木料，建起大批新屋，改善了居住条件；树枝、树叶遍地皆是，农民再不愁做饭没有燃料了……

王占鳌在抓好营造沿海百里防护林带的同时，又重点抓了县内丘陵地区植树造林、保持水土等工作。

其间，王占鳌在县城附近山岭还带头种了 2 亩"书记林"，亲自动手挖穴、种树、淋水、管理，并多次带着老婆孩子去监管林木。榜样的力量是无穷的。县委、县政府各级领导纷纷以县委书记王占鳌为榜样，也营造各自的"常委林""县长林"……各级干部也行动起来，带领群众苦干实干、植树造林。经过多年的不懈努力，全县绝大部分荒山野岭、公路两旁、大小河流两岸都绿化起来了，穷山恶水变成了绿水青山，绿水青山则变成了一座座金山银山。

第三节　中间坡建示范点

电白的地势地貌独特。境内山地、丘陵及台地、平原，几乎各占三分之一。其中许多丘陵地区，千沟万壑，崩山烂岭，寸草不长。一遇暴雨，从崩山烂岭上冲刷下来的黄泥浆水吞没农田、庄稼，人们称这些黄泥浆水为"田间老虎"。

消灭"田间老虎"，成了丘陵地区的紧迫任务。

王占鳌在推广博贺沙滩植树造林活动中，生活在县内丘陵地区的干部群众议论说："博贺植树造林经验好是好，可是我们学不了。"

王占鳌是一个善于典型示范、以点带面的领导，他听了丘陵地区干部群众的议论后，决心要在丘陵地区树立一个更好的植树造林、水土保持示范点。

1955年底，王占鳌决定在丘陵地区找一个乡搞示范点。他首先想到了距博贺不远的旦场乡。

旦场乡的蹲点干部是县委组织部副部长郑富荣，湛江廉江人，是个解放战争时期参加革命的老同志。王占鳌把郑富荣找来谈话，讲了他的想法，叮嘱他务必在旦场丘陵地带搞出一个好的绿化示范点来。

郑富荣当场表态：一定不辱使命，坚决完成任务！

郑富荣经过调研，发现中间坡一带有145座山头，面积近1000亩，是一个水土流失严重的地区。有时候，中间坡这只"田间老虎"出来，甚至危及附近G325线（今为G228线）的行车、行人安全。

于是他们决定将中间坡岭作为绿化固土突破口，确保水土不再流失，缚住这只害人的"田间老虎"。

1956年春，郑富荣在旦场乡党委书记邱鸿达的大力支持下，组织了一支 30 多人的绿化专业队伍，正式向中间坡岭进军，开展植树造林和水土保持试验。

不久，王占鳌就来到中间坡检查植树造林和水土保持试验工作。郑富荣、邱鸿达向他汇报了工作进展和水土保持试验情况。

王占鳌很满意，并寄予很大的希望。他说："我再找一些专家来给你们做好规划，希望你们继续下大力气，把这里办成全县丘陵地区第一个水土保持示范点。"

郑富荣、邱鸿达表示欢迎专家过来指导，并决心把示范点办好。

从此，王占鳌便经常带领水利工程技术人员、专家学者到中间坡检查、指导工作，抓好规划：哪里筑谷坊（固定山地沟床而修筑的土、石建筑物），建拦沙坝；哪里挖水塘，开水沟；哪里种树种竹，营造防护林带；哪里开梯田，种荔枝、龙眼、香蕉、花生、水稻等。

▲王占鳌（前右一）带领机关干部、群众在旦场中间坡岭植树造林现场

王占鳌还亲自率领县机关干部，头戴草帽，骑着他那辆"三支枪"单车（自行车），带着"盅子饭"和水壶，从县城驱车15公里来到中间坡参加义务劳动，誓把水土保持示范点抓出成效。之后，他又于1957年春在中间坡召开了现场会，号召全县学旦场、赶旦场、超旦场，造林绿化，治理水土流失，造福百姓。

1958年5月8日，苏联地质专家扎斯拉夫斯基在王占鳌的陪同下前来中间坡考察，这位外国专家一路考察一路赞不绝口："中国同志真不简单！"

1959年11月6日，位于旦场楼阁堂的河湾水库建成。王占鳌在该水库落成典礼上郑重宣布：旦场、陈村的干旱历史一去不复返了！

经过几年的艰苦努力，中间坡示范点共筑谷坊、拦沙坝上千个，造林、种果、种竹700多亩，开梯田400多亩，挖水塘一口，面积1500平方米，修水渠400多米……昔日荒山秃岭的中间坡，实现了水利化、梯田化、果树化、园林化。

11月15日，华东六省水土保持现场会在电白县召开，与会者参观了旦场中间坡水土保持示范点。此刻，展现在与会者面前的是一幅绿色美丽的画卷：

山上树木葱郁，鸟语花香；一条大水渠把河湾水库的水引进山顶上的大水塘里，潺潺流水从上往下顺着支渠绕着山腰自流灌溉，滋润着层层梯田；梯田里荔枝、龙眼、香蕉，生机勃勃；稻田里翻滚着金色的谷浪……

参观的人们发出赞誉声："真美，像花果山、公园、仙境……"

不久，由全国《水电》杂志社记者采写的有关王占鳌建设中间坡水土保持示范点的经验介绍文章在该杂志刊发，引来全国读者好评。

后来，国务院发文通知各省选送各地水土保持示范点建设参加评选活动。省里将电白中间坡水土保持示范点选送国务院参评,结果得了大奖。国务院发来一面锦旗,上面印着周总理的笔迹: "群众办点的水土保持示范站"。

王占鳌要求县水电部门制作一个反映整个中间坡水土保持示范点的模型。县水电部门多方联系请来了一位农民雕塑家陈宝利,他经多天仔细参观该示范点后,突发灵感,很快将示范点全景雕刻成一个美妙精致的模型,后来送往北京展览,获得好评如潮。

第四节　人与自然生物圈

　　一花独放不是春，百花齐放春满园。王占鳌要的就是"百花齐放"。他在中间坡抓水土保持示范点获得成功后，又在电白西部邻近湛江吴川县（今吴川市）交界处的小良乡一片不毛之地——菠萝山上，建起了另一个更加引人瞩目的小良水土保持试验推广站。正是这个了不起的水土保持试验推广站，不但轰动了全中国，而且在国外也产生了一定的影响！

　　小良水土保持试验推广站，原本这一带叫菠萝山。在这方圆几十平方公里范围内，数十座山岭全是草木不长的荒山野岭，水土流失十分严重。夏天地表最高温度达 62.9℃，烈日炎炎时，光秃秃的山上，鸡蛋都能烫熟，一不小心人会被烤死。这一带被当地人戏称为"电白火焰山"。

　　可到了下雨时，由于没有植被，洪水裹着黄泥石子倾泻而下，形成一股股强大的泥石流，直冲下山，一路杀来，泥浆翻滚，犹如黄龙肆虐，遇庄稼遭覆盖、遇房子遭崩塌……这样恶劣的自然环境在全世界范围内也属于极端的，要改变这里的自然环境肯定是非常艰难的。

　　1957 年 6 月，在湛江地区水电局的大力支持下，该局干部李继美和李子槐两位骨干，带领 9 名职工来到了小良菠萝山，他们决定在这座"火焰山"边，筹建一个水土保持试验推广站，改变这里的自然环境。

　　他们来到山上，搭起两间草房，算是安了家，就开始紧张的水土保持试验工作。他们冒风雨、顶烈日，日夜苦战，仅仅半年时间，就在山上筑起谷坊 700 多座，开垦梯田 100 多亩……

　　但天有不测风云。突如其来的一场大暴雨，就将他们的希望全都化成泡影。辛辛苦苦筑起的大半谷坊和开垦的梯田全都被冲毁。大半年的辛劳，顷刻间化为乌有！

看着眼前的惨状，他们个个伤心至极，痛苦流泪。

"这些崩山烂岭能治得好吗？"部分职工动摇了。

就在大家一筹莫展时，县委书记王占鳌来了！

当他得悉改造"火焰山"遭遇失败的消息后，心中很是不安，他决心帮助他们渡过眼前的难关。于是，他就带着一群水土保持技术专家来到菠萝山，与李继美等干部职工一起爬上山头察看了水毁现场，分析失败的个中因由。一行人看到，这被毁的谷坊、梯田都筑建在半山腰下，而高山上由于没有植被、土质疏松，没有得到任何有效治理，暴雨加上山洪袭来，山下如何能抵挡得住？王占鳌和专家们一下子就找到了失败的症结：现在的治理方法刚好搞颠倒了！

"怎么你们是先开发山下，而不是先治理山上？"王占鳌问。

"山下地好，容易开发。"他们说。

"你们应该采取先治理好山上，再开发山下的办法。"王占鳌说，"先把山顶上的排水沟、植被和绿化等等都搞好了，山下的开发和修筑谷坊、开挖梯田就不容易被山洪冲毁了。"

接着，在场的专家也提出了一系列具体可行的建议。

听了王占鳌和专家们的意见，李继美等人终于都弄明白了。

"搞试验嘛，当然允许失败。失败乃成功之母嘛！你们可不能打退堂鼓哦。"王占鳌对李继美等干部职工说，"你们大家先做个全面的规划，再进行下一步的试验吧！"

"王书记，您放心！我们一定会吸取失败的教训，从头再来！"

于是，李继美立即带领干部职工们抓紧做好下一步的全面规划，按照"先山上后山下"的原则，重新部署"火焰山"的治理工作。

王占鳌又下发通知指示小良、沙院等附近的乡领导，特别叮嘱他们派出干部群众出人出力前来协助治理"火焰山"，建设新的菠萝山。

这下，每天数百人浩浩荡荡开进"火焰山"山顶，他们早出晚归，上山开水渠、筑谷坊、修梯田、挖树穴，还组织人员采树种、办苗圃、育树苗，满足植树种果需要，并派人到水东、梅菉（吴川）等地收集垃圾，为植树种果备足基肥。同时，抓住春播季节，突击种树、种果、绿化荒山，打井取水，淋树抗旱……

他们在中共湛江地委常委、电白县委书记王占鳌的大力支持下，采用科学的方法，至1964年，共筑谷坊2000多座，开挖排水沟4000多米，控制了水土流失，做到大雨水不下山、泥不出沟，"火焰山"全部荒山实现了绿化，成功地治理了"火焰山"的水土流失，把这片不毛之地改造成了多样性的人工森林，环境条件明显改善。周围农田均免受黄泥浆水冲刷，农业产量成倍增长。

昔日的"火焰山"变成了枝繁叶茂的森林，人工混交林风光旖旎，林、果交混，花卉满山；一年四季，繁花似锦，硕果累累，绿树成荫，花果飘香。这里的美景，犹如人间仙境，令人陶醉。

1965年春，广东省委第一书记陶铸前来菠萝山参观视察，他参观完后，欣喜地为小良水土保持试验推广站题词："花红叶绿，果实累累，佳木葱茏，风景宜人"。

▲ 小良水土保持试验推广站

之后，小良水土保持试验推广站被中国科学院选定为全国十个森林生态系统定位考察站之一。

联合国"水土保持与管理"考察团也多次前来该站考察，把该站定

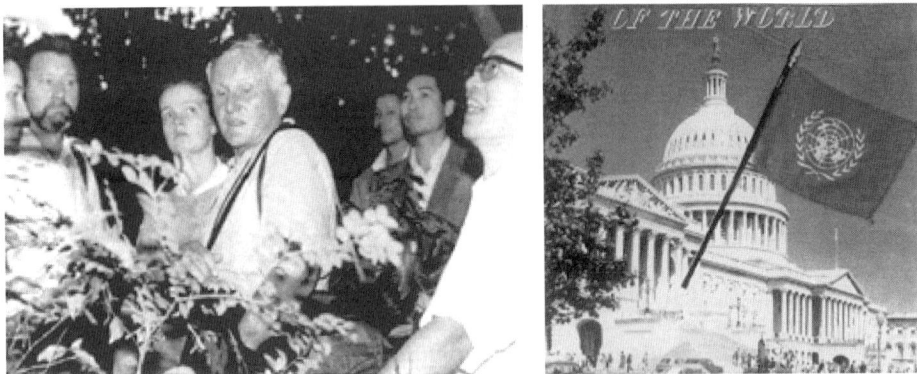

▲ 联合国"水土保持与管理"考察团成员在小良水土保持试验推广站考察并赠旗留念

为联合国"人与生物圈"考察点，并赠送了联合国旗帜以作纪念。

自该站对外开放以来，先后接待了来自世界五大洲 69 个国家和地区 180 多人次的专家学者前来参观考察。其中世界森林研究所所长布朗尼博士先后 7 次来站，赞赏说："在地球赤道与北回归线之间的多数地区都因森林破坏后而演变成了沙漠，唯独中国小良同属这一地带，却人为地把接近沙漠的不毛之地改造成为人工森林，确属世界奇迹！"

如今，昔日的"火焰山"菠萝山，成为全国第一个人工热带森林生态园和粤西最大的珍稀植物园，先后被水利部命名为"全国水土保持先进单位""全国水土保持先进集体""国家水利风景区"，是广东省 7 个水土保持监测站之一，还被广东省科学技术厅 5 个部门命名为"广东省青少年科技教育基地"，被广东省科学技术协会命名为"广东省科普教育基地"，被水利部和教育部命名为"全国中小学生水土教育社会实践教育基地"。并建成全长 11.8 公里的绿道，成为集科学研究、技术推广、普及教育与生态休闲旅游等为一体的多功能新型水土保持科普示范园区。不但大大改善了当地的生态环境，而且成为当地著名的旅游风景区，取得了较大的生态效益和社会效益。

吃水不忘挖井人。小良水土保持试验推广站经历了一代又一代，他们没有忘记老书记王占鳌对该站所作的特殊贡献。

第五节　琅江两岸映翠竹

　　1958 年，在抓好造林绿化、治理崩山烂岭的同时，王占鳌于人民公社化前又发动了"营造沙琅江竹带、扮靓电白母亲河"的战斗。

　　沙琅江是电白县最大的河流，也是电白人民的母亲河。沙琅江发源于该县北部的那霍乡青鹅顶岭南谷之大河尾，流经那霍、三渡（今属那霍镇）、三坑（今属罗坑镇）、沙琅、霞洞、林头、羊角（今划茂南管辖）、坡心、七迳、小良等乡，汇入鉴江后流入南海，干流长 112 公里（在电白境内长 80 多公里）。沙琅江支流多，流域面积广，主要支流有黄岭河、石坦河、大社河、里联河（庙背水）、里平河（华垌河）、莫村河、龙记河（观珠河）、郁头鹅河（白芒水）等。沙琅江沿岸多是冲积平原，土地肥沃，风光旖旎，盛产稻谷、花生、瓜菜、荔枝、龙眼、黄皮，是电白县粮食和水果主要产地之一。

　　沙琅江由于水流湍急，两边堤岸长年累月被江水冲刷，堤坝常有崩塌决口，酿成水灾，毁坏附近的农田和村庄，百姓遭灾。据《电白县志》记载，1932 年，沙琅江一次堤岸大决口，洪水把万亩良田变成了白茫茫的沙滩。新中国成立后，人民政府虽发动群众连年修堤，但是由于洪水凶猛，堤岸土质松软，每年汛期，江堤险情不断。

　　为让电白人民这条母亲河降益于老百姓，把母亲河装扮靓丽，王占鳌也颇费了一番功夫。

　　1958 年春节期间，王占鳌来到霞洞乡大村农业社，调研如何固堤护江。有老农提议，竹子根系发达，只要在堤坝上种上竹林，就可以保护江堤，还可以增加群众收入。王占鳌对老农的建议特别感兴趣，立即采纳了他的好建议，当即发动该社男女老少全部出动，四处挖来竹秧，大干苦干三天，硬是在 2.5 公里长的江岸上种下 5000 多棵竹子。接着，又将全乡 25 公里长的沙琅江两岸全部实现了"竹化"。

3 月 15 日，王占鳌又适时在霞洞乡召开全县"四化"（绿化、竹化、果化、美化）代表会议，参观学习该乡营造的"琅江竹带"，号召全县开展"四化"运动，提出"竹化沙琅江，攻打三百里"的口号。

王占鳌在动员会上说："我们都知道，沙琅江堤岸如果不种上竹林固堤，遇到洪灾就会出现决口崩堤的险情，毁坏农田和村庄，老百姓就会深受其害。我们在江堤两岸种竹造林，不但可以起到固土拦洪的作用，还能生产大量竹子，增加收入。所以，我们一定要在沙琅江两岸种上竹子，推动全县实现绿化、竹化、果化、美化……"

发动全县种竹，又遇到了一个新难题，那就是欠缺种苗。

▲ 沙琅江支干流卫星地图（粤 S084 号）

为筹集大量的竹苗种，乡、社干部挨家挨户动员群众，捐献竹种。广大群众纷纷响应号召，在自家的竹林里，只留下少数几枝竹子繁衍后代，忍痛将其余竹子挖掘出来，献给公家，作为竹种。后来，群众的竹种都挖空了，还是无法解决欠缺竹种问题。

那霍、三渡、三坑、沙琅、大历（今属沙琅）、林头、黄岭、望夫等乡，组织了 3000 多人的远征队，分别到县内的青鹅顶岭、黄岭、双髻岭、鹅凰嶂岭和县外阳春县（今阳春市）千家洞大山，采集竹种。他们这支远征队风餐露宿、忍饥挨饿，还要忍受蚊叮虫咬、野兽侵袭，翻山越岭奋斗十多天，终于采集竹种 1000 多万棵，满足了种竹的需要。

1959 年春季，全县迅速掀起植树种竹的高潮。

沙琅乡提出"苦干四昼夜，攻打 80 里，赛过霞洞乡"的口号，开展"一人五竹十树"活动（即每人种下五棵竹子和十棵树木）。3 月 19 日，沿江 15 个农业社也出动 3640 人，在沙琅江两岸种下竹树 11 万多棵，营造了 68 里长的竹林带。

羊角乡沿江 5 个农业社，开展"每个劳力一亩竹"活动。3 月 19 日出动 1300 多人，种竹 4500 多棵，竹化沙琅江 4 里。

坡心乡组织 12 个突击队 560 人，3 月 19 日在沙琅江堤岸种竹 2000 多棵。

大同乡（后并入羊角，今属茂南羊角镇）组织 1000 多人，在境内三条河流、60 里堤岸上，全部种上了竹树。

三坑乡，从 3 月 16—19 日，每天出动数百人，种竹 52 万多棵，面积达 1 万多亩。

▲ 沙琅江谭儒段

▲ 沙琅江岸的水果之乡——霞洞，对岸就是该镇有上千年历史的上河荔枝贡园

大历乡，从 3 月 16—17 日，每天出动 1100 人，种竹 310 亩。

霞洞乡，种荔枝树 6 万多棵，种龙眼、杨桃、黄皮等果树一大批。

到公社化之前，王占鳌领导下的电白，全县造林绿化成绩斐然：种下竹林 2 万多亩，种果树 7.75 万亩，其他林木 56 万亩。在整条沙琅江和 90 条小河的两岸营造了竹林带，在 90% 以上的低洼荒山和 95% 以上的村旁实现了"竹化"。望夫、大历、三坑成了竹子之乡，霞洞成了水果之乡。

第四章

反特前沿立新功

第一节　中心工作早抓实

电白县自从完成土改工作以后，穷苦出身获得翻身解放走上领导岗位的王占鳌，深知阶级斗争和国家安全的重要性。那时候，全国上下都突出抓"阶级斗争"这项政治任务，特别是毛泽东主席提出"阶级斗争、一抓就灵"和"千万不要忘记阶级斗争"等指示后，全党上下抓紧抓好"阶级斗争"成了当时工作的重点。

王占鳌知道阶级斗争绝不能掉以轻心。一些国民党时期潜伏下来的敌对分子和被剥夺了财产的敌对势力，每时每刻都在做着颠覆现有政权、重算变天账的企图。所以，他凭着多年积累的斗争经验认真地安排部署了电白的相关工作。

抓阶级斗争，属于解决人民内部矛盾，主要时段集中在土改时期。王占鳌主要是认真贯彻"依靠贫雇农，团结中农，中立富农，消灭地主阶级"的中央指示，出色地完成了电白县的土改工作任务，培养了一大批劳苦大众的农民积极分子冲锋在斗争第一线，取得了不俗的战绩。同时，他还着手整顿了县内一些旧的基层组织，进一步纯洁了阶级队伍，并顺利开展了斗

▲ 电白人民武装在县委书记王占鳌的指挥下，全力开展清匪反霸斗争。图为军民上山抓土匪情形

争地主恶霸运动，镇压了一大批罪大恶极的地主恶霸，取得了斗争的胜利。

抓好清匪反霸和镇压反革命斗争工作，因为其隐蔽性强，一些又属于敌我矛盾，不能用思想工作来化解，所以持续的时间相对较长，难度也比较大。王占鳌 1952 年南下来到电白工作后，全县境内的土匪还没有完全肃清，他亲自担任电白县剿匪指挥部总指挥，与县委常委、剿匪指挥部副主任、县公安局局长邵若海（邵福祥）一起带领人民武装深入山区土匪猖獗的第一线，将深藏的多股顽匪、残匪一一消灭，其中消灭顽匪 120 多人，活捉和改造残匪 230 多人。同时，对潜藏在阶级队伍里的反革命分子进行坚决镇压。他领导逮捕各类反革命分子上千人，并对身

▲ 参加电白解放初期剿匪作战的公安人员合影。前排左三为时任中共电白县委常委、县公安局局长邵若海（邵福祥），左一为时任六区党委委员兼公安助理张振文

有血债、民愤极大的反革命分子依法执行枪决。另外，他还领导全县机关、企事业单位进行了内部肃反工作，共清理反革命分子和有重大政治问题人员上百人，并分别依法依规作出了严肃处理。特别是在 1957 年，他成功处置了阴谋推翻人民政权的"晏宫庙事件"，揪出了以王恒茂为首的一批罪大恶极的反革命分子，巩固了当地人民政权。

抓好政治和经济领域的"三反""五反"运动。在政治领域，王占鳌重点抓好干部队伍"三反"，即反贪污、反浪费、反官僚主义。全县参加"三反"运动的干部职工共计 949 人，其中查出有贪污或多吃多占等错误者 68 人，受处分的 33 人，占参加运动总人数 7%。同时，在工商业领域重点抓好"五反"，即反行贿、反偷税漏税、反盗骗国家财产、反偷工减料、反盗窃国家经济情报运动。王占鳌通过发动群众，揭发不法资本家危害人民，危害国家，腐蚀干部，组织走私，伪造证件，扰乱人民经济生活等各种犯罪行为。经过工商业户自查，群众检举揭发，经核实，仅偷税漏税一项全县就达到 300 多亿元（旧币），其中，以民生百货商店偷税、漏税最多，达到 2 亿多元（旧币）。这两个运动也是阶级斗争的重要组成部分。其中，"三反"运动及时有效地制止了新中国成立后滋长的腐化现象，挽救了大批干部，敲响了廉政的警钟。这场运动不仅让当政者、参与者、国家工作人员受到检验和教育，且一般群众、企事业单位职工也受到一次深刻的反腐蚀教育。"五反"运动则对 20 世纪五六十年代国家的社会政治经济都产生了较为深远的影响。它在舆论上和实际上都否定和打击了私营经济在旧中国形成的不良经营作风，对于整顿私营工商业的经营作风、保护国家人民的利益起到了很大的作用。

第二节　晏宫庙前震神棍

晏宫庙原称诚敬夫人庙、谯国夫人庙、冼太夫人庙。因该庙是建在霞洞晏公岭（狮子岭）之南麓，故当地百姓又称作晏公庙。庙里敬奉的就是出生于电白山兜丁村和生活在夫家霞洞的著名中国巾帼英雄冼太夫人。

最早的霞洞诚敬夫人古庙，始建于隋唐时代，为冼太夫人之孙冯盎所建。

至南宋时，因冼太夫人庙年久失修，当地的霞洞人为纪念爱国主义典范冼太夫人，由霞洞籍人士、时任灵山知县崔本厚主持，由霞洞乡绅出资支持重修。最早的晏宫庙里原有一口高 1.33 米的铁香炉，两只 0.4 米高的石狗，一只 1 米高的石狮子，一只大石龟，都是唐宋时期的古物。其中宋代苏东坡（苏轼）路过此庙并留下一首《题冼夫人庙》的诗最为珍贵：

> 冯冼古烈妇，翁媪国于兹。
>
> 策勋梁武后，开府隋文时。
>
> 三世更险易，一心无磷缁。
>
> 锦伞平积乱，犀渠破群疑。
>
> 庙貌空复存，碑版漫无辞。
>
> 我欲作铭志，慰此父老思。
>
> 遗民不可问，俚句莫予欺。
>
> 爆牲菌鸡卜，我尝一访之。
>
> 铜鼓葫芦笙，歌此送迎诗。

至明朝，晏宫庙在原规模和原基址霞洞看人坡北端晏公岭向阳坡上重建。庙宇占地约1000平方米，依山势而建。庙宇分三殿，后殿地势高，有两尊泥菩萨。中殿面积最大，画栋雕梁，庄严肃穆。内置两尊冼太夫人金身像，神形一模一样。历史上，每年对冼太夫人的纪念活动从正月十六日一直延续到十九日。其间，南来北往的商人、香客、看客云集此地。后来这里还逐渐发展成为粤西特产展销会，各地手工业品都来看人坡占地摆摊，如羊角的陶器（缸、盆），霞洞的竹器、箩筐、龙骨车、手拉水车，林头的草席，沙琅的酱油、豆豉，那霍、罗坑的草纸（火纸），信宜、高州的木制品、水桶，高州、化州、阳春的布匹、药材、香烟、糖果，吴川的家用竹制品，阳江的皮箱、皮枕头，等等。看戏的，做买卖的，车水马龙，人山人海，熙熙攘攘，盛极一时。

▲ 当年看人坡的竹器摊

历代以来，因晏宫庙一直比较灵验，吸引了远近无数善男信女前来朝拜。人数最多的时候，竟多达上百万人。特别是20世纪50年代期间，那些年晏宫庙前的看人坡，曾一度出现粤桂湘琼四省上百万人前来瞻仰朝拜冼太夫人的盛况。该庙香火之鼎盛，由此可见一斑。

但是，1957年的晏宫庙庙会，却被王恒茂等一批反动神棍所利用，最后演变成一场聚众骚乱、企图颠覆人民政权的闹剧。所幸的是，

▲ 使用中的龙骨车

▲ 霞洞晏公庙一角

由于有县委书记王占鳌亲自出马，迅速出手，该反革命事件才得以平息。

1957年6月的一天，霞洞乡晏宫庙里，香烟缭绕，神像前跪满了虔诚的香客。庙里庙外，善男信女求神棍、巫婆指点迷津，施给"神符""法水"，消灾灭祸；看热闹者到处围观，小偷、流氓、坏分子间杂其中……整个现场，聚集成千上万人，场面乱成一锅粥。

5月14日（农历四月十五日）开始。最初，是几个巫婆、神棍在庙前装神弄鬼，散布迷信。反动分子看到有机可乘，纷纷出动，传播国民党马上就要回来的谣言者有之，借机骗钱骗色者有之，煽动群众哄抢物资者有之，唆使农村社员罢工者有之，诋毁、谩骂党和政府者有之，虽然还没有形成暴乱的事实，但也出现了明显的端倪。渐渐地，来的人一天比一天多，由最初的几十、几百到后来几千、上万人。

事情越闹越大，出乎意料的事情一件接着一件。问题很快引起了王占鳌的注意。听到部下吴伦江的有关情况汇报后，他亲自带领工作组前往霞洞，并通过明察暗访，收集掌握了大量情况和证据。经过工作人员汇总整理，主要体现在以下 10 个方面：

一是传播反动谣言。说"国民党要回来了，共产党要灭亡，合作社要解散，土地要重新回到地主阶级手中"。二是借故建庙，向群众发出 126 本募捐簿，从中诈骗群众 3000 多元。得款后一众坏分子每天杀鸡宰鸭加菜饮酒，挥霍浪费。三是欺骗群众吃"神符"、喝"法水"，致使 140 多人腹泻，3 人死亡。四是不法男神棍乘机调戏妇女信众 300 多人，奸淫妇女 13 人。五是借口搭建庙宇，煽动不明真相信众哄抢霞洞乡杉木 42 根。六是聚信众踩毁坡田社百果园全部新种果木，影响极坏。七是诱骗大村社社员不出工，致使 10 多亩早稻无人收割脱粒而发芽、腐烂，损失惨重。八是聚信众大搞封建迷信活动，从中进行反革命破坏活动。九是组建非法地下组织。十是蓄意诋毁党和政府，企图颠覆人民政权。

王占鳌拿着"晏宫庙坏分子十大罪状"材料，表情十分严肃："这些坏家伙，以搞迷信为幌子，欺骗群众，进行破坏活动，真是反动之极。我们要教育群众，提高觉悟，揭发批判他们的罪恶行径，夺取平息晏宫庙事件的胜利。"

但在具体处理上，王占鳌主张不能简单粗暴，要有理有据注重效果。按照这个原则，霞洞乡通过召开群众大会，放电影、演戏、广播、出黑板报……宣传无神论，揭露神棍、巫婆、坏分子的罪恶行为，教育广大群众不要上当受骗。山寮乡、大同乡、石曹乡、木苏乡、林头乡、南海乡、大陂乡……全县各乡纷纷开展批判"晏宫庙事件"的反动头子们。全县广大群众认清了神棍、巫婆、坏分子的欺骗本质、罪恶目的之后，怒不可遏。7 月 11 日，霞洞乡 400 多名群众聚集到晏宫庙，捣毁了神像，拆除了搭建的庙棚，并游行示威，高呼口号：

"我们不要再上当受骗！"

"彻底清算反动迷信头子的罪行！"

"严惩晏宫庙反动迷信头子！"

……

8月7日，电白县人民法院在观珠召开宣判大会，公开宣判"晏宫庙事件"中的5名主犯，分别判处1～7年有期徒刑。其他参与者也都得到了应有的惩罚。

"晏宫庙事件"终于彻底平息了，群众又恢复了安定、祥和的生活和早出晚归的劳作。

从"晏宫庙事件"中，王占鳌感到封建迷信在社会中根深蒂固，危害匪浅；大力抓好社会主义文化建设工作，抵制和清除封建迷信对社会的毒害，是一件大事。因此，王占鳌后来极其重视电白的文化工作，并抓出了实效。

"晏宫庙事件"平息后，该庙会从此遭到冷落。"文化大革命"爆发后，该庙被纳入"四旧"而遭彻底烧毁，连苏东坡等历代诗人的碑刻也荡然无存（笔者注：20世纪90年代后期，当地民间自发筹资在原址上简单

▲ 重建后的霞洞晏宫庙

重修晏宫庙，并由附近村民打理。从此，该庙香火又开始复燃且四季不绝。2011 年，晏宫庙由当地百姓投入巨资重建开光，新建的晏宫庙宏伟壮观，前后三大殿，殿高 13 米，红墙黄瓦，重檐飞椽，青石明廊，还恢复了昔日苏东坡等历代名人名诗碑刻。重建后的晏宫庙又成了人们拜谒冼太夫人、进行爱国主义教育的好去处）。

第三节　领导大办民兵师

20 世纪五六十年代，退居台湾的国民党蒋介石极不安分，其"反攻大陆"的叫嚣甚嚣尘上。

1958 年，蒋介石派遣大批武装特务窜入大陆阴谋搞颠覆活动。同时，美帝不间断地出动军舰飞机，为国民党军队运输舰护航。

在这种形势下，中央军委召开扩大会议通过决议，明确提出必须积极积蓄和壮大后备力量，贯彻执行把预备役和民兵合二为一，落实全民皆兵的方针。中共中央很快确立了"实行全民皆兵"的战略思想。同时，毛泽东主席也向全国发出："我们不但要有强大的正规军，我们还要大办民兵师"的伟大号召。从战争年代血与火的战场里走过来的王占鳌，尤其明白建立地方武装的重要性。在王占鳌的高度重视下，全县迅速掀起了"大办民兵师"的新高潮。

电白县很快就组建起一支高质量的县级民兵师，再由各公社各组建一支民兵团，然后由各大队建立各自的民兵营，各生产队和小型企业各建立民兵连、排、班。不久，全县先后共建有 24 个民兵团，380 个民兵营，9000 多个民兵连、排、班，真正实现了全县武装、全民武装、全民皆兵。截至 1958 年底统计，电白全县已组建起一支 10 多万人的强大民兵武装

▲ 海上女民兵在波涛汹涌的大海上苦练杀敌本领

队伍。

1962 年，电白民兵总人数达到惊人的 113525 人，编成 30 个团，597 个营，18 个基干民兵连。基干民兵 76830 人。与此同时，县里还组织了一支 80 人的基干民兵连，脱产到县城集中训练，配备重机枪、迫击炮、高射炮等重武器。

电白民兵在王占鳌的亲自领导和指挥下，刻苦训练，苦练杀敌本领。普通民兵军事训练，一般采用小型、分散、就地制。重点是训练基干民兵，由各大队组织训练，时间 30 天；大队民兵营长由县武装部培训，时间 15 天；公社专职武装干部，由军分区分期分批轮训，时间 20 天。同时还组织岗位练兵，即结合本职工作，进行演练。

电白民兵进行岗位练兵，特别注重专业技术演练。如通信、卫生专业技术分队，要求民兵在平时工作中，掌握本职专业技术，如无线电通信技术和战场救助技术。最突出的是，电白民兵上万人在 1959 年参加兴建罗坑水库时，也结合民兵实际工作同时开展军事训练。比如在挖土方时，组织民兵进行土工作业；打石时，组织民兵练习爆破技术。此外，还开展军事示范演练，组织民兵演练刺杀、队列、操枪等项目。此外，为了训练昼夜机动战术和刺杀技术，有的单位还充分利用晚上空闲时间进行军事训练。如陈村民兵营，有时晚上挂着汽灯练习刺杀。还有的厂矿企业，则利用工人广播体操时间配合进行军事训练。而在广大农村，民兵的军事训练，则主要安排在农闲时节再具体进行训练，这叫军训与生产两不误，他们的训练水平与劳动成果均取得骄人的成绩。

其间，电白民兵还多次举行盛大的民兵比武大会。每次参加比武大会的 200 多名民兵代表，均是各公社、厂矿精挑细选出来的精英。比武大会定出的比赛项目有步枪和轻机枪射击、投掷手榴弹、射击汽水瓶等。如 1964 年举办的一次全县民兵比武大会上，还增加驻军 7087 部队官兵

▲ 电白女民兵警惕地在海防线上巡逻

参与军事表演节目。在该次民兵比武大会上，取得十分显著的成绩：树仔民兵代表在 100 米胸环射击中 5 发子弹打出 49 环的优异成绩；电城女民兵在步枪 100 米卧姿有依托对直径 7 厘米汽水瓶射击中三发两中；参加投掷手榴弹比赛的 84 名代表，有 24 人达到投弹能手水平！

这支由王占鳌亲自领导和指挥的电白民兵武装，在配合人民解放军部队剿除全县境内的土匪中取得喜人成绩，之后，又在进行反特斗争、保卫海防、保护人民生命财产安全等方面立下了汗马功劳。其间，先后涌现了邓义和、李谦、杨妹九、赖传等一大批著名功臣、优秀民兵和战斗英雄。

陈村公社那行大队民兵营长邓义和，于 1959 年春节期间，粉碎了反革命分子妄图杀害大队干部再逃港的阴谋。

▲全国民兵积极分子　邓义和　　▲全国民兵积极分子　李谦

当时，那行村三名反革命分子企图密谋将该大队党支部书记和大队干部全部杀害后再逃亡偷渡去香港。邓义和得知情况后，与这三名反革命分子斗智斗勇。他一面向县公安局报告情况，一面组织5名民兵对反革命分子跟踪追击，将他们一网打尽，使反革命分子罪恶阴谋未能得逞，保护了农村干部的生命安全。鉴于邓义和事迹突出，1959年，民兵营长邓义和光荣出席广东省军区和湛江军分区联合召开的民兵积极分子会议，受到大会上的隆重表彰并奖励。

林头公社新圩大队民兵营长李谦，于1959年6月协助公安部门破获了一宗反革命案件立了功，受到公安机关的表彰和奖励。

1960年4月23日，电白民兵的先进代表邓义和、李谦，光荣出席了全国民兵代表大会，受到毛泽东主席和朱德委员长的亲切接见。会上，邓义和、李谦均被中央军委授予"全国民兵积极分子"荣誉称号，每人获得由军委领导亲手颁发的步枪一支。

1962—1963年，电白组织民兵配合部队和各有关部门先后抓获四股美蒋偷登武装特务。其中，绿豆岭上爵山公社（今电城镇）民兵杨妹九率众民兵勇擒美蒋武装特务，石磊山上电白民兵生擒空降飞贼，大榜公社（今岭门镇）东山渔业大队0204号渔船赖传等9名渔船民兵在海上赤手空拳与敌特殊死搏斗、活捉敌特副司令等光辉事迹被载入史册。

其间，电白涌现的著名功臣有：与美蒋武装特务作战荣立一等功的爵山公社民兵杨妹九（后光荣当选中共九大代表）、杨大应（后光荣当选第三届全国人大代表）、吴钦、杨基、陈土年；0204 号渔船民兵一等功臣赖传、赖乙、赖兆荣等。这些电白民兵的英勇事迹，当时轰动了全中国。

第四节　指挥军民反偷登

1962 年起，蒋介石错误地以为大陆政局不稳，训练了大批武装特务，用船只、飞机送到大陆沿海地区，偷登或空投，企图建立"游击走廊"，以颠覆人民政权。地处沿海前线的电白县，正是美蒋武装特务进攻的重点目标之一。电白人民在王占鳌的领导和指挥下，这些偷登和空投的美蒋武装特务前脚刚着地，后脚就陷入了我人民群众的天罗地网之中。

一、绿豆岭全歼敌特

1962 年秋，国家安全部门获得情报：台湾当局将派武装特务在广东沿海偷登。电白县作战指挥部在县委书记、总指挥王占鳌的亲自部署和指挥下，根据上级指示精神和全县的实际情况做好了充分的反偷登准备，确定以爵山沿海为重点防范区域，并增设临时巡逻哨所 22 处，执勤民

▲ 电白民兵配合人民解放军在绿豆岭上勇擒偷登的美蒋武装特务

兵 300 多人。同时与驻县部队、军警等 300 多人联合布防，在广湛公路 G325 线儒洞至电城一线南侧，形成三道封锁线实施包围，并派机动船只在海上堵截，断敌退路。

10 月 24 日，台湾当局的情报部门派遣的"广东省反共救国军第五、第六纵队"共 22 名武装特务，从高雄出发，于 28 日零时 5 分在电白爵山公社下村附近海岸偷登。下村执勤民兵发现敌情迅即电告县作战指挥部，指挥部连夜通知沿海军民严密封锁海防线。28 日深夜 2 时，附近军、警、民兵同时赶到现场，堵死敌人进、退路，形成层层包围圈，然后展开搜索。至 28 日 17 时许，爵山民兵发现敌人躲在绿豆岭流水坑里，各路军、警、民兵一齐赶来将敌特围住，高呼"缴枪不杀"。敌特无处可逃，只得缴械投降。

被活捉的特务电台"台长"供认："我们的'司令'还在山腰一个洞沟里。"民兵立即继续搜山，很快就发现杂草丛中的水窝里趴藏着一个特务，屁股朝天。爵山民兵杨妹九手疾眼快，一个箭步抓住他的颈部，这个特务一身湿漉漉的，哭丧着脸连说："我投降，饶命！"至此，22 名美蒋特务全部被活捉。缴获的战利品有手枪 21 支，冲锋枪 2 支，卡宾枪 9 支，无声手枪 2 支，各种子弹 1321 发，手榴弹 9 枚，刺刀 18 把；电台 2 部，军用地图 2 幅，望远镜 2 架，收音机 2 台，毒药 21 瓶；黄金 42 两 18 克，美钞 140 元，港币 3520 元，人民币 1745 元，假人民币 70845 元，人参 24 支，手表 26 块，其他物资一大批。我方无一伤亡。

这次围剿偷登武装特务取得完全胜利。1962 年 12 月 31 日，广东省人民政府、省军区颁布命令，授予电白县爵山公社海后哨所为荣誉哨所；民兵杨妹九被授予一等功，后当选中共九大代表；海后大队党支部书记、海后哨所所长杨大应被授予一等功，1964 年当选第三届全国人大代表；民兵营长吴钦被授予一等功，1963 年当选共青团全国代表大会代表；还有排坡党支部书记杨基、北山大队民兵营长陈土年均被授予一等功，民兵杨福基被授予二等功。

二、石磊山上擒飞贼

偷登绿豆岭的台湾武装特务被我军民生擒后，经审讯教育，"特务台长"答应向台湾发报，谎称偷登成功，已在电白北部山区建立起活动据点，要求高层派特种部队前来增援，尽快实施"建立游击走廊"计划，并定下鹅凰嶂附近723高地为空投地点。台方接报后，喜出望外，立即调集兵器人马准备空投。但狡猾的敌人却将空投点临时改在阳江县（今阳江市）鹿塘岭地区。为全歼空投之敌，我方派出兵力1750人，其中部队470人，电白县民兵7个连调用290人，阳江县民兵5个连调用360人，民警支队630人将鹿塘岭周围4平方公里的地方包围起来。

1962年12月4日零时，美国驻台湾特务机关"海军辅助中心"派遣的U2高空间谍侦察机1架，载着4名美蒋武装特务，飞临空投地点进行空投。由于该机遭我方预伏炮火猛烈射击，惊惶失措，将人员、物资投到我方预设的包围圈之外的石磊山地区。此时，我方预伏部队和民兵立即按照指挥部原定的歼敌方案，分三路前进追歼，形成钳形合围。美蒋武装特务全部陷入我方军民布下的天罗地网之中。

经过14个小时的搜索，在石磊山西侧，先后捕获台湾"特种部队上尉电台台长"王作亭，"特种部队中校通讯组长"李华常和"情报局上尉"张志君（另一名特务在空投中因降落伞问题已摔死），缴获空投物资6大包，计有电台3部，轻机枪2挺，卡宾枪15支，手枪7支，无声手枪1支，各种子弹4790发，其他物资一批。英勇的我方军民取得了反敌特作战的重大胜利。

三、海上民兵擒特务

1963 年 6 月 26 日，电白县大榜公社东山渔业大队 0204 号渔船 9 名海上民兵，在阳江县外海域作业时，被流窜海上的台湾"广东省反共救国独立军独立第三十一纵队第三支队"8 名武装特务劫持。28 日，渔船驶至珠海县（今珠海市）湾仔附近海面上时，船上民兵在赖传的带领下，趁特务晕船睡着的有利时机，赤手空拳与敌特殊死搏斗。赖传、赖乙、赖兆荣、许旺、赖路、赖银、陈俊、杨土春、王常等 9 人像猛虎下山一般，把特务打得落花流水，他们先将敌特副司令控制并活捉，其余 7 名特务见势不妙，纷纷跳海逃命。电白海上民兵以大无畏的英雄气概取得了反特斗争的重大胜利，并缴获了一批敌特武器胜利返航！

7 月 4 日，当 0204 号渔船众英雄押着敌特副司令胜利回到东山渔港时，受到湛江专区和电白县慰问团、当地各界代表 6000 多人的热烈欢迎！

▲1963 年 7 月 4 日，0204 号渔船众英雄凯旋回到东山渔港时的盛大欢迎场面

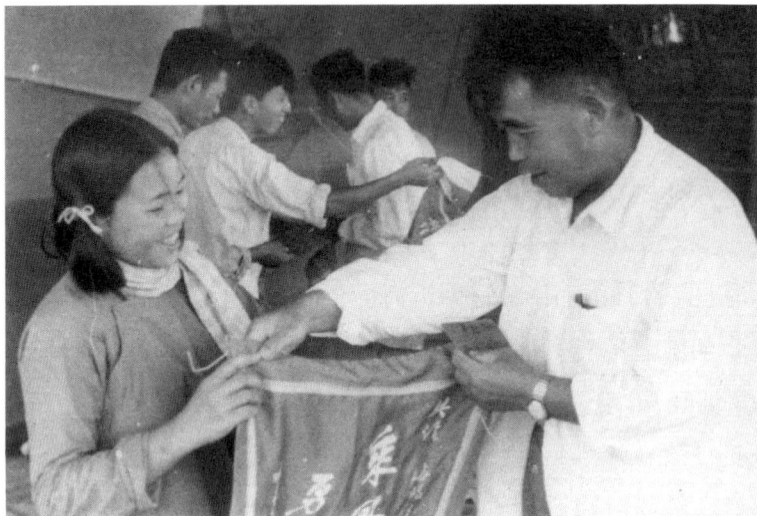

▲1963年7月6日，县委书记王占鳌（右一）和有关领导给英勇的0204号渔船众功臣颁发奖旗和奖品，左一为女民兵英雄王常

7月6日，在中共电白县委书记王占鳌的主持下，县委、县政府和县武装部在县城水东镇隆重举行庆功大会，省人委、省军区、湛江专区、湛江军分区领导出席会议，县委书记王占鳌代表电白县委、湛江专区对0204号渔船上的英雄民兵进行颁奖，表彰9名海上民兵勇擒武装特务的英雄事迹，广州军区、省政府、省军区给予通令嘉奖。0204号渔船集体记一等功，赖传、赖乙、赖兆荣三人分获个人一等功，其余6人也获得奖励。

电白民兵在反偷登作战中，为保卫祖国和人民群众生命财产安全立下了汗马功劳，他们不愧是时代顶呱呱的真英雄！

第五节　反特电影成一角

　　王占鳌主政时的电白县，由于他狠抓阶级斗争，震慑阶级敌人，建立强大民兵武装，巩固反特长城，抓革命，促生产，取得了农业生产和保卫海防的双胜利。电白民兵的英勇事迹，通过各级新闻媒体的报道，轰动了全国。1963 年，国内著名的长春电影制片厂，组成了以著名编剧赵明为主笔的创作班子，很快就写出了一部与这一战绩相关的和以反特斗争故事为题材的电影剧本——《南海的早晨》。

　　1964 年春，由中国老一代著名电影导演朱文顺带领全体剧组人员、电影演员胡乐佩（饰田秀英）、李亚林（饰金牛）、史可夫（饰王书记）、王丽君（饰田大妈）、李希达（饰田世雄）等一行数十人风尘仆仆专程前来广东电白，拍摄了该部反特故事片《南海的早晨》。该影片的故事发生地除台湾、香港几个外景点外，其余内外景镜头均在电白县当地拍

▼ 长影拍摄的反特故事片《南海的早晨》海报

139

摄完成。故事发生地和故事的主角就是电白县南海公社南海大队某渔村，主要角色有大队党支部书记、大队大队长、大队民兵队长、渔民、民兵及广大村民等人，此外还有军分区、县委、县武装部领导；反面人物有特务组织、武装特务和地主婆等。影片里多次出现的县委王书记，其原型正是中共电白县委书记王占鳌。

▲ 长影著名导演朱文顺

当年长春电影制片厂前来电白拍摄反特故事片，是该县破天荒第一回。当地老百姓对拍摄电影十分好奇，很多人虽然也看过许多影片，但并不知道电影到底是如何拍摄的。这回终于可以在自己家门口看到电影拍摄的情景，那种身临其境的幸福感是十分珍贵和难得的。特别是许多青年男女都特别渴望能有机会被剧组邀请进来当一回群众演员。有幸选中当群众演员的，不用说有多高兴和幸福了！

而许多没有机会被剧组邀请进来当群众演员的观众，则继续陪在拍摄现场看热闹。拍摄电影《南海的早晨》期间，电白拍摄地出现了万人空巷的场面。

《南海的早晨》整个拍摄过程，得到中共电白县委、县人民政府和全县有关部门的高度重视和大力支持。剧组

▲ 县委书记王占鳌（前排左二）与电影《南海的早晨》主要演员合影

选景选地及衣食住行、
安全保卫等工作都得到
妥善安排。县委书记王
占鳌还多次到剧组慰
问，并解决拍摄中出现
的问题，为电影的顺利
拍摄打下坚实的基础。
因为该影片的主角之一
王书记就是时任中共湛
江地委常委、电白县委

▲1964年，长影电影演员史可夫（右，饰演王书记）与电影里的王书记原型电白县委书记王占鳌（左）合影

书记的王占鳌，且影片大多故事的发生地均在电白，因而在电影拍摄期间，
老书记王占鳌一时成了全县人民茶余饭后的美谈。大家都觉得，王占鳌
领导电白的各项工作特别是反特工作是非常有功劳的，大家都是有目共
睹的，是实实在在值得大书一笔的，他能被列入反特电影《南海的早晨》
的主角之一，更是实至名归。电影《南海的早晨》拍摄完毕，剧组还给
中共电白县委、县人民政府赠送了锦旗和感谢信。影片编剧、著名作家
赵明后来与王占鳌还成了很好的朋友，并亲自创作了一部与王占鳌有关
的长篇小说在全国公开出版发行。

　　电影《南海的早晨》公映后，在全国引起了强烈反响。特别是当年
电白县各影院，几乎是场场爆满。后来，该影片还在全县各乡镇和一些
机关单位巡回公映，观众反应良好。

第五章

「五好」电白占鳌创

第一节　植树造林成"电绿"

1958 年之后，时任广东省委第一书记陶铸对全省提出了建设"五好县"（生产好、水利好、绿化好、交通好、卫生好）的要求。为了落实这个要求，王占鳌首先从重视农业、林业入手，在原有的基础上，在全县进一步加大农田水利基本建设和植树造林的力度。

为使该运动迅速在全县掀起高潮，王占鳌在县委会议上提出"人人采种、个个育苗，公社、机关、学校建苗圃"的口号。这年秋，全县出动采种人数 4 万多人，外出采种 50 多万人次，采集到各种树木种子 1.85 吨。并相继建成文峰、观珠、庄垌、禄岳、鸡扒坑、尖角山、华楼、海尾、涩涌、罗坑、独楼、沙琅、博贺、下坡、下海等大小苗圃场 731 个，育苗 4610 亩，为全县植树造林提供强大支撑。

到 1964 年 6 月王占鳌调离电白为止，他每年都会亲抓植树造林，在荒山、河岸、海滩上大搞植树造林，使绿化工作年年有进步。短短十多年时间，就改变了电白 2229 平方公里的土地面貌。建成"低山、高丘水源涵养用材林区"（主要山岭有鹅凰嶂、双髻岭、鹧婆钩岭、浮山岭、将军岭、石壁岭、牛胸岭、白花岭、大云脑岭等，宜林面积 57.68 万亩，有林面积 55.6 万亩，主要乔木品种有红花荷、

▲ 县委书记王占鳌在自己一手营造的沿海防护林带下歇息

黄檀、黄心榑、红椎、石斑木、黑荆、樟树、榕树、白木香、白椎、杉、马尾松、湿地松、桉、酸荔枝、黄榄等70多种）；"低丘经济用材林区"（宜林地39.2万亩，有林面积37.8万亩）；"低丘水土保持、薪炭林区"（宜林面积25.43万亩，有林面积24.5万亩）；"沿海防护林区"（宜林面积10.45万亩，有林面积10万多亩）等四大林区，使电白大地形成林带、竹带、景带、红树林带"四带"美丽景观。

特别是沿海防护带，成为新中国第一条人工建成的最长沿海防护林带。电白历史上是一个经常遭受风、沙、旱、潮等自然灾害袭击的沿海县。人民过着"风来沙尘遮天日，多少良田变沙滩，一日三餐无米煮，只好携子去逃荒"的凄惨生活。新中国成立后，勤劳勇敢的电白人民在党的领导下，特别是在县委书记王占鳌的带领下，全面开展了造林绿化、改造良田、挑战自然灾害的斗争。至1954年秋天，博贺沿海形成了一条长达28公里、宽100～500米、面积1200公顷的木麻黄沿海防护林带。博贺林带的建成，又带动了南海林带的营造。至1963年，南海2万亩的

▲ 雄伟壮观的电白沿海防护林带

▲1964 年，县委书记王占鳌在电白虎头山上视察他一手营造的南海林带

沙滩造林绿化任务全面完成。南海林带的完成，大大促进了全县沿海防护林带的全面建成，使电白沿海防护林带延伸了几十公里，其树种主要是木麻黄树，兼有大叶台湾相思、湿地松、加勒比松、桉树、苦楝、麻风树、朴树、沙罗、黄槿等乔木。从空中鸟瞰，这条长近百公里的沿海防护林带，就像一条虬龙一般蜿蜒连绵浩瀚南海。

沙琅江竹带，是王占鳌发动沙琅江沿岸群众广种竹子，在沿江两岸形成的长达 230 多公里的竹带景观。景带，是王占鳌带领全县干部群众，在山上、沿海、沿江（河）、沿路（国道、省道、县乡道）造景，所形成的人工林奇观。其中包括鹅凰嶂景带、双髻岭景带、望夫山景带、沉香山景带、浮山岭景带、庄山景带、中间坡景带、龙头山景带、菠萝山景带、晏镜岭景带、虎头山景带、沙琅江景带、沿海防护林景带、国道省道景带等众多花草树林景带。红树林带，则是指在沿海大力营造的红树林。这种红树林可起到净化海水的作用，对调节沿海地区的生态平衡有重要意义。连片的红树林与海水融为一体，奇根、异

▲ 沙琅江竹带

▲ 水东湾畔红树林带

果、绿叶与碧水蓝天交相辉映。电白沿海万亩红树林的建成，使电白天更蓝、水更清、景更美。万亩红树林，绿浪翻滚，空气清新，令人神往。因为红树林，县城水东湾被誉为中国南方最美丽的海湾，是电白一道最亮丽的风景线。

电白的造林绿化工作经过报纸杂志、广播电台等众多媒体的广泛宣传，其事迹和经验迅速扬名全国乃至国外。其间，苏联、越南、阿尔及利亚等兄弟国家和中央、省、地各级领导经常组团前来电白考察、视察造林绿化工作。据统计，仅是国内组团前来电白县取经、学习造林绿化工作经验的，就有省内及广西、福建、湖南、陕西、江西、四川、山东、浙江、青海等省区共 145 批上万人次。

1963 年 3 月下旬，中共中央中南局第一书记、广东省委第一书记陶铸专程前来电白县视察植树造林工作。看到昔日的电白变成了"电绿"，他紧紧握住随同视察的县委书记王占鳌那双粗糙有力的大手，激动地说：

"等你将来去见马克思时，电白人民应该给你盖一座'占鳌庙'！"临别时，他又盼咐工作人员拿来纸笔墨挥毫题诗：

电白竟成绿化城，

何处植树不成荫。

沧海也教精卫塞，

只在无心与有心。

▲县委书记王占鳌在电白果园观察橙树结果情况

电白林业的迅速发展，有力地促进了全县农业生产的发展。全县从1958年开始，粮食实现了自给自足，还有余粮外调。从1959年到1964年平均每年外调大米约900万斤、花生300万斤。随着林木的成长，全县基本上解决了烧柴和用材问题。许多社队从1961年开始实现烧柴自给有余。从1961年以来，全县共间伐木材1.6万立方米，群众修建房舍2万多间。群众高兴地说："过去是缺水、缺柴、缺粮、缺房，如今有水、有柴、有粮、有房。"

1963年2月17日，《人民日报》在第二版刊登了通讯《造林改变了电白县的经济面貌》一文和

▲1963年2月17日，《人民日报》第二版刊登的有关电白植树造林的通讯稿

附上"电白县博贺镇沿海木麻黄防风林带"照片一张，充分肯定了电白县植树造林、改变落后面貌的好经验。

《人民日报》在报道中着重提到：

至1964年，电白县宜林地160多万亩，已造林90万亩，已成林60多万亩。过去缺粮、缺水、缺柴的不毛之地，如今大部分已经栽上了树。中部丘陵地区的崩山塌岭，已有六成以上种上了马尾松、相思树，控制了水土流失。南部81公里的沿海沙滩，营造了几十米到几百米宽的防护林带，木麻黄生长得很旺盛。北部很多光秃秃的荒山，变成了山清水秀、松杉成林和农林牧综合利用的"万宝山"。全县600多公里公路的两旁都种上了3～5行的木麻黄，成了林荫大道。80多公里的沙琅江两岸，也种上了一排排竹子。

1965年3月11日，《人民日报》再次大幅刊登电白县造林绿化先进事迹和经验的长篇报道。头版：《发动群众全面造林十二年如一日——电白坚持绿化全县改造自然摘掉了贫穷帽子》，

▲1965年3月11日，《人民日报》刊登介绍电白的造林绿化通讯及在头版头条配发的《学习电白，绿化家乡，绿化祖国》的长篇社论

二版：《电白变成了"电绿"》，并在头版配发长篇社论《学习电白，绿化家乡，绿化祖国》一文，号召全国绿化学电白！

多年以后，岭南著名国画大师关山月前来电白沿海防护林带进行为期数月的采风、写生和创作，成功创作了一幅大型国画，名为《绿色长城》，后来该国画作品悬挂于北京人民大会堂广东厅里（原件现收藏于中国美术馆），这是电白人民永远引以为豪和骄傲的美术杰作！

▲ 著名国画大师关山月在电白沿海防护林带创作的国画《绿色长城》

第二节 兴修水利开先河

一、五大水库建功勋

在电白，人们要问王占鳌在电白主政时的最大政绩是什么？电白人一定会如数家珍地告诉你："五好"电白、五大水库、四大支渠、三大海堤、两大公园、绿色长城……还有勤政为民、高风亮节、一身正气、两袖清风等等，这些都是实打实的政绩。但其中最让人叹为观止的还是壮观、浩繁的电白水利工程。当年王占鳌带领全县人民建设的那些水库、水渠、堤坝、公园等等，电白人民不但以前享受着，今天享受着，而且他们的子孙后代将来仍然可以继续享受着。老一代的电白人都说：没有党的领导和领头人王占鳌，这些伟大业绩几乎是不可想象的。因为，这一切，都是共产党和王占鳌留给电白人民千秋万代的最伟大杰作！

电白现有 10 座小（一）型水库、89 座小（二）型水库、5 座大中型水库，这 104 座大、中、小水库，都是王占鳌担任电白县委书记时期完成的。其中罗坑水库是大型水库，另 4 座中型水库是旱平水库、黄沙水库、河角水库、热水水库。不说其他近百座水库建设的艰难，仅是这 5 座大中型水库的建设历程，需要投入的人力、物力、财力都是十分巨大的、难以想象的。这些水库，都是由县委书记王占鳌亲自带领电白的干部群众，一锹一锹挖，一肩一肩挑，一车一车拉，用他们勤劳的双手和付出艰辛的汗水甚至许多条鲜活的生命才艰难换来的！

1958 年 1 月，在王占鳌的亲自指挥下，电白首宗中型水库旱平水库开工，在几千名干部群众的日夜奋战下，于同年 12 月胜利竣工。该水库集雨面积 28 平方公里，主坝高 27.1 米，长 160 米，副坝高 6.5 米，长 162 米。溢洪道宽 12 米，框架式进水口，坝后电站装机容量 500 千瓦，总库容为 2920 万立方米，灌溉面积 5.1 万亩。

▲ 美丽如画的旱平水库一景

1958 年 6 月，电白第二宗中型水库黄沙水库开工，1960 年 6 月胜利竣工。总库容 5670 万立方米，灌溉面积 7 万亩。

▲ 河角水库一角

1958 年 10 月，电白第三宗中型水库马踏河角水库开工，1960 年 4 月竣工。整个库区面积约 16 平方公里，跨马踏、观珠和望夫三镇。从大坝到库区顶部约 13 公里，坐小电船缓缓西行，来回需要一个多小时。该水库总库容 2826 万立方米，灌溉面积 5.1 万亩。

河角水库建成后，与旱平水库并联运行，组成河角水系灌区，担负灌溉电白东部观珠、马踏、大榜（今岭门）、爵山（今并入电城）、电城、树仔和国营新华农场等六镇一场近 10 万亩农田，以及东部沿海几十万人的生产生活用水任务，是该地区国民经济发展的命脉。

1958 年 10 月，电白第四宗中型水库麻岗热水水库开工，1960 年 3

▲ 热水水库一景

月竣工。总库容 3134 万立方米，灌溉面积 4 万亩。

1959 年 12 月，电白最后一宗大型水库罗坑水库开工，1960 年 6 月竣工。总库容 11473 万立方米，灌溉面积 15.7 万亩。

这些工程浩大的水库，都是在 20 世纪我们国家最困难时期完成的。在当年一没有现代化挖掘机，二没有大型铲土车和运输机械协助的情况下，前辈是如何用一双粗糙的大手和木制手推车、板车、木耙等简陋的普通工具，硬生生把这些人工中大型水库一座座建立起来的？我们简单地还原一下黄沙水库和罗坑水库的艰辛建设历程，当年壮观的奋战景象在眼前展开。

黄沙水库选址于沙琅黄沙与罗坑高华交界一带，设计集雨面积 5 万平方米，最大坝高 38 米（水库大坝位于黄沙村附近，故名黄沙水库），总库容 5670 万立方米，受益面积 7 万亩，总投资 1028 万元（其中国家投资 570 万元）。

为尽快建成黄沙水库，县委书记王占鳌亲自出马。他于 1958 年 6 月，带领 400 多名干部群众来到与沙琅黄沙不远的罗坑高华村安营扎寨，拉开了在电白北部山区建设全县第二座中型水库黄沙水库的序幕。

按照设计，整座水库需要完成土方上百万立方米、石方 10 多万立方米。而建设大军仅靠每人一把锄头一担粪箕，手挖肩挑，每人每天只能

▲ 黄沙水库建设工地现场

完成土方 0.5 立方米。

这样的工效实在是太低了，何时才能完成繁重的土石方任务？根据当时的实际条件，真正的技术革新根本谈不上，只能从简单的工具改革方面动些脑筋，主要是提高人的劳动效率。王占鳌要求现场的县领导和工程技术人员赶快想出提高工效的办法，县委第二书记陈荣典、副县长蔡智文等县领导就到现场进行调查研究，接受了现场工作人员的建议后，决定把民工的锄头柄砍短，死耳粪箕改为活耳粪箕。此一改，每人每天工效提高到了 1 立方米。

这样奋战了两个多月，王占鳌觉得工效还是不太明显。计划 38 米高的黄沙水库大坝，到目前为止还没有筑到 10 米高，如此建设速度让王占鳌心急如焚。于是他决定在水库工地大抓技术革新，以提高工效和工程进度。

工地又推出三人一辆木制手推车的改革。各公社立即调来大批木匠、铁匠和材料，只用7天时间，全工地制作手推车2170辆，平均3人2辆，实现了"车子化"。所有车子都安装上木制滚珠，载得多跑得快，工效大大提高，每人每天可完成土方9立方米。

王占鳌看到后，非常高兴，当场表扬了他们革新的进步。他认为还有潜力可挖，提出每人每天完成30立方米土方大关的指标。

民工们听到这个指标，惊叫起来："哇，30立方米，1200担哦，是不是'车大炮'（讲大话）呀？！"

王占鳌说："是不是讲大话，要由实践来检验。技术革新必须搞！"

于是，王占鳌于8月14日在水库现场召开了提高工效干部动员大会。他在会上说："实行工具改革，是提高劳动效率，解决劳动力不足的一个主要办法。要做到百花齐放、推陈出新，要求今年实现水库建设工具半机械化，秋收前完成第一期大坝工程任务……"

9月，黄沙水库全面会战开始，工地民工猛增到6000多人。几千民工按照王占鳌关于实行工具改革、推陈出新、提高工效、加快进度的倡议，一时间，整个工地掀起了一场工具改革的大热潮：

霞洞公社民工和木匠研制出一部泥土输送机，一天运送泥土137立方米。

沙琅公社研制了木轨牛拉"小火车"，一天拉土31立方米。

其他公社研制出滑槽、空中索道、四轮车……整个工地创新工具25种，推广先进工具3600多件，创造工具2.2万多件，实现了施工半机械化，使土方的平均工效从每天9立方米提高到30~50立方米，最高甚至日可达100立方米以上！

由于工具改革增效显著，黄沙水库工地迅速被树为全国先进典型。

1958年12月28日，水利部在黄沙水库工地召开南方14省水利现场观摩会议。

▲ 水库建设工地的滑槽与索道

与会人员前来黄沙水库工地观摩，一下子就被半机械化的施工情景吸引住了。远远望去，整个工地是车流、滑槽、索道……形成一个完整的陆空运输网，从四面八方汇集到高大的坝上：平滑的斜坡道路上，一队队人马推着车子欢快地奔跑，把一车车泥土运到大坝上；山坡上并排运行着8条几十米长的滑槽和输送机，如瀑布般将泥土泻到大坝上；空中索道上的斗筐如燕子似的上下纷飞，把泥土带到大坝上；长长的木轨牛拉"小火车"，装着一斗斗泥土拉往大坝上；排成长龙的木板耙由耕牛拉着，有条不紊地把泥土向大坝上拉去……

与会人员一面观看，一面惊叹：

"哦，好大气派，多么壮观啊！"

"真是不简单，土法上马，半机械化。"

"哪像水库工地，简直是工厂、矿山。"

……

陪同参观的电白县委第一书记王占鳌，驻工地的县委第二书记陈荣典、副县长蔡智文，分别给与会人员介绍水库工地工具改革情况。

王占鳌对现场观摩会议的人员说："我们没有什么现代化先进机械，只好发动群众，献计献策，利用土办法，改革施工工具。参加改革的木匠、铁匠等各种专业人员 300 多人。"

眼见为实。全体与会人员耳闻目睹，眼界大开，赞叹不已！

一位来自湖北省的与会人员，当场写了一首打油诗赞道：

> 千里迢迢到黄沙，学习工地二十化。
>
> 陡坡劈土码头化，斗车顺坡自动滑。
>
> 溜槽滚滚将土卸，筐土如燕索道斜。
>
> 道路平整像镜滑，提高工效力量大。
>
> 十四省里来学习，黄沙美名传天下。

在这次南方 14 省水利现场观摩会议上，黄沙水库被评为全国最高工效标兵。

1959 年 1 月 24 日，《南方日报》刊登《水利工具改革的一面红旗》一文和 6 幅黑白照片，介绍黄沙水库建设的先进事迹。

正当黄沙水库紧锣密鼓施工的时候，一场意外变故却不期而至！

1959 年 5 月 20 日一早，电白县北部山区遇到了一场百年难遇的特大暴雨袭击，在建的黄沙水库危在旦夕！

这天一早，沙琅公社领导赶紧给县委办公室打来求救电话："特大险情报告：昨夜今晨，一场特大暴雨袭击山区几个公社，到现在还没有停下的迹象……据我们目前掌握的情况，在建的黄沙水库大坝已被特大洪水冲垮了！现在部分村庄、农田被洪水淹没了！因为沙琅至黄沙的电话线已中断，至今一直无法与水库工地联系……道路已无法通行，现留在黄沙水库工地的干部、民工和农村社员的安全情况到现在也无从了解，不知道情况如何？请县里紧急向上级报告……"

县委第一书记王占鳌前几天刚刚赶回县城水东开会，如今听了办公室值班同志的紧急汇报后，心一下子就绷紧了，他自言自语地说："坏了，真要出大事了！"

他立即给办公室交代："组织机关干部、部队官兵、中学师生和社员群众赶赴现场，抗洪抢险。我现在马上赶往黄沙……"

办公室立即通知县里有关单位，迅速组织起了 10 万 4000 多人马分赴黄沙及受灾地区突击抢险……

王占鳌驱车赶到沙琅，进黄沙的公路已被洪水淹没了，汽车已无法再向前迈进一步。他步行向前爬上了一座小山包，展现在他眼前的是一幅惊涛骇浪的情景：远处，迷迷茫茫的雨帘中，洪峰如一群凶恶的野兽，咆哮着从大历河猛扑过来；沙琅江洪水暴涨，江水向西狂奔；天上，乌云滚滚，电闪雷鸣；眼前，暴雨如注，山崩地裂……

此时此刻，王占鳌想：在水库工地的张兆孝书记、蔡智文副县长和几千名民工的安全怎么样？库区的村庄、房屋、社员的安全如何？他们的生命安全还有保障吗？……

"不行，我得立即到黄沙去。"王占鳌对秘书梁振元等随从人员说，"你们马上给我找个向导引路！"

跟随的工作人员纷纷劝他：

"有危险，王书记不能去。"

"你年龄大了，受不了那个罪。"

"让我们去吧！"

……

王占鳌明白同志们是关心他的安全，但他顾不得那么多了，生气地说："你们不怕死，难道我就怕死？！"

同志们见他像一头发怒的狮子，再也不敢拗他，请了当地两位干部做向导，向黄沙进发。

但因大历河山洪暴涨，阻隔路线，向导带着他们绕道附近的望夫山岭行进。一行人走了两个多小时，中午时分到了望夫丰垌的鹅掌村禾场上。刚要爬山，只听远处"轰隆"一声巨响，山崩了。一股强大的泥石流直冲过来，刚好有二三十名从黄沙水库撤出来的民工正哭喊着跑了出来："好险啊，我们差点被活埋了！"他们见有人还敢向里面进，连忙阻止说："前方道路已被泥石流堵住了！你们别向前了，赶快逃命吧！"大家一听，心里不免有点害怕了。

眼见前进无路，他们只好折返回沙琅再想办法。

这一夜，王占鳌睡也不是，坐也不是，带着大家到沙琅江边察看水情。

第二天一大早，大雨终于停下来了，原来白茫茫的洪水也逐渐退去了。此时，接到紧急险情报告的湛江地委第一书记孟宪德第一时间赶来了沙琅。王占鳌等一行人也顾不上吃早餐，就立即陪同孟书记一行人一起前往黄沙水库工地。正在水库工地统计灾情的县领导张兆孝、蔡智文和工程师周家矩等人连忙赶过来向上级领导汇报灾情。

眼前的情景太可怕了：特大洪水冲垮了水库大坝的三分之一！坝基下面遗留下一个几丈深的水潭！大坝下游的民房、工棚已夷为平地！施工场地如乱刀剁削，坑坑洼洼，一片狼藉……

王占鳌首先责问副县长蔡智文："蔡智文啊，你曾把黄沙水库工地搞得有声有色，红红火火，怎么这大坝就顶不住一场特大暴雨啊？！"

蔡智文委屈地说："这次巨大损失都是天灾造成的，当地没有哪一年哪一月会连续几天几夜下这样的特大暴雨。王书记您5月13日从工地赶回水东开会后，第二天一早，黄沙库区就连续下起了特大暴雨。17、18、19日连续三天降雨量达到1029.5毫米！其中19日24小时连续降雨857.8毫米，这是百年未遇的特大暴雨啊！"

蔡智文继续汇报说，刚开始下雨时，他预计日降雨量在100~200毫米之间，考虑到大坝未达到安全高度，溢洪道又未能发挥作用，他便组织 1200 名突击队员，在大坝前沿垒起三行七层沙包用以抵挡洪水，并通知下游群众做好撤离的准备。

20 日早上 8 时，洪水没过坝顶，情况万分危急。电话已经打不通了，蔡智文只好一面将情况写好纸条派出通讯员冒雨急送沙琅公社，一面在现场下令民兵鸣枪报警撤退。突击队员和下游群众安全撤到山腰高地，但新建起的水库大坝已危在旦夕。

当日 9 时，洪水在大坝中间和左端冲开两个缺口，宽 30 米，深 20 多米，损失土石方 10 万立方米……

溃坝前，工地指挥部虽动员全体干部、民工全力以赴用杉木、芒草、沙包等材料作防护加固，无奈洪水太急，难以抢救。当时，沙琅大历大队青年吴汝清为工地民兵，正在坝面观察水情，他看见库内一只木船正向大坝缺口飘浮过去即将被流失，于是他不顾个人安危，奋力游水去拉，终因溢口流急，连人带船被洪水吞噬，为抢救国家财产献出了自己年仅 20 余岁的宝贵生命。

在 22 日突击抗灾抢险过程中，沙琅尚塘大队党支部副书记、大路巷社主任卢汉标表现十分出色。他先是到上旺村组织群众逃离险境后，又组织会游泳的青壮年拦截从上游漂来的工地杉木，因劳累过度，被急流夺去生命，体现了一名共产党员的责任担当；还有电白师范学生、共青团员黄李森参加抗洪抢险被洪水冲走，光荣地献出了年轻的生命，牺牲时年仅 19 岁。后来，吴汝清、卢汉标、黄李森三人均被评为革命烈士。其中黄李森烈士成为茂名地区牺牲的最年轻的学生烈士……

此次特大灾情淹没附近耕地 19.5 万亩，导致 6 万多亩农作物失收，累计损失工程土方 42 万多立方米，崩塌民房 3400 多间，死亡村民 17 人，伤 26 人……

蔡智文痛哭着说："各位领导，我承认我有责任，我检讨、我担责……但是，如果当时在现场没有果断采取几项应急措施，估计这次损失会更大，就不是现在这样的后果了，一定会死伤成千上万人的……我蔡智文今天也可能尸骨难寻了！"

地委书记孟宪德理解电白县领导此时的心情，说道："老王啊，看来他们抢险工作是尽到最大的努力了，这么大的水灾，几千几万人保住了，也是不幸中的万幸啰！"

"我的工作没做好，要向地委、县委作检讨。"王占鳌说，"天要下雨，娘要改嫁，咱们有啥办法？孟书记都说你们抢险工作尽到了最大的努力，我就不再说了。好汉伤心不伤志，灾害夺走的，我们要有信心夺回来！"

孟宪德接过王占鳌的话，说："这很对，就是不要泄气，要尽快做好善后工作，恢复施工，下决心把损失夺回来。"

蔡智文当场表示，他会立即向地委、县委写出检讨书，并下决心尽快恢复水库大坝施工。

之后，蔡智文这位早年参加革命的硬汉首先向地委、县委递交了检讨书，然后又迅速组织民工做好恢复施工的各项准备工作，争取早日把大坝缺口重新堵住。

5月25日，为尽快把天灾造成的损失补回来，王占鳌组织2万多名民工浩浩荡荡开进黄沙水库工地，加快黄沙水库建设步伐，力争把这次天灾造成的损失降到最低限度。第二天，他又组织了县委三个慰问团，分赴抗灾抢险光荣牺牲的吴汝清、卢汉标、黄李森等三位英雄家中进行亲切慰问，给英雄的家属带去慰问金、慰问品和县委、县政府的关怀。

在这场人与自然的伟大斗争中，全县水利大军及大批干部和技术人员化悲痛为力量，他们学英雄、学先进，与天斗与地斗，始终坚持日夜奋战在水库工地上，风里来、雨里去，克服了重重困难，创造了无数的奇迹，涌现了大批英雄人物。如黄沙水库海鸥突击队，全队30个年轻姑娘，平均年龄还不到18岁，可是她们已是具有两年修水库经验的"老兵"。她们团结一致，两年如一日地坚守在黄沙水库战场上，在深山密林中，日夜苦战。海鸥突击队在最困难的时候，经得起考验，没有散过伙，也没有一个人逃跑，一直坚持到水库建成，而且一直保持着全县高工效标兵的红旗，后来还获得广东省、湛江专区高工效标兵突击队的光荣称号！

经过全县2万多名干部职工、民工、突击队的日夜奋战，12月22日，被洪水冲垮的黄沙水库大坝缺口再度成功堵口……

有奋斗就有牺牲，有牺牲就有成果。

1960年6月20日，这座集雨面积50平方公里，坝顶长375米、宽5米，坝顶高程80.89米、最大坝高38米，总库容5450万立方米，

▲1960年6月20日，王占鳌（左）在黄沙水库竣工仪式上剪彩

实际灌溉面积 7 万亩，全县四大中型水库中排行第一的黄沙水库胜利竣工！

与黄沙水库建设相比，罗坑水库的建设过程的难度似乎也不分伯仲。

1958 年秋，当时的电白县委已初步商定在罗坑的甘坑村一带兴建甘坑水库，当下有识之士建议："在甘坑建水库，还不如在其下游罗坑搞个更大的水库。因为甘坑、万坑两河汇集到罗坑后，地势平坦，库容量大，出口河谷狭窄，可在此建坝，修建罗坑水库。"

王占鳌听了这个建议，认为极有道理，于是立即召开县委会议研究，同意这个好建议，并指示电白县水利局作勘测设计。

于是，县水利局派出水利勘测队到罗坑去，测绘罗坑水库的集雨面积。出发时，王占鳌找来 10 多个军用水壶，灌满茶水，并买来饼干，给每个测绘人员一壶茶水和一包饼干，说道："同志们，你们去罗坑那个荒山野岭搞这个测绘工作会很辛苦，跋山涉水，日晒雨淋，你们带上这壶茶水和这包饼干，代表了我们县委的一点心意，工作时，口渴了可以喝上几口水，肚子饿了啃几块饼干。我们盼着你们早日完成罗坑水库的测绘工作。"

全体测绘人员接过王占鳌递过来的茶水和饼干，心里非常感动，纷纷表示：

"多谢王书记的关怀！"

"我们一定不怕苦不怕累，好好工作。"

"绝不辜负领导的期望，争取早日完成测绘任务。"

......

领导的关怀，鼓舞了测绘人员的冲天干劲。他们白天在野外勘测，晚上绘图，连续作战，很快就完成了测绘任务。

在工程技术人员的努力下，罗坑水库设计出来了：集水面积 77 平方公里；一条主坝，三条副坝，主坝顶长 210 米，最大坝高 35 米；总库容 1.1 亿立方米，可解决电白县中部平原 15 万亩农田灌溉用水，并可减轻沙琅江中下游沿岸的洪涝灾害。预计建设工期两年，建成后，将是电白县第一座大型水库……

王占鳌看到这个设计蓝图，甚是兴奋！他拍板说：就是它了！立即上马罗坑水库！这两年，我们就是死也要死出这座大型水库！

王占鳌永远也不会忘记：那年由他亲自命名的旦场白腊塘秀田水库竣工庆功晚会被中共中央中南局第一书记、广东省委第一书记陶铸深深将了一军的那件往事。

那是 1957 年 8 月的一天晚上，小（一）型水库秀田水库胜利竣工不久，县里在大礼堂举办一场庆功晚会，刚好陶铸书记前来电白视察工作，他便作为嘉宾也应邀出席当晚的晚会。晚会由清一色的电白演员表演节目。其中有一个节目是演唱《歌唱伟大的秀田水库》。当报幕员刚报完这个节目时，观众即报以雷鸣般的掌声。

陪同陶铸书记坐在第一排观看演出的王占鳌也使劲鼓掌。身边的陶书记却止住了他的掌声问道："你那秀田水库到底有多大呀？"

"蓄水近 300 万立方米，可灌溉几千亩农田。"王占鳌不假思索地答道。

"哈，就这点容量算啥子伟大呀？"陶书记哈哈大笑说，"充其量也只能算个小山塘而已！"

王占鳌第一次领略了陶铸的不客气，心头微微地震了一下。但他知道，陶书记这次来，对电白各项工作尤其是造林绿化工作很满意。他知道陶书记不是批评而是激将，于是他马上对陶铸说："陶书记，您放心，俺后面干大的，一定干大的！"

经陶铸这一激，王占鳌果然有了更大的雄心壮志。很快，县委班子和科技人员共同制定了"高峡建平湖，平原筑大渠，大渠带小渠，共青河连通西南隅"宏伟的水利蓝图。

从那时起，为了让宏伟蓝图变成现实，王占鳌带领电白人民奋斗了整整8年。8年中，他兵分两路，一路兴修水库、运河、渠道、河堤、海堤，大打水利攻坚战；另一路办实业，筹资筹物，打水利后勤保障战。这两面作战，硬是让他都打赢了。

眼下他要上马的这座罗坑水库，正是他在陶铸面前许下"后面一定干大的"庄严承诺。

电白县委决定，由县委第一书记王占鳌担任罗坑水库工程总指挥。

1959年12月8日，王占鳌总指挥带领3万多名干部职工、民工浩浩荡荡开进罗坑水库工地。

前来参加罗坑水库建设的有沙琅、罗坑、望夫、那霍、霞洞、观珠、林头、大衙、坡心、羊角、七迳、小良、南海、水东、旦场等公社，民

▼ 热火朝天的罗坑水库建设工地场面

工 3 万多人和全县各级干部职工 1100 多人。

建设大型水库罗坑水库，一没经验、二没资金、三没机械设备……一个个困难像一座座大山一样摆在工程总指挥王占鳌的面前：资金不足，材料欠缺，器材太少，工具简陋。王占鳌要把这些"大山"移走，当现代"愚公"，谈何容易？！

不过，再难也难不住王占鳌。他在开工仪式上动员说："毛主席教导我们：'在共产党的领导下，只要有了人，什么人间奇迹都可以创造出来！'只要我们共同努力，我们这工地 32000 多人，每人每天挖土、挑土 30 立方米，一天上大坝的土就是上百万立方米！黄沙水库能做到的，我们在这也一定能做到！这座水库是计划两年修好，可我们要争取提前一年甚至更短时间完成任务，大家有没有这个信心！"

"有！有！我们都有信心！"台下群情激昂，呼喊声此起彼伏。

在王占鳌的感召下，电白人民发挥了冲天干劲，全力以赴投入到建设大型水库的战斗中去，一时间，罗坑水库建设工地一片热火朝天。

正是：为有牺牲多壮志，敢教日月换新天！

早前，王占鳌紧紧依靠走"自力更生、艰苦奋斗、相信群众、依靠群众"的道路，提出了要求各公社广泛开展"六自""五厂"活动并获得县委会议通过：

所谓"六自"，就是：自带粮食、自备工具、自搭工棚、自采石方、自制器材、自筹资金。

所谓"五厂"，就是：办木工厂、铁工厂、炸药厂、石灰厂、水泥厂。

全县上下积极响应县委的号召，轰轰烈烈地开展了"六自""五厂"活动。在这个活动中，最值得一说的是兴办电白县水泥厂。

1958 年春，为了给电白县的水利建设提供水泥，王占鳌部署原位于沙琅石角的电白县石灰厂改名为电白县水泥厂。

电白县石灰厂，原是私营股份的利民石灰厂，1952 年由政府参股后成为公私合营，1954 年转为国营，改称电白县石灰厂。该厂原有工人 75名，只能用简陋的土办法生产石灰，对水泥生产一窍不通，全厂没有一个人懂得水泥生产技术。

确实，石灰改个水泥的名字并非就能生产出水泥，正如火砖厂改名黄金厂也生产不出黄金是一样的道理。但王占鳌却是个不信邪的县委第一书记。他想，只要加强领导，土法上马，学习别人的好办法好经验，也许就可以生产成功。为此，王占鳌指派分管工业的县委书记张兆孝挂帅进驻水泥厂，另抽调一名区委书记和两名精干得力的干部，加强水泥厂的领导。

王占鳌带领张兆孝一行来到新改名的电白县水泥厂报到。他召集全厂干部职工开欢迎会，说明生产水泥的重要性。在场的工人却议论纷纷：

"我们连水泥长什么样都没有见过，怎能生产水泥呢？"

"水泥是洋灰，土法生产不了。"

"没有机械设备，没有技术人员，生产水泥是空话。"

……

但王占鳌听了现场的议论也没有批评大家，而是语气平和地动员大家说："同志们，没有水泥，我们就不能进行大规模的水利建设。水利不过关，农业生产受限制。农业生产落后，农民生活没保障，工业也不能发展。因此，要求你们生产水泥是县委、县人委交给大家的一项重要任务，不能推辞，也不能灰心丧气，只能边学边干。"

自从该厂接受了生产水泥的任务后，厂领导便迅速组织干部、工人到位于黄岭的东华水泥厂参观学习，看看他们是如何用土办法生产水泥的。

通过到东华水泥厂参观学习后，他们遵循"土法上马，土洋结合"的方针，用 20 天时间搭起了几座棚厂房，建起小高炉，安装好两台 20

匹马力的柴油机，就开始试验生产水泥。

首次试验，没有成功。因为条件不具备，厂里没有工程师、技术员，连起码的化验员都没有。

厂里派出 5 名初中毕业刚走上社会的青年去广州学化验知识，回厂后当化验员。

县委书记张兆孝、全厂干部日夜跟班，查找失败原因。经 60 多次试验，终于找出失败的主要原因：化验不注意，配比不合适，操作不规范，导致质量不稳定，产品时好时坏。

再派人到兄弟厂学习，请水利科学研究所的技术员和中学化学老师介绍其他地区土法生产水泥的配比。

反复学习、试验、研究，他们找到了正确的配比，掌握了生产操作规程和化验知识。终于使得水泥生产试验成功并正式投入水泥批量生产。

为了扩大生产规模，他们又研制了六角筛、吸尘机、石碾磨、球磨机、手拉滑轮吊车等等，机器设备从 20 匹马力增加到 480 匹马力，从手工操作转向半机械化、机械化。

至 1959 年 12 月底，电白水泥厂已达到日产 30 吨三百标号水泥的规模，共生产出水泥 1.3 万多吨，有力地支援了全县水利建设。

全县开展"六自""五厂"活动取得了可喜成绩。1960 年初，副县长蔡智文在总结 1959 年水利工作时说："这一年，全县共开办了各种自制器材工厂 34 个，已生产高标号水泥 493 吨，低标号水泥 63500 吨，黏土 501 吨，炸药 70 吨，砂 9.4 吨，木炭 37 吨，土硝 2.9 吨，炮引 6.2 万多条……"

有了这些力量作支撑，兴建罗坑水库也就有了强大的底气。

罗坑水库建设工程，在总指挥王占鳌的带领和亲力亲为下，3 万多名干部职工，民工逢山开路，炸山取土，炸石取材，手挖肩挑，人拉车（板车）运，索道空运……经过近一个月的顽强拼搏，艰苦奋斗，至1960年1月上旬，水库主大坝终于迎来了清基阶段。

此时，正值寒冬，施工进展缓慢。王占鳌想，1月28日是春节，如不能抓紧时间完成清基任务，春节一到，放假几天，前功尽弃；春节过后再来清基，势必影响主大坝赶在雨季前堵口，后果不堪设想。

于是，王占鳌召集清基民工进行动员，说明清基任务的紧迫性和重要性，并带领大家一起奋战。

清基那天，北风呼啸，天寒地冻，年近花甲的王占鳌脱下棉衣，口含姜片，首先跳下基坑，在齐膝深的河水里，顶着刺骨的寒冷挖泥、铲土。他的行动就是无声的命令、战斗的号角，在场的民工纷纷投入战斗。

总工程师邓湖秋跟着跳下去了！

办公室人员也紧跟着跳下去了！

几百名民工也跟随着跳下去了……

在大家轮番上阵、夜以继日、不停战斗下，终于赶在春节前胜利完成了主大坝清基任务。

又经过三个多月的奋战，罗坑水库迎来了主大坝的堵口战役。这是关键的一役。王占鳌在指挥部召开动员会议，说明主大坝堵口一役的重要性，详细布置了各单位的任务。他说："经过大家几个月的艰苦奋战，主大坝就要堵口了。这是修建罗坑水库的重要一战，我们必须成功，不能失败。各单位要做好组织指挥，动员全体干部、民工，决一死战。"

1960年4月2日，主大坝堵口战役打响了。工地上车水马龙，人声鼎沸，负责主大坝堵口的3000多人有条不紊地开展工作。王占鳌口含姜块、脱下棉衣跳进寒冷刺骨的水中与干部、民工一起战斗。经过大家一天一夜的奋战，终于顺利完成了主大坝堵口任务。在场的人都大声欢呼堵口战役胜利！

1960 年 4 月 20 日，罗坑水库一条主坝、三条副坝均胜利合龙！

接着，又顺利完成了输水涵洞和主副坝土方工程，再建设大坝溢洪道。这几项工程共完成土方 147.8 万立方米，石方 3.39 万立方米，混凝土 2779 立方米，工程总投资 730.3 万元，其中国家投资 163 万元，县投资 149.9 万元，社队自筹 417.4 万元。

罗坑水库主、副坝均用黄土筑成。主坝顶长 210 米，高程 74.64 米，最大坝高 35 米。第一副坝顶长 558 米，高程 74.94 米，最大坝高 27.05 米。第二副坝顶长 143 米，高程 74.89 米，最大坝高 26.25 米。第三副坝顶长 64 米，高程 75.94 米，最大坝高 4 米。主副各坝坝顶均宽 5.5 米。

水库溢洪道为开敞变宽形，堰顶高程 70.14 米。进水口宽 37.25 米，陡槽宽 36 米，尾水设消力池，护坦面高程 38.14 米，跌差 32 米，按百年一遇洪水设计，下泄量 890 立方米 / 秒，千年一遇洪水核校，最大泄洪量 2080 立方米 / 秒。溢洪道上口设防洪交通桥，为石砌单孔式，跨度 40 米，可通行 10 吨载重汽车。

◀▲ 罗坑水库溢洪桥（上图），上面有 1962 年春王占鳌亲笔题写的"溢洪桥"三个大字和他的签名（下图）

6月下旬，这座总库容11473万立方米、灌溉面积15.7万亩、总投资1617万元（其中国家投资953万元）的电白县最大的大型水库罗坑水库胜利竣工，成为

▲1960年6月建成的电白大型水库——罗坑水库雄姿

继黄沙水库同月竣工的伟大工程！

从1959年12月开工到1960年6月竣工，全部工程建设时间不到7个月时间！比原计划提前了一年半时间。县委书记王占鳌总指挥领导英雄的电白人民创造了人间奇迹！

在罗坑水库可通汽车的溢洪桥上，县委书记王占鳌于1962年春亲笔题写了"溢洪桥"三个毛笔大字和他的签名镶嵌在该桥上，成为他留给电白人民唯一的珍贵墨宝！

罗坑水库输水涵管设在主坝左侧的条形山下，长132.5米，内径1.65米，最大输水量28立方米/秒。进水口设套筒式封闭闸门，有4个进水孔（0.8×0.8米），孔底高程50.87米。管前设放空闸，过水断面高1.4米，宽2米，闸底高程48.01米。

建库时淹没耕地4833亩，移民818户3655人，使用移民安置费29万余元。

罗坑水库建成后将千年一遇的洪水流量从2940立方米/秒减至983立方米/秒，

▲罗黄干渠

减少下游洪涝灾害。配套建有罗黄、罗西主干渠两条，共长 28.25 公里，可灌溉农田 15 万多亩；库区水面面积 6540 亩，用以养鱼，年产量可达 3 万公斤左右，年收入 600 多万元；库区内有电船、木船航行，装载货物及乘客来往于甘坑、罗坑、万坑之间；后来还建有坝后水电站，年发电量 338 万千瓦时，所发的电同时并入国家电网运行，取得良好的社会经济效益。

二、四大水渠结成网

电白五大水库建成后，王占鳌又部署建起了配套的罗黄、共青河、河角、热水四大人工水渠，这是他留给电白人民的又一伟大杰作！

▲ 电白共青河水渠

罗黄水渠。该水渠是由罗坑水库向南引出的罗坑干渠流到沙琅凉水井后，与黄沙水库向西引出的黄沙干渠在 6.5 公里处相汇合后的统称。罗黄干渠全长 12.65 公

▲ 共青河水渠引水渡槽

里，灌溉沙琅、观珠、大衙、林头、旦场等镇农田，至林头与共青河相汇直流县城水东。

罗坑水库另建有一条向西的干渠称为罗西干渠，长 15.6 公里，以反虹吸式潜渡沙琅江，灌溉那霍、罗坑、黄岭、霞洞等镇及水丰农场的部分农田。这些主干渠全部由人工挖成，两边建有坚固的堤坝和很多排水水闸，后期还在多处地方建起防浸设施，方便两岸群众生产生活用水。

共青河水渠。该水渠是电白中西部一宗多源引水灌溉工程，由拦河坝和输水河两大部分组成。水渠计有干支渠 128 条，总长 426.6 公里。

主河从林头亭梓厚德村至沙院镇木苏，全长 38.6 公里，上游新开河底宽 15 米，设计引水流量 10 立方米/秒，灌溉林头、坡心、七迳、小良、

▲ 热水东干渠麻岗渡槽

沙院、水东、南海、陈村和吴川县覃巴、茂南区袂花等 11 个镇（场）的农田 10.6 万多亩，并担负着县城工业及 50 多万人口的生产生活供水任务，是电白人民的重要生命线。1958 年 6 月开始组织施工，施工期间最高出勤

▼ 高州水库高电茂干渠出水口

人数达 4.7 万人。

1959 年 10 月 1 日，共青河水渠竣工通水。整个工程共完成土石方 147.2 万立方米，工程费 132.8 万元，其

173

▲ 高州水库高电茂干渠泗水天桥

中国家投资 45.6 万元。

河角水渠。该水渠是位于马踏的河角水库灌区配套工程，建有东、南两条干渠，东干渠与溢洪道交叉，经秀田，越龙湾河，直达大榜丹步，全长 12.4 公里，设计输水流量 3 立方米 / 秒，连河、龙湾、清湖、丹步等 10 多个大队 2 万余亩田园受益。南干渠沿西南方向经坡田，跨越黄羌河、咸水河，至马踏石古湾大队的麻乍村附近与旱平水库干渠汇合，统灌马踏、大榜、电城、爵山、树仔镇和国营新华农场农田 9 万余亩。全长 8.3 公里，输水能力 4.5 立方米 / 秒。

热水水渠。该水渠是位于麻岗的热水水库灌区配套工程，分东、西两大干渠。其中东干渠流经麻岗、树仔一带，建有防浸渠和多段高程引水渡槽，如著名的麻岗渡槽等，干渠总长近 20 公里；西干渠流经麻岗、旦场、博贺一带，后也建有防浸渠，总长 30 多公里。热水水渠的建成，大大缓解了电白中南部沿海各地的干旱景况，特别是让博贺人民用上了清洁卫生的水库环保饮用水，改写了当地百姓历代饮用咸涩水的历史。

继四大人工水渠建成后，王占鳌又带领电白民工参加建设高州水库，并修通了高州水库高电茂干渠，解决了全县西部水资源欠缺的问题，使电白羊角、坡心、小良、沙院一带用上了高州水库的水源。这些引水主干渠的建成，使电白县的山区、平原、沿海水利联结成网，彻底改变了千百年来电白干旱窘境和县城水东无水的历史。

三、三大海堤挡海潮

电白南临南海，有漫长的海岸线，是茂名市唯一沿海大县。中华人民共和国成立以前，该县海岸一直没有一条拦海大堤，每遇台风海潮袭击，房屋崩塌的灾情经常发生，沿岸人民深受其害。

20世纪50年代后期，为了改变这一落后面貌，县委书记王占鳌绞尽了脑汁。在当时经济严重困难的情况下，他还是决定宣布成立了电白县堵海工程指挥部，自己亲任总指挥，拉开了建设全县拦海大堤的序幕。其中，鸡打港、水东和清湖三大拦海大堤最为著名。

鸡打港堵海大堤。王占鳌为了改变大榜、爵山、电城三公社人多地少和海潮为害的状况，决定兴建鸡打港（又名七一港，今改名吉达港）堵海大堤。该工程于1958年春立项，并于3月16日成立鸡打港堵海工程指挥部，由县委书记阎富有任指挥，副县长张永德、县委常委梁如荣

▲ 电白干部群众修建鸡打港拦海大堤场面

任副指挥，县水利电力局技术员崔法天负责设计、施工。同年4月13日动工，当年9月2日竣工。由大榜、电城、爵山公社组织民工及征集船只施工，进场施工人数9000多人。大堤工程东起大榜公社山前岭，南至爵山公社沙尾村，全长1.64公里（今扩大到1.7公里），最大高度11米，堤顶宽5米（今扩至两车道），可行驶汽车和抵抗10级台风暴潮。堤之东端设大排洪闸一座，17孔总净宽51米，设计排水流量300立方米/秒，分别于堤的两端各设1~5米纳潮闸引水晒盐。大坝建成后，围内建成盐田465.6公顷，分别扩大水稻和海水养殖面积1300多亩、4500多亩。捍卫耕地2.8万亩，鱼、虾塘1.2万亩，受益人口近8万人。

水东拦海大堤。该大堤分两段。第一段叫水东堵海大堤，长315米、高6米，于1957年1月下旬完工；第二段称水东环城海堤，长1200米、高6米，于1957年12月中旬完工，该海堤国家投资9.4万元，用于建设水闸及护坡石工程，其余土方工程全部由县城干部职工、师生、居民义务劳动完成。是县城水东的防海潮屏障。

▲ 水东环城堤围

清湖拦海大堤。该大堤位于东南部大榜乡清湖（今岭门镇清湖村）儒洞河西岸（东岸归当时的阳江县儒洞管辖），全长4000米，捍卫农田4000多亩，于1958年6月建成投入使用，彻底改变了当地长年遭受儒洞河洪水侵袭失收的历史，确保了儒洞河西岸老百姓数千亩庄稼的旱涝保收。

除了以上三大堵海堤围，其间，全县还先后建起了位于水东石塔渡址的石塔渡海堤（1953 年冬完工）、位于大榜乡的透仔坡海堤（1956 年冬完工）和白沙头堤围（1957 年 3 月完工）、位于爵山的莲头海堤和南海的那花堤围（同为 1957 年春完工）、位于树仔海丰的海丰堤围（1957 年完工）、位于陈村寨头的寨头堤围（1959 年 9 月完工）、位于南海墨胶的墨胶堤围（1962 年 3 月完工）。这些海堤总长度达 10 多公里，围垦面积 4 万多亩，捍卫耕地 3 万多亩，受益人口 20 万多人。受益的群众都说："王占鳌是沿海老百姓的真正保护神！"

四、两湖公园变"市肺"

千百年来，困苦的生活使得电白的人民只知劳作、不知休闲。新中国成立后，人民当家做了主人，休闲娱乐的观念才逐渐在人民的脑海里出现。人们开始追求生活的品位，而一个宜居且有韵味的城市必须要有供人们休闲娱乐的公园。来到电白后王占鳌就想到了这一点。

20 世纪 50 年代末和 60 年代初，他亲自领导和指挥县城的干部群众，先后在县城的东、西两边分别建起了东湖与东湖公园、西湖和西湖公园。这两座大湖和公园的建成，不但成了县城的新景点和人们旅游、休闲、娱

▲ 东湖一角

▲ 西湖公园一角

乐的好去处，而且成了城市的两个大"市肺"。

东湖和东湖公园位于县城水东镇东阳北街，水东防潮大堤西侧，面临水东湾。因该湖处于旧县政府住址的东边，故称东湖。这里原来是一处杂乱无章的大水塘，面积约有 5 公顷，水深约 2 米，是野鸭和海鸟的天堂。县委书记王占鳌认为，如果能开发建设起来，一定是一座很好的公园。1959 年，王占鳌带领机关干部、群众开始对这里进行兴建。通过疏浚湖里淤泥，建起了一个湖心人工岛。在人工岛上建有湖心亭。红柱绿瓦，亭内设石椅，亭外有石凳。修建拱桥曲径联结湖心岛与湖岸。西边为东湖公园，其入口处有一椭圆形花坛，园内花草成行，椰、榕、葵树相间成荫；公园东侧是水东防潮大堤坝，堤外即为全国最大的潟湖水东湾（因公园地处南海之滨，故又称海滨公园）。在大堤上早晨可观日出，晚上能赏渔火。公园东南是宽阔的园林风景区，公园内有近一公顷的槟榔、紫荆等热带树木数百棵。经过几年的努力，这里成为人们休闲、娱乐、观赏等大型活动的固有场所和县城著名旅游景点（笔者注：东湖公园后来又加建起革命烈士纪念碑、冼太夫人铜像广场、东湖文化广场和东湖美丽灯光秀等爱国主义教育基地及旅游新景，变得更加美丽迷人了）。

西湖和西湖公园位于县城水东镇西湖路原广湛公路东侧，水东港之北。这里原是一片烂海滩，1957 年由县委书记王占鳌带领机关干部、群众清污修堤，至 1960 年建成。建成后的西湖面积 5 公顷多，成为全县最大的咸水湖。因该咸水湖位于县城之西，故称西湖。西湖之南堤筑有一闸门，使海湖相通，湖水咸淡适宜，鱼类繁盛。因西湖湖心建有一公园，故又称"西湖公园"。入口处是一座黄墙绿瓦的仿古牌楼，门额上题"西湖"两字，门外两侧各设一花坛。百米长堤横卧湖面，跨过拱桥直通湖心公园。公园中央是中心花坛，花丛中有一尊汉白玉的竖琴仕女塑像，花坛之北，古色古香的西亭傍湖而建。花坛西南，是西湖餐厅和西湖宾馆，数座仿古楼房，楼台之间连成一体，一对泥塑白鹤立于湖中。后来又经过大规模改造，建成九曲桥、湖心亭、人行道等设施，成为一处美丽的城市景点（笔者注：2017 年在西湖西北角建成占鳌广场，安放了占鳌铜像；近年又在湖中建起了电白区博物馆，成了一处红色文化旅游景点）。

此外，王占鳌还指挥全县干部群众建有小（一）型水库 10 宗，小（二）型水库 89 宗，山塘 142 宗，引水及水陂工程 400 多宗，吸水及喷灌工程 5000 多宗，其他中小型水利工程 2478 宗。全县水库总库容达 30845 万立方米，总灌溉面积超过 40 万亩！

正是在县委书记王占鳌的领导下，电白县彻底改变了千百年来水利设施落后和电白无电及水东无水的落后局面！

电白水利建设的巨大成就，受到了全国各级领导的高度重视和赞扬。1962 年 3 月 31 日，农业部何副部长、广东省水电厅廖副厅长一行前来参观视察电白县的水利建设工作，并给予高度评价；8 月 8 日，广东省副省长罗天专程赶到电白县参观罗坑、黄沙等大中型水库并赞誉有加；1964 年 3 月 30 日，青海省水利厅傅总工程师一行 6 人，前来电白县参观水利建设工程，连声称赞电白人民伟大；9 月 1 日，水电部召开黄河中游水土保持工作会议，特邀已上调广州市农委副主任一职的原电白县委书记王占鳌到大会上专题介绍电白县兴修水利的先进经验。

第三节　大打公路翻身仗

电白县过去交通非常落后，全县没有一条顺畅的公路。山区羊肠小道，平原泥泞烂道，说的就是电白过去交通的情况。县委书记王占鳌刚到电白任职不久就认识到，要改变电白贫穷落后的面貌，必须先修通公路，解决交通落后和行路难的问题。

1956 年 6 月，县委书记王占鳌着手组织有关部门制定了《电白县 1956 年至 1957 年建设规划》，该规划作出在全县修建公路 30 条的愿景。

1957 年，沙琅乡组织了 2 万多名民工奋战半年时间，修通了一条长约 20 公里的沙琅—望夫公路。通车当天，王占鳌及时在沙琅召开现场会，号召全县学沙琅、赶沙琅，掀起全县公路建设的新高潮。他在会上提出了全党全民办交通，采用农忙小搞、农闲大搞，经常与突击相结合的办法，加速公路建设。要求各地尽快做好乡乡社社通公路、村村峒峒有大道，突破全县交通不畅的瓶颈。

1958 年 3 月，博贺镇开始修筑红花至博贺的 13.5 公里公路。因为该镇男人大多要出海捕鱼，修路的任务全落在该镇 1000 多名妇女的肩上。因此，此路被命名为"三八公路"。这路是在

▲ 直通博贺的"三八公路"

沙滩上修建的，没有黄泥和石头，筑不起路基。她们到 3 公里以外的地方挑来黄泥，驾着小船到隔海 7 公里的鸡笼山运回石头，修筑公路。她们肩压肿了，用布垫着；手脚起泡了，用布包着，坚持干下去。小船被

风浪打沉了，打捞起来继续装运。

博贺妇女巾帼不让须眉的行为感动了附近的群众。为协助修好"三八公路"，县内先后有 7 个乡共 4 万多人次前来工地支援筑路。

经过半年的努力，她们硬是用肩挑、用船装，运来了 13 万多立方土石，筑起了一条宽阔笔直、近 14 公里长的"三八公路"。

8 月 23 日，"三八公路"通车那天，沿途群众喜气洋洋，鸣炮庆贺。

这一年，全县修通的公路还有：罗屋至木苏公路，18.5 公里；旧史涌至学堂公路，8 公里；上洒至石旦公路，15.7 公里……全县公路的数量、里程不断增加，质量也不断提高。

境内所有公路的两旁，都种上了三至五行的桉树、木麻黄、台湾相思树。行走在绿树成荫的公路上，犹如绿色长廊。重点公路沿线还建起 25 个凉亭，供旅客和运输人员歇息用。同时，做好公路养护工作，冬季雨水少，江河水位低，便抓紧备沙和整理排水沟，清除桥梁和涵洞的障碍物；夏季雨水多，着重做好比较容易毁坏的路段的养护工作，适当加铺保护层沙料，雨后进行突击养护；秋季天气晴好，着重做好路面的改善工作。因此，公路长年保持平整。

那时，电白最长的公路是广湛线即 G325 线（今改为 G228 线，原 S281 线则升格为 G325 线），东起儒洞大桥，西至吴川交界，全长近 65 公里。开始时路宽 7~8 米，后路面也加宽到 10 米以上，载重量和通过能力大大提高。

电白境内共有省

▲ 绿树成荫的电白公路

道干线 5 条，全长 116.8 公里，其中等级公路 98 公里。S281 七那线（七迳至那霍）全长 61 公里（其中那霍至林头段今更名为 G325 线），全线在电白境内，并与牛茂线、水高线、新高线、沙儒线、河东线等路段连接，1950 年全线修通。也是一条战备公路，至 1957 年，经过改建，路面由 5 米扩至 10 米，全线均达到一级路面标准。省道还有牛茂线（牛屎岭至茂名），全长 13 公里，1950 年通车；水高线（水东至高州县城），全长 61 公里（境内 11.5 公里，今称茂名大道），1951 年通车；沙儒线（沙琅至阳江儒洞），全长 40.8 公里（境内 18.8 公里），1957 年全线通车（今直通阳西沙扒，为 S282 线）；新高线（高州分水坳至高州县城），电白境内那霍路段 15.7 公里，1950 年建成通车。

其间，县委贯彻"先求其通，逐步改善"的建设方针，大力建设县道公路。1950 年，修通沙（琅）东（华）线 16.1 公里，田（头）望（夫）线 22.3 公里。1953 年修建独（竹头）霞（洞）线 4.4 公里。1956 年成立地方公路管理站，修通羊（角）黄（岭）线 30 公里、麻（岗）宿（车）线 17.7 公里、下（铺园）滴（水）线 17.3 公里。至此，电白县境内县道共 6 条，总长 107.8 公里，全县公路纵横交错，各公社（镇）均已有公路相通。其间，建有桥梁 29 座，总长 714.2 米，有涵洞 519 个，长 3732.3 米。

▲ 王占鳌带领电白干部群众参加公路建设的场面，他们一边修路一边绿化

在王占鳌的指挥和带领下，至 1957 年，电白县的乡道公路共修好 18 条，总长 87.3 公里。县道、省道和国道接连起来，全县形成了畅通的公路网络，这为全县的经济发展和国防建设打下了坚实基础。

电白公路建设的迅速发展，大大改善了交通条件和人民群众出行，有力地促进物资交流和方便人民生活。过去没有公路，山区的土纸、木炭、竹子、药材、粮食，全靠人挑肩扛往外运，来回需要好几天；山区急需的石灰、肥料、农具、日用品，也很难运入。修通公路后，这些问题都一一解决了。边远山区望夫公社的群众，在没有公路之前，步行到县城需要两天时间，修通公路后，坐上汽车，两个小时便到达了。群众反映说："过去出门有三怕：一怕爬高山；二怕遇风雨，路滑；三怕途中投宿花钱多。现在好了，出门坐上汽车，到全县任何一地，一天可以往返。多谢党和政府，多谢王占鳌书记为我们山区人民办了件大好事。"

1959 年 2 月，广东省公路交通评比，电白县在公路基建、县道养护、养路工区、中心运输站等项均获全省第一。获得广东省新建地方公路特等奖。省里还奖给电白县汽车两辆，人民币 4800 元。

1959 年 9 月 21 日，越南民主共和国公路汽车运输考察团一行 8 人，在交通部公路处长以及省交通厅曾天节等一行 10 人的陪同下，到电白县进行为期三天的考察参观。考察团一行对博贺"三八公路"、全县公路绿化、凉亭和花果地的建设给予极高的评价。

1963 年 3 月 28 日，交通部副部长谭珍率在广西召开的全国交通工作会议的 108 名与会人员，专程前来电白县参观公路建设工作，大赞电白的交通建设为全国树立了好榜样。

1964 年 3 月 16 日，香港《光明日报》《大公报》的经理和记者一行 32 人，专门前来参观采访电白县公路建设工作，并给予多个版面作了详细报道；3 月 27 日，广西交通厅李厅长带领 29 人，前来电白县视察公路建设及公路绿化工作。10 月 25 日，辽宁省交通厅一行 13 人，前来电白县参观公路建设等工作。这一年，还有河南、山东、宁夏、浙江、广西等省（区）和本省各市、县参观团 228 批 8274 人次，前来电白县参观公路、林业、水利、卫生等工作情况，这给电白的经济发展带来巨大的促进。

1963 年 6 月 5 日，《南方日报》在报道电白县"生产好、水利好、绿化好、交通好、卫生好"中，对"交通"好这样写道：

这个县解放前只有两条残破不堪的公路，交通运输非常不便。几年来情况完全变了。现在全县公路有 128 条，全长 633 公里，为解放前的 7 倍多，而且质量很好，遇到大风暴雨也可以照常通行。县内公路四通八达，25 个公社，251 个生产大队和较大的工厂、矿山、农场、水库、圩镇都有公路到达，支援了工农业生产，方便了出行群众。

电白取得的这一切，都应该归功于县委书记王占鳌和他领导下的广大人民群众。

第四节　文教体卫树红旗

王占鳌到电白任职后，高度重视文化建设，指示县政府设立文教科，并陆续建立县各级文化机构。特别是后来的"晏宫庙事件"，使他深深认识到，要想改变电白人民千百年来的封建迷信思想，就必须从教、科、文、卫、体等多方面入手，把教育、科学、文化、卫生、体育等方面建设提高到新的高度，树起一面新旗帜。

第一是着力抓好文化建设。

王占鳌在电白最先做的一件事情是设立县文化馆。1953 年，电白拥有了一座功能多样、综合性的文化馆。文化馆包括一座电影院、一座图书馆和其他文化设施，工作人员 7 人。1957 年，文化馆在县委的重视下，争取省文化局拨款在水东东阳街建起二层楼，建筑面积约 4000 平方米。内有展览大厅、综合办公大楼及美术、音乐、摄影、书法、戏剧等创作室 5 个，工作人员增到 12 人，为电白文学艺术的发展推进了一大步。

之后，又陆续建设了各级图书馆、新华书店、档案馆、人民电影院等文化设施。县图书馆 1952 年初设在电影院楼上，工作人员 5 人，内设书库 1 个，阅览室 1 个，藏书 1 万余册。1957 年，县各中、小学和各区（镇）文化站均设图书馆、图书室，全县藏书有数万册，并稳步发展。新华书店电白支店相继在水东成立开业，隶属县文教科领导。新华书店除图书销售外，主要业务是组织供应中、小学和各类学校的课本，为促进全县教育事业的发展作出贡献。县档案馆在 1959 年 3 月正式成立，收集、整理县政府文书档案资料 1400 多卷，后整理成 1100 卷。1953 年在水东东阳街中段建起了电白人民电影院。到 1957 年，全县虽然电影院就此 1 家，但放映点增加到 4 个，一年放映接近 1000 场次，观众约 20 万人次。

除设置文化设施外，还组建了演出团体。1953 年，水东业余剧团改建民间专业粤剧团，称人民剧团，后改称海风粤剧团、县粤剧团。演出一些现代剧《白毛女》《血泪仇》《小二黑结婚》和古装剧《牡丹亭》《胡不归》《生死牌》等。1955 年，县粤剧团改称红旗粤剧团，定编为国营电白县粤剧团，首任团长陈明心，有演员 40 人，长聘广州著名演员黎锦棠、梁玉兰、白锦堂、司徒辉等合作演出，演出现代剧《焦裕禄》《江姐》《夺印》《南海长城》等和古装剧《牡丹亭》《木兰从军》《西厢记》《胡不归》等。因演技出众，电白粤剧团当时誉满珠江三角洲。中国戏剧家协会主席田汉在水东观看《红梅记》后，称赞电白粤剧团的演出技艺出众，并题诗一首以作纪念："才自西湖泛棹来，水东难得看红梅，死生祸福情无改，东府千秋唱李裴。"

在王占鳌倡导和推动下，群众文化建设也蒸蒸日上，成立县文学艺术界联合会，创办有 34 名演员的文联粤剧团，推广民间艺术，计有粤剧、木偶、曲艺、八音、龙舞、狮舞、凤舞、鳌鱼舞、麒麟舞、高脚狮子舞、赛龙舟、耍杂技等等。其中曲艺较为突出，是电白群众普遍喜爱的一种艺术形式。水东曲艺团从 1952—1957 年的 6 年中演出 600 多场，观众达 6 万多人次。1957 年，陶铸、陈郁、李坚真和杨应彬几位省领导视察电白时，都欣赏过他们的表演，也有了初步成效，艺术创作包括文学、戏剧、曲艺、音乐、舞蹈、书画、摄影等。1956 年，县美术家协会成立后，有会员 21 人。会员经常深入生活，到基层、农村、工厂采风，向地区、省有关单位报送优秀作品和稿件。成就最大的首推陈光

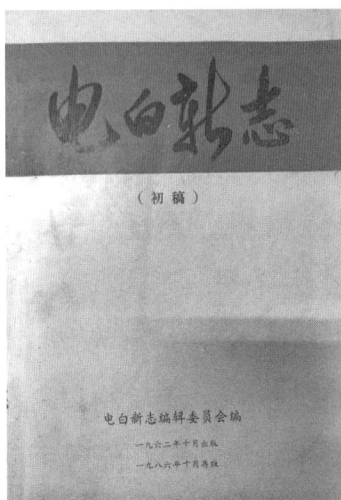

▲ 王占鳌主持编纂的《电白新志》

宗，《羊城晚报》于 1956 年刊发了他的书法作品，获得了很高的评价："陈光宗的书法，已注入了神人的骨髓。"同时，王占鳌还高度重视县志纂修工作。他组织 25 人的强大编写组，拨出专款，编纂出版电白县解放后的第一部县志——《电白新志》，填补了一项空白。

新闻广播和出版工作也是王占鳌十分重视的一项工作。他任县主要领导后，就在水东三角庙设县广播收音站，初属文教科，后改由县委宣传部领导。设备有收音机 1 台，工作人员 1 名，广播范围水东镇。至 1954 年，国务院赠 7 台 7 灯收音机，先进的农、渔社如大榜的丹步、旦场的担伞岭、陈村的那行、南海的晏镜、观珠的大陂、沙琅的尚塘都成立了收音站。1956 年 5 月，县广播收音站改为县广播站，设站长 1 人，机务播音员 1 人。广播机 1 台 750 瓦，带喇叭 360 只。1957 年，县广播机扩增至 1250 瓦。同年，沙琅、电城都有 200 ~ 250 瓦广播机，成立了有线接力放大站。

1952 年，为适应全县土改的需要，王占鳌指示县委办公室编印《土改简报》。1953 年为适应经济恢复和生产发展的需要，《土改简报》停刊，改出《生产快报》。1954 年又由《生产快报》改为《电白通讯》。1956 年 3 月 22 日，《电白农民报》创刊并公开发行。它是中共电白县委的机关报，其发行量 6000 份。后来又创办了《电绿报》。这些报纸的任务主要是宣传党的方针政策，贯彻县委的重大决策，全面指导电白各行各业的发展。

▲ 王占鳌主持创办的《电绿报》

王占鳌不但亲抓办报纸，还指示成立电白县委通讯组，他亲任组长，副组长则由县委办公室主任崔文明和县委办公室副主任吴兆奇兼任。他

说："你工作再好，别人不知道，那也只能算完成工作任务的一半，只有你将所做的工作及取得的成绩公开报道出去，让人家看到你做了什么？有什么经验教训和值得大家借鉴的地方，这样让人家认可了，工作才算圆满。"王占鳌说到做到，他总是经常亲自下乡采访，掌握第一手写作素材，认为这些素材可以见报了，他才回来加班加点亲自主笔写报道。虽然他的写作水平不是很高，但他的写作热情却是最高的、干劲也是最大的。每次他自己写好的稿子，也不是急急把稿子投出去，而是先将写好的初稿反复念给通讯组的同志们听几遍，让他们多多提出宝贵的修改意见，最后大家认为可以了、自己也满意了，才将稿子一一认认真真地抄写端正，然后再及时向上级报刊媒体投稿。不论他的工作有多忙碌，他平均每月都会完成十来篇消息或通讯稿，且见报率也非常高，人称"爱写报道的县委书记"。在他的带领下，全县高度重视宣传报道工作，电白的知名度也在省内外大大提升，县委通讯组更是连年获得省优秀通讯组的殊荣。

1960年5月，县委通讯组副组长崔文明代表全国先进集体县委通讯组，光荣出席中共中央在北京召开的全国群英文教表彰大会。最令王占鳌和全县人民高兴

▲ 1960年《南方日报》头版头条刊登"文教战线红旗飘"的报道《通讯工作的一面红旗——电白县委通讯组》和配发的短评《掀起"全党办报"新高潮》

的是，1960 年 6 月 6 日，《南方日报》头版头条刊登了《通讯工作的一面红旗——电白县委通讯组》，并配发短评《掀起"全党办报"新高潮》。

第二是着力抓好科学建设工作。

1952 年 12 月，王占鳌在博贺镇召开全县科技人员代表会，成立电白县科学技术协会，专责全县科普工作。1956 年，全县成立大榜、麻岗、七迳、观珠四个大区农业技术推广站，1957 年增加羊角、沙琅两个大区站，推广农业生产技术。由于以王占鳌为首的县委、县政府高度重视科学事业的发展，自 1952—1957 年，从各类学校毕业生中吸收了大批专业人才。全县各类专业技术干部有 278 人，其中工程技术人员 9 人，农业技术人员 49 人，卫生技术人员 220 人，全县中小学专任教师 2070 人。

科技工作的关键在推广与应用。20 世纪 50 年代期间，按王占鳌的要求，电白科技队伍对水稻、花生、甘蔗、黄豆、番薯等农作物和松、杉、桉树、木麻黄、台湾相思、马尾松等树木的水土保持与病虫害防治，做了大量的研究，取得显著成效：水利建设推广无钢筋建渡槽 57 座，最大跨度 40 米；县机械厂自行设计研制成功车床、刨床、马达、电动吊锤等机械设备 65 台；1954 年博贺防护林试种成功，1957 年省花生现场会在羊角爱群召开，1957 年引进、繁殖澳洲瓢虫防治吹棉介壳虫成功，60 年代建成的小良水土保持试验推广站逐渐扬名国内外；县科技部门还把技术人员撰写的论文，编成《电白县水稻品种志》和《电白县油料、杂粮品种志》两本书并出版。技术人员对电白的经济发展作出了重大贡献。

第三是着力抓好教育事业发展。

全力抓好小学教育。20 世纪 50 年代初，全县仅有县立小学 6 所，区立小学 36 所，村立小学 120 所，在校学生 19341 人。1953 年，王占鳌提出要深入贯彻"整顿巩固，重点发展，提高质量，稳步前进"的方针，要对全县小学进行整顿，强调教学是学校压倒一切的中心任务，纠正教师、学生过多参加社会活动的偏向，保证学校正常的教学秩序。1953年，全县小学发展到173所，在校学生29344人，教工1033人；1957年，全县小学扩展到467所，在校学生64980人，教职员工1923人。4年间全县小学增加294所，在校学生增加35636人，教工增加890人。

逐渐铺开中学教育。新中国成立前，电白全县仅有普通中学7所（公立4所、私立3所），共有56个教学班，学生2366人。1953年，全县应届高中毕业生只有24人。1956年，县里决定将原在电城的"电一中"改称"电四中"，原在水东的"电四中"改为电白第一中学。1956年起，除电白一中（水东）、二中（沙琅）、三中（霞洞）、四中（电城）外，增建初级中学9所，分别是五中（坡心）、六中（观珠）、七中（博贺）、八中（旦场）、九中（马踏）、十中（那霍）、十一中（羊角）、十二中（小良）、十三中（南海）。1953年，全县中学6所（初中5所），在校学生1277人（初中1135人，高中142人），教工47人。1957年，全县有中学4所、初级中学17所，在校学生3939人（高中445人，初中3494人），教工117人。4年间全县增加完中3所，增加初中12所，在校学生增加2662人，教工增加70人。同时，县里还设有电白师范、职业中学、教师进修学校、农民业余教育、职工业余教育、函授教育等专业教育。县财政支持教育经费也逐年增加。1953年全县教育经费预算内60.01万元，占县财政支出9.4%；1957年预算内92.46万元，预算外7.59万元，占县财政支出15.1%，比1953年增长6个多百分点。

第四是着力抓好体育事业。

切实抓好中小学校体育运动。首先，在中小学校开设每周两节体育必修课，并推行第一套少年儿童广播体操。1955年，实行"准备劳动与卫国"的体育制度（简称"劳卫制"）。"劳卫制"分一级、二级和少年三级标准施行，并进行达标考核。经考核达标者，发给"劳卫制"

证章、证书。实行"劳卫制",是对中小学生进行全面的体育知识和竞赛技能、技巧的培养,增强学生的体质。

切实抓好民间传统体育运动。民间武术是一项强身健体的体育活动。20世纪50年代期间,全县民众继承传统,自筹资金,普遍建有武术馆,聘师授徒。仅水东镇就建有"英武堂""镇武堂""尚武堂""忠武堂""聚武堂""庆武堂"等6家武术馆。教授时为盛行的南拳、刀、枪、剑、戟等。逢年过节或喜庆日子,武术队就上街串村舞狮和表演武术助庆。民间舞狮是一项武术性质的民间传统体育活动。舞狮的上乘功夫是"采青",分地上青、凳上青、门上青、水上青四种。根据各种"青"的设置表演高难度动作,难度越大越奇险的"青"取下来的"红包"越大,奖励越多。每每表演时场面都非常热闹。赛龙舟是体育竞争激烈的一种"力争上游"的活动。水东、博贺、电城、大榜、南海、陈村、林头、沙琅等地每年的端午节均会组织竞赛活动。1956年是电白经济发展最好的年份,人民安居乐业,娱乐活动得到了群众的广泛参与。参加水东港赛龙舟的有5队155人,参加博贺港赛龙舟的有4队124人,各港连赛两天,方圆六七十里的群众都来参观。邻近的吴川、湛江、高州、茂名、阳江等地都有群众前来观看,盛况空前。

切实抓好职工体育运动。王占鳌对职工业余生活和身心健康十分关心和重视,要求有条件的机关单位如县税务局、盐场、公安局、供销社、粮食局、邮政局、人民银行、搬运公司、总工会等都要修筑篮球场,并广泛组织各单位职工利用业余时间进行友谊比赛,促进了全县体育运动的发展。

1955年,王占鳌还组织成立了电白县男子篮球队。当时已经开始了粮食统购统销,居民粮食定量供应,干部职工每人每月22斤。因运动员消耗大,他特批篮球队员每人每月30斤,这大大激发了队员参与的热情及比赛的积极性。县男子篮球队曾多次代表电白参加湛江地区篮球比赛，3次获得冠军。

1956年6月，王占鳌又批示成立了电白县体育运动委员会，设主任1人，副主任2人，专职干部1人。县体委担负着制定全县体育事业发展和实施规划，指导协助各部门开展体育活动，培训体育干部、体育专业人才和为上级培养输送运动员等职责。此后，电白的体育事业也有了更大的发展。

第五是着力抓好医疗卫生事业。

医疗卫生事业牵涉全县人民的健康和生命安全，也牵涉全县人民的生活品质。多年来，电白县一直面对着灯不明、路不平、水难吃三大历史问题，经过多年的不懈努力，"路不平"的问题得到了一定程度的缓解，但"水难吃"的问题还没有很好地解决。"水难吃"的问题，不仅是一个味道问题，其实也是一个与医疗和环境卫生直接相关的系统工程。"水难吃"，证明环境卫生问题严重，需要大力整治，"水难吃"造成的直接后果就是因为水质污染而造成的各种疾病。生产和生活本来紧密相关，当生产上的主要矛盾得到解决之后，王占鳌开始把目光集中于改善和提高人民的生活环境和生活质量。那就是以爱国卫生运动为载体，全面提升全县的医疗卫生水平。

在他的主导和推动下，几年内从设施、机构、人员以及实际工作时效上都有了质的飞跃。至1956年，全县医疗机构设有县人民医院、县防疫站、县慢性病防治站、县妇幼保健所（站）、麻岗卫生所、博贺卫生所（站）、霞洞卫生所、马踏卫生所、林头卫生所、观珠卫生所。1957年底，全县又有14个区建立10个区卫生所和2个医疗站，私立联合诊所发展到25个。其中水东镇已有社会中医生联办的中医联合诊所5家。至此，全县各圩镇均建有医疗机构。水丰农场、曙光农场、电白盐场、林头糖厂等单位在第一个五年计划期间,也相继建立了卫生所或卫生站。全县医疗机构共有职工58人,其中在县医疗机构42人,在基层农村卫生所16人。此外,还有厂、场卫生所职工21人,其他社会个体医疗机构也不断发展。

至1957年,全县接种牛痘56.56万人次,占全县人口91.3%,天花基本绝迹;1952—1955年,全县沿海地区接受"三联"(霍乱、伤寒、副伤寒)疫苗预防注射44783人,没疫情发生;1956年,电白县还成立麻风病防治委员会,第一次对全民进行检查,参加检查人数达52万人,查出患病者506人。为让他们得到更好的治疗,将罗坑明堂劳改场改建电白县第一个麻风村,把他们集中在村里,一边劳动生产,一边治疗。这些举措体现了党和人民政府对人民群众健康的关怀和重视。

1958年1月上旬,王占鳌批示县委、县人委起草并下发《关于立即开展群众性爱国卫生运动的联合通知》。该通知要求:从现在起至2月底,要在全县范围内开展一个规模浩大的群众性以清洁积肥、灭鼠保粮、支援农业生产为中心的爱国卫生运动。一时间,全县广泛开展清洁积肥运动,发动群众进行大扫除,填平洼地,疏通沟渠,改良厕所,清除垃圾,推广圈猪,改善牛舍,全力整顿环境卫生。

当时,负责水东镇卫生工作的是副镇长吴瑞兰,她接到这一通知后,深感沉重。

吴瑞兰知道,1949年以前,水东镇还不是县城,而是一个臭水港。

▲ 县委书记王占鳌(左)与水东镇副镇长吴瑞兰在水塘里检查水质情况

这里垃圾遍地，污水横流，苍蝇、蚊子、老鼠、蟑螂"四害"特别猖獗。特别是 1943 年的一次大瘟疫，陆上居民死亡十分之一，水上居民死亡过半。"千村薜荔人遗矢，万户萧疏鬼唱歌"就是当时真实的写照。1950 年 12 月，

▲ 水东镇制定的"十不卫生公约"

县委、县政府等机关从县城电城迁址 30 公里外的水东办公后，在党和政府的领导下，新县城水东镇的卫生才开始有所改观。但由于基础较差，历史欠账太多，距离县委、县人委提出的任务还有很大差距。

吴瑞兰向街道居委会传达了县委、县人委的通知后，许多人叫苦不迭：水东是死鱼烂虾港、苍蝇镇、垃圾城，要消灭"四害"，很难做得到；改建厕所、水沟需要水泥、石灰、红砖、木料等等，材料从何处来？吴瑞兰只好把相关情况向县委书记王占鳌作了汇报，希望能得到县领导的支持帮助。

王占鳌说："困难是存在的，但办法也是有的。那就是依靠群众，发动群众。"他停顿一下，继续对吴瑞兰说，"你是参加过土改的，那时要斗倒地主分田地，困难比现在大得多，怎么办啊，不就是依靠和发动群众吗？现在，我们为什么不能依靠和发动群众消灭'四害'呢？"

王占鳌的一席话，增加了吴瑞兰的信心和决心。

于是，吴瑞兰在县城水东发动了"26 天爱国卫生运动战役"。

吴瑞兰深入东阳南街，宣传爱国卫生运动的意义，提高广大居民"除'四害'、讲卫生"的自觉性，组织一支卫生工作骨干队伍，开展拆私厕、建公厕的工作。不几天就拆除了 50 多间私厕。建公厕材料不够，群众自

动捐献：你 1 担沙，我 3 斤灰，他 5 块砖。很快，两座公厕就建好了。其他街区纷纷前来学习东阳南街的经验，拆私厕、建公厕。10 多天时间，全镇 2000 多间私厕被拆除了，23 座公厕建好了。

▲ 县委书记王占鳌（前右二）带领机关干部及群众每日早上雷打不动打扫卫生

为完成治理下水道、排水沟这一艰巨任务，吴瑞兰自任队长，组织了 81 名突击队员，带领他们冒严寒、蹚凉水、砌水沟、建涵洞，完成大小下水道、排水沟 126 条。

王占鳌和县长欧学明等领导则带领县机关干部职工、学校师生、街区居民，铲杂草，填洼地，拆庙宇，清瓦砾，熏蚊子，塞鼠洞，除臭虫，打苍蝇……26 天战役过去了，全镇面貌焕然一新，大街小巷，家家户户，干干净净，找不到一截烟头，一块果皮，一点痰迹……

1958 年 3 月 4 日，湛江地区 12 个县城的"除'四害'、讲卫生"运动评比结果：水东镇被评为第一名，获得中共湛江地委和湛江专员公署联合制发的"除'四害'、讲卫生"流动红旗。

同年 4 月，王占鳌再次组织机关干部、职工、居民、师生 5000 多人，参加义务劳动，开挖东湖、西湖，建设海滨公园，美化水东；6 月，开展修建共青河，把沙琅江水引入水东，解决居民用水难问题。

8 月 11 日，全国爱国卫生检查，评定水东已基本达到无"四害"标准；

12月，水东镇被评为"全国卫生先进单位"。按照"不随地吐痰，不乱丢果皮、纸屑，不乱倒垃圾，不随地大小便，不在马路晒柴草，不放禽畜出街，不用生粪淋瓜菜，不留蚊蝇孳生地，不随街设摊摆卖，不卖腐烂变质食物"10条公约的严格要求，水东镇已经实现了100%的卫生达标。

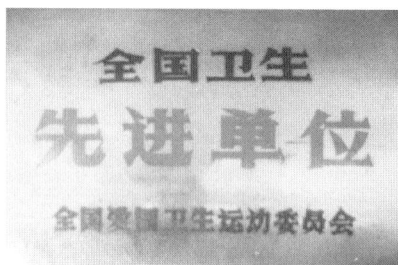

▲1958年12月，全国爱卫会授予水东镇"全国卫生先进单位"称号奖牌

1960年4月，全国春季爱国卫生大检查，水东许多单位挂出了悬赏牌。

县药材公司的悬赏牌：谁能在本公司内找到臭虫一只奖1元，苍蝇5只奖3元，蚊子一只奖1元，老鼠一只奖3元。

▲1960年，中共中央、国务院召开的全国文教群英会，授予水东镇卫生"先进单位"称号

县搬运公司的悬赏牌：谁能在本公司食堂打死1只苍蝇，请看卫生戏一晚；在本公司宿舍内找到一只臭虫或蚊子，奖给红旗一面。

忠良街集体猪栏的悬赏牌：谁在本猪栏内外找到蚊蝇孳生地，奖励肥猪一头。

许多饭店门口挂着悬赏牌：谁若能在本店找到苍蝇一只，奖给肥鸡一只。

……

但是，这些悬赏牌挂了很久很久，一直也没有人能领到奖。

1959年4月7日，广东省除"四害"讲卫生现场会在电白召开，省卫生厅左厅长主持，大会提出口号："向水东学习，向水东看齐"。6

月 29 日，全国除害灭病领导小组办公室主任鲁光一行 7 人，到水东视察，对水东的卫生工作表示赞扬。11 月 8 日，全省举行卫生大检查大评比，水东镇被评为全省城镇特等卫生标兵。是年，分管卫生工作成绩突出的副镇长吴瑞兰前往北京出席全国农业建设社会主义先进单位代表大会，作为卫生模范受到毛泽东主席、周恩来总理等党和国家领导人的亲切接见。

1960 年 6 月，共青团中央领导人率领江西等四省和广东百县团干 138 人到电白县参观水东镇卫生工作，给予了高度评价。

1962 年 4 月 13 日，中国戏剧家协会主席田汉到电白县参观卫生、林带、渔民新村等，并题诗赞扬："最穷最白亦最通，沙琅农女擅天工。从来治标先治本，四害忙忙避水东。"（"沙琅农女"指原籍沙琅的水东镇副镇长吴瑞兰）。

1963 年 3 月 25 日，卫生部司长张兆生一行 9 人，到电白县用 7 天时间总结水东镇卫生工作经验。7 月 11 日，全省卫生防疫工作现场会在水东召开，各专区、市防疫干部 38 人，开会及参观时间 7 天，推广水东镇防害灭病的经验。

1964 年 4 月 1 日，水东镇再次被评为全省城镇特等卫生标兵，广东省委副秘书长带领 60 多人进行检查评比。4 月 5 日，国家石油部科学会议代表 38 人前来参观水东卫生。4 月 20 日，广东省爱国卫生现场会在水东召开，时间 5 天，出席会议 191 人。省委书记刘田夫出席会议并作了重要讲话，高度赞扬了水东镇的爱国卫生运动，会议授予佛山市、水东镇、岐乐大队各一面奖状和红旗。6 月 8 日，广东省卫生干部进修学院 50 人前来水东参观学习。

据统计，仅 1964 年，电白县接待参观卫生、绿化等参观团就有 228 批 8274 人次。这年秋，全国人大代表和政协常委程思远、中央统战部副部长平杰三以及记者一行 22 人，陪同原国民党南京政府代总统李宗仁一行参观了水东镇的市容和卫生防害灭病工作。李宗仁当国民党军连长时，曾驻军水东，对水东面貌的巨大变化给予高度的赞扬。

中共中央中南局第一书记、广东省委第一书记陶铸每次到电白视察，都过问一下水东的卫生工作。一次，王占鳌陪同陶铸视察水东东湖、西湖时，经过了位于县城水东镇二小附近的一座陈罗古庙。王占鳌向陶铸介绍说，这座陈罗古庙是水东居民为纪念姓陈和姓罗的两位义士而兴建的。

据当地人传说，陈、罗是雷州一个财主的长工，明崇祯末年，水东发生饥荒，哀鸿遍地。雷州财主命陈、罗二人带着欠账契约和押运一船大米前往一面收债，一面向灾民粜米大赚一笔钱。米船抵达水东码头后，陈、罗二人见到水东饥民一片惨状，哪来钱买米？于是二人决定把欠账契约销毁，并将一船大米免费送给饥民度荒。做完这一切后，陈、罗二人自知无法回去交差，便于农历二月初五那天，双双在水东铁潭坝附近跳海自杀。灾民见到恩人为救大家的生命而献身，深为感动，立即动手将恩人尸体从海上捞岸装棺就地掩埋，并在墓地上立庙纪念，成为神像底下有坟墓的独特庙宇。此后，水东人民为纪念救命恩人陈、罗义士，还将每年的农历二月初五定为水东地区公众年例日。

看到陶铸书记听得那么仔细认真，王占鳌又告诉陶铸书记："其实，在水东附近，不但有陈罗古庙，还有一条惠及百姓的香女河和一座大名鼎鼎的五公祠。"

据说香女河是清朝康熙年间，皇

▲ 水东陈罗古庙

帝为征召一位身有体
香、美丽如花的李姓
香女入宫，特命钦差
太监前来接人。香女
要求，如能在她的家
乡挖一条可通航的大
河直达大海，再坐上
大船进京，她就应召。
后来大河挖成，香女
却跳河自尽了，后人

▲ 电白五公祠，里面敬奉的是李德裕、刘长卿、黄十九、陈
琪、李树绩五公神像

便称这条河为香女河。至于"五公祠"，是为纪念历朝以来对电白人民
作出过重大贡献的朝廷命官或救命恩人。一公即唐朝被贬宰相在路过电
白放鸡岛时，保护过渔民平安的卫国公李德裕；二公即唐朝在南巴县（今
电白麻岗一带）当过县尉的著名诗人刘长卿；三公即客籍电白庄垌，为
勤王护驾南宋皇帝赵昺脱险而率军民英勇抗元的忠烈侯黄十九；四公即
为明末为电白征讨海贼殉难的副总兵陈琪；五公为说退匪众救下千百电
白人民的明朝武举人李树绩。

　　介绍完电白的历史名人后，王占鳌大发感慨。他说，"从这些真实
的历史人物来说，凡为人民做过好事的，不论是谁，电白的老百姓都永
远会感恩他们。作为共产党人，难道我们还不如封建时代的朝官吗？要
为人民多做点正事好事才对。因此，下一步，我们不但要建好东湖、西湖，
还要彻底解决好水东灯不明、路不平、水不好吃这三大历史疑难问题。"

　　陶铸听后很高兴，他开玩笑地说："老王啊，等你解决好了这三大
问题，将来水东人民也必将会另建一座'占鳌庙'来纪念你！"

王占鳌听了后，乐得哈哈大笑……

王占鳌没有食言，他说到做到，不但带领电白人民建好了美丽的东湖、西湖及公园，而且那三大问题也全都一并解决了！

第五节　小平视察评价高

　　1960 年 2 月 3 日，由中共中央政治局委员、中央书记处总书记邓小平为团长的中共中央检查参观团一行 120 多人前来电白视察。随团前来视察的中共中央主要领导人有：书记处书记彭真，上海市委第一书记柯庆施，书记处候补书记刘澜涛、杨尚昆、胡乔木，统战部副部长徐冰，国务院外事办公室副主任孔原等。该检查参观团在广东省委第一书记陶铸的随同下，先后检查参观了电白县的生产、水利、公路、绿化、卫生和人民群众生产生活等多项工作。

　　邓小平对电白的巨大变化感到非常高兴，对电白县近几年所取得的辉煌成就给予了充分的肯定。同时，邓小平一行对电白人民的生活十分关心，对电白国民经济的调整和恢复非常关切，并作了重要的指示。邓小平同志特别指出：电白县生产、绿化、交通、水利、卫生等多项工作都做得很好，走在全国的前列，值得推广。检查参观团一行在电白沿海防护林带和小良菠萝山视察时，邓小平同志特别表扬电白造林绿化工作做得好。他对在场陪同的县委书记王占鳌说：电白人民能在烧得熟鸡蛋的沙滩上（指沿海绿色长城）和沙漠化黄砂土上（指小良菠萝山）种上树林，创造了世界奇迹！电白人民了不起！

　　邓小平率领的中央检查考察团一行对电白县委、县政府带领全县人民自力更生、艰苦奋斗所取得的成绩给予了高度肯定，使电白最困难的时期很快过去，也使电白县干部群众受到巨大鼓舞，全县再度掀起了工农业生产建设新高潮，许多方面都出现了飞跃发展的良好势头。有诗为证：

　　　　电白人民志气豪，穷山赤岭换绿袍。

花果满园绿荫丽，狂风飞沙尽低头。

农业连年大增产，安居乐业永无愁。

山明水秀天堂艳，大地如春锦绣图。

人民力量比天大，领导尽属党功劳。

至 1964 年，电白全县各条战线的生产都蒸蒸日上，闻名全国。据 1965 年电白县统计局的数据显示，当年电白县实现工业总产值 3884 万元，农业总产值 36233 万元，社会消费品零售总额 5590 万元，财政收入 2120 万元，人均国民收入 192 元。

广东省委第一书记陶铸到电白检查工作时，赞誉电白是全省真正的"生产好、水利好、绿化好、交通好、卫生好"的"五好县"！

1963 年 6 月 5 日，《南方日报》头版头条刊发了一篇由时任县委办公室主任崔文明亲笔撰写、专门介绍电白巨变的长篇通讯。

引题：生产好、水利好、绿化好、交通好、卫生好。

正标题：《电白人民

▲1963 年 6 月 5 日，《南方日报》头版头条刊登电白"五好县"的长篇通讯版面

发愤图强使山河改观穷县变富》。

副标题：目前他们又提出新的奋斗目标，订出今后五年发展规划，要求各方面的工作达到更高水平。

正因为各项工作的突出表现，电白很快成为当时全国的一面红旗！

这一切成就的取得，电白人民都说："电白'五好县'完全是县委书记王占鳌一手打造的，他应该记头等功劳！"

DI LIU ZHANG

第六章

干部群众贴心人

第一节　尊重知识惜人才

一、普通科员指路人

王占鳌虽然行伍出身，在战斗和斗争的环境中成长起来，却没有人们一向认为的那样"粗糙"和蛮干。担任领导职务多年，他一直尊重知识、尊重人才，对全县干部群众体贴爱护，不让一个有能力的人受到压抑、委屈，也不让一个能力欠佳的人过不下去。

电白县农建科有一位农业技术科干部名叫丁镇泰，是从旧社会过来的一名小知识分子。1953 年冬，王占鳌在县内抽调一批年轻干部参加粤西区农业合作社培训班学习，其中就有科员丁镇泰。丁镇泰他们学习结业回到电白后，王占鳌指示把他们分成两个工作组，一组到观珠大陂示范农业合作社，另一组到大榜丹步示范农业合作社分别指导工作。

丁镇泰被分在大陂示范农业合作社工作组，是唯一的农业技术干部。他们工作组下乡之前，王占鳌专门找他谈了一次话，并对他们工作组寄予厚望。

王占鳌问丁镇泰："你是学农的吧？"

丁镇泰答："是的。"

"我看你这年纪，估计也是从旧社会过来的知识分子。"

"对。"

"你们知识分子下乡也要和农民实行'三同'啊！"

"是的。"

"不过，你们和农民同劳动，不只是改造自己的世界观，还要把农业科技知识传授给农民，把农业生产搞好。"

"好，我不会辜负王书记的期望。"

"一切科学技术，都要通过试验，从中证明它的科学性，使农民自觉接受。这是快捷推广技术的途径，也是在改造客观世界中改造主观世界的机会。"这样的大道理通过王占鳌的表述，也如和风细雨，让丁镇泰感到了书记的关怀。

"王书记说得对，我会下去跟大家一起好好干。"

……

这次谈话，对丁镇泰教育、启发很大，为他在大陂农业社乃至后来在电白做好农业技术工作，起到了指路人的作用。

果然，丁镇泰他们来到大陂社后，一放下行李就立即投身到农科试验工作中去。在工作组组长崔烈民和社主任刘惠康等人的带动下，经精心研究，决定把村前 10 亩农田作为试验田。他们指导群众首先开展以水稻"小株密植"为中心的一套技术试验，该试验从播种、插秧、施肥、管理等各个环节，都由农科技术员丁镇泰亲自把关和现场指导。试验结果：他们 10 亩试验田的水稻在同样水肥管理的情况下，明显比一般农田的水稻长势好、丰收在望。

水稻"小株密植"的试验成功，很快在全县引起了轰动。

王占鳌为了把大陂农业社水稻"小株密植"技术推广到全县，立即组织全县区乡干部、老农前来大陂社参观学习。

1954 年盛夏，全县区乡干部、老农在王占鳌的带领下，纷纷前来大陂农业社参

▲ 丰收在望的水稻试验田

观水稻试验田。

试验田种的不是什么良种，而是他们往年种的矮仔粘，主要特点是"小株密植"。人们站在田埂上一眼望去，那 10 亩试验田里，铺满了一层金灿灿的稻谷，估计亩产有 700 多斤。

王占鳌对前来参观的人们说："这是县农建科技术员丁镇泰和大陂社工作组的同志试种的，你们要好好学习，回去推广种植。"

丁镇泰向大家介绍"小株密植"时却谦虚地说："这是在王书记的亲切关怀和热心指导下取得的试验成果。……只要大家按照我们的试验流程去做，你们也一定能够取得成功。"

水稻"小株密植"试验成功的消息，很快在粤西地区引起轰动。《粤西农民报》不久便大幅刊登了大陂农业社"小株密植"的经验。

1955 年 5 月，崔烈民和丁镇泰出席了中共中央华南分局召开的重点农业社座谈会议，介绍了水稻"小株密植"的经验。以后，该经验材料被收入《广东四十个社》一书中去，在全省广泛推广。

丁镇泰在大陂社取得的成绩，更加引起王占鳌的关注和信任。

1955 年，坡心乡红十月社创造了一年三熟，水稻亩产千斤的成绩。对此，许多人抱有怀疑态度。王占鳌又派县委农村合作副部长何桂森和丁镇泰去红十月社蹲点。他们在红十月社调查研究和试验，以理论和实践证明红十月社一年三熟、水稻亩产千斤完全是事实，其经验值得推广。从此，王占鳌便把红十月社作为自己蹲点的长驻点，与社主任李秀英一道共同努力，树立了"红十月"先进典型，成为坡心乡乃至全县的学习榜样。至 1958 年，红十月社所在地的坡心人民公社便迅速成为"全国农业社会主义建设先进单位"，获得国务院颁发的荣誉奖状。李秀英个人则先后获得湛江专署、广东省人民政府授予的"劳动模范"和国务院授予的"全国农业劳动模范"以及全国妇联授予的"'三八'红旗手"等荣誉称号，成为当地的风云人物。

经过几年的实践和锻炼，丁镇泰成为电白县农业生产技术的重要骨干。1956年10月，他便被县委组织部提拔为县农业局副局长。

多年后，从电白县人大常委会副主任岗位上退下来的丁镇泰在回忆老书记王占鳌时说："王占鳌书记是我一生的指路人。"

▲ 李秀英获得的广东省劳动模范奖章　▲ 李秀英出席全国妇女建设社会主义积极分子会议获得的奖章

二、重用"右派"工程师

王占鳌不但对旧社会过来的技术干部认真教育、启发并加以重用，还对犯有错误的技术干部也不另眼看待。从他当年敢于重用所谓的"右派"分子邓湖秋就是最突出的例子。

1957年，湛江地区水利局副局长、总工程师邓湖秋被错划为右派分子，下放到电白县进行劳动改造。

1958年，电白县正在县委书记王占鳌的带领下，大规模开展兴修水利建设，非常缺乏水利建设方面的技术人才。

爱才如命的王占鳌一下子就想到了邓湖秋。他觉得，只要老邓能为电白的水利建设服务，我才不管他是什么左派右派呢。

因此，在决定修建全县第一座大型水库罗坑水库时，王占鳌大胆任用邓湖秋。让老邓搞设计，负责施工技术工作。他还与老邓搞起了另类"三同"：同住一间茅草房，同一桌吃饭，同一起劳动，像亲哥俩一样形影不离。

很快就有一些好心人悄悄对王占鳌说："王书记，您这样重用右派，不怕人家说您丧失政治立场吗？"

是啊，那年头"阶级斗争"是要年年讲、月月讲、天天讲的。右派分子是专政对象，和他纠缠在一起，王占鳌真是胆大包天了。

王占鳌泰然处之，他说："怕什么？我请老邓来搞水利设计又不是干坏事，而是为电白兴修水利。难道水库修好了，他能拿到台湾那边去？！"

王占鳌一贯抱定"疑人不用、用人不疑"的原则，相信邓湖秋是真正的水利总工程师，是真心实意为电白兴修水利的专家。

邓湖秋果然没辜负王占鳌的期望，他很快就把建设罗坑水库的设计图纸搞出来了。但在设计罗坑水库溢洪道时，遇到了一个难题。为了水库大坝交通方便，需在溢洪道上设计一座能通行载重汽车的大桥。但如果按常规采用墩式桥设计，溢洪道上要砌桥墩。这样，既影响水库的排水和溢洪道的通畅，又不美观。他再三考虑，决定设计一座大跨度石拱桥，像著名的赵州桥那样，既不影响溢洪道排水，又美观大方。设计的这座石拱桥跨度40米，是全省最大跨度的溢洪拱桥，安全问题能解决吗？

当下就有人质疑设计者的动机：

"这么大的跨拱桥能行车吗？"

"汽车通过时塌陷压死人咋办？"

"我看右派分子不可靠。"

……

面对众人的质疑，邓湖秋对王占鳌说："王书记，您别担心。待拱桥修好后，我邓某就坐在溢洪桥底下，您让载重汽车从拱桥上方驶过，如果桥垮了，首先压死的是我，我保证毫无怨言。"

王占鳌说："邓工，我相信您，您是最有本事的人。在抗日战争时，您是作为国家重要人才,被专机从南京接上飞机撤往重庆才保护下来的。这个拱桥设计,我能怀疑您吗?我老王认定您老邓行!"

面对王占鳌的信任,邓湖秋感激涕零。他紧紧握住王占鳌的双手,泣不成声地说:"王书记,谢谢您的理解和支持!"

于是,在一众质疑声中,溢洪桥投入建设。

溢洪桥建成之后,经实验完全达到通车、排洪和景观的要求,远远望去,真像一件美丽的工艺品。王占鳌面对邓湖秋的杰作,更是赞不绝口。后来,他还亲笔给该桥题写了"溢洪桥"及"王占鳌·一九六二年春"等几个大字(笔者注:这些题字是王占鳌留给电白的唯一墨宝)。

王占鳌带领众人站在溢洪桥下面,一边欣赏,一边对大家说:"你们看,干这个技术活就得靠人才嘛,我们这些大老粗是啃不动啊!"

此时,大家才真正明白,王占鳌为什么不避嫌疑,冒着风险,重用"右派分子"邓湖秋。

罗坑水库建成投用后,王占鳌又带领邓湖秋去修建高州水库和高茂

▼邓湖秋当年设计的罗坑水库主跨 40 米、可通 10 吨汽车的溢洪桥雄姿

电干渠。

在修建高州水库大挖逐沉箱工程、大同碧桥大渡槽工程中，又是邓湖秋帮忙解决了一个又一个技术难题，保证了各项工程的顺利进行。

1959—1961年三年经济困难时期，为保护邓湖秋，王占鳌特地嘱咐有关工作人员："现在生活困难、工程任务艰巨，但无论如何，就是我们领导饿肚子，也要想方设法安排好老邓的生活。"

▲20世纪70年代期间，老书记王占鳌（右三）重回电白探亲，与曾在他身边工作过的部分同志及基层干部在海边礁石上留影。后排左三为水利总工程师邓湖秋

电白县各项大型水利工程完工后，王占鳌认为，邓湖秋为全县的水利建设立了大功，表现突出，是难得的水利建设人才，一定要留住这个宝贵的人才，并争取帮他赶快摘掉那顶"右派"帽子。

于是，王占鳌风尘仆仆跑去湛江，向地委领导汇报邓湖秋在电白的良好表现和工作情况，建议地委早点给他摘掉右派帽子。

不久，湛江地委第一个为邓湖秋摘掉了右派帽子，让他重新回到原单位任职（邓湖秋成为湛江地区第一个摘帽并回原单位任原职的同志）。

临别前，王占鳌握住邓湖秋的双手，说道："邓工，祝您回单位后，再立新功！"

"王书记，在我落难的时候，遇上您这样的好领导，我真是万幸啊……"邓湖秋热泪盈眶地说，"我万分感谢您的教育、关心和帮助！"

王占鳌哈哈大笑，说道："邓工啊，我们有缘啊！您为电白的水利建设立下了汗马功劳！至于要说感谢，反倒是应该由我们感谢您才对头啊！"

自从邓湖秋因工作需要重回湛江地区水利局续任副局长和总工程师后，王占鳌一直牵挂着他，有空就打个电话问候他，并热情邀请他抽空回来电白做客。邓湖秋后来也曾回来电白两三次，均受到王占鳌的热情接待。

三、留住人才乔元德

邓湖秋在电白水利建设方面作出的巨大贡献，使王占鳌更加清楚人才的重要，他更关注与重视人才了。县电影院有个副经理叫乔元德，辽宁籍，原是某部队的摄影记者，对机械专业很有研究。因犯了错误，被部队开除党籍，转业地方，降级使用。安排到电白县任电影院副经理（工资 20 级）。

乔元德来电白工作后一直表现良好，却听说他要求调回家乡辽宁。为何小乔突然要求调走呢？王占鳌便想去问个究竟。

王占鳌立即派县委宣传部的邓灌民去找乔元德了解情况。

邓灌民了解到，乔元德要求调走的表面原因是回家照顾母亲，真正原因是感觉在电白无前途，找老婆也困难。

王占鳌掌握了这些情况后找到县委宣传部副部长李应超，对他说："乔元德是我县机械技术的重要骨干，是难得的人才，要争取把他留住。县委认为，他这几年来工作积极，可以让他重新入党，并调整职务，提升工资级别。找老婆问题，可以请县机关党支部书记李佐平同志帮忙解决。

▲ 电白县电影院经理乔元德带领放映队送电影下乡的情景

我们把这些问题解决了，我相信他一定能安心为电白的建设出力了。"

李应超深感王占鳌对技术人员的重视和关怀，满口应承："好，王书记，我们一定做好乔元德的思想工作，留住他。"

不久，在王占鳌的亲自过问下，乔元德重新入了党，先后被任命为县电影院经理、县电力厂厂长、县科学技术研究所所长，工资由 20 级提升到 17 级。乔元德的终身大事问题，也在大众媒人李佐平的帮助下得到了圆满解决。

一个曾经犯了错误的技术人员，得到王占鳌如此大的关怀和帮助。乔元德感动至极。他逢人就说："士为知己者死，我一定不辜负县委王书记对我的关怀和期望。"

果然，乔元德在当电影院经理时，为了保证放映设备处于良好状态，提高放映质量，常常是通宵达旦地工作；他当电力厂厂长后，将厂里的机械设备保养得完好无损，解决了县城水东镇长期以来电灯不亮的重大问题……

人们说："王书记不但留住了乔元德这个人，也留住了他的心。"（笔者注：乔元德曾是报社摄影记者，20 世纪 60 年代由王占鳌主持编纂的

《电白新志》书里的全部摄影照片，就出自他之手。本书有几幅当年水利建设的照片，就是他的作品）

四、挽留台柱司徒辉

电白县粤剧团开办之初人才奇缺，连最需要的台柱文武生都没有，戏根本唱不下去。剧团把情况反映到王占鳌那里，他便亲自出面，从广州请来了著名的文武生司徒辉前来扛大旗。

1960年春，司徒辉到电白粤剧团。因他文武双全，

▲ 文武生和花旦在舞台上表演

戏唱得特别好，很快就成了县粤剧团的台柱子，还被提拔为县粤剧团副团长，深受广大戏迷的欢迎。

但是，好景不长。有一天，粤剧团指导员因一点小事与司徒辉发生激烈的争吵。司徒辉一怒之下，便不辞而别回广州去了！

粤剧团缺了台柱子，根本无法排戏演戏。王占鳌知道后，气得大发雷霆。他和县委组织部的领导来到粤剧团里，把粤剧团指导员狠狠地批评了一顿，当场宣布将此人撤职并调离县粤剧团。

王占鳌本打算自己再去广州把司徒辉请回来，但因工作忙而走不开，只好叫县长欧学明和粤剧团团长陈明心专程去广州请。

临行前，王占鳌特别叮嘱欧学明说："老欧，你俩去广州一定要把司徒辉请回来，县粤剧团没有他不行啊！"

1960 年 7 月上旬，欧学明、陈明心来到广州司徒辉的家，向他转达王占鳌对粤剧团指导员的处理结果，请他务必再回电白，共同努力，把县粤剧团的工作搞好。

司徒辉内心十分感激。他当场表示：我愿意再回电白县粤剧团工作。

司徒辉回到电白粤剧团的当天，王占鳌专程前去看望他。王占鳌紧紧地握着司徒辉的双手，高兴地说："欢迎你啊……回来就好，回来就好……"

司徒辉满脸羞愧，说道："我一定不辜负王书记的期望，为电白观众演好戏。"

此后，司徒辉安心工作，为电白县粤剧演出作出了很大贡献。他和王占鳌的关系也越来越密切。一次，他出国回来，送给王占鳌一件很漂亮的 T 恤。王占鳌向来是不接受别人礼物的，但这次却破例地接受了。过几天，他把这件 T 恤交给县委办公室主任崔文明："老崔，司徒辉是一个艺人，不接受他的 T 恤不礼貌，现在交给你处理吧。"

留住司徒辉后，王占鳌想，这毕竟只是权宜之计，从长远看，还是要培养后续人才的。于是他打电话给县文教局副局长陈叔平："老陈啊，县粤剧团光靠外请演员是不能长久的，我们要培养本地的演员。你可以组织粤剧团开办少年班，培养一批电白粤剧接班人。"

很快电白粤剧少年班就办起来了，而且办得红红火火，小演员们个个刻苦练功，进步很快，王占鳌每次看到，心里都乐开了花。

这批小演员不断成长，后来成了电白粤剧团的骨干。如今电白县剧团的文武生陈成东、广州市粤剧团的正花王晓虹等都是出自该少年班。

五、尊重画家搞创作

经过山河改造和植树造林，电白由原来的山川破败、赤地千里变成了风光旖旎、风景如画的好地方。这里有美丽的海湾、渔港、海滩、林带、竹海，吸引了国内外无数的美术界人士前来写生、作画。

1961 年 5 月，中国美术家协会秘书长、人民美术出版社社长邵宇一行三人前来电白体验生活、搞美术创作。他们决定第一站先到博贺采风。

王占鳌获悉后，专门打电话给博贺公社党委书记赵兴华，叮嘱他："国内著名美术家要到博贺体验生活、搞创作，这是一件大好事，你们一定要接待好，为他们创造必要的生活、工作条件。"

采风活动结束后，邵宇等回到县城水东。王占鳌对他们的无微不至的关怀让邵宇等三人非常感动，为表示感谢，他还主动替王占鳌画了像。

王占鳌抓住这难得的机会，组织全县 30 多名美术爱好者前往博贺，请邵宇他们讲课传艺。

这样，博贺就成了美术家体验生活、采风创作的基地。中央美院油画系主任、教授潘世勋，中国美协副主席、广东美协主席关山月，四川美协主席牛文，山西美协主席陈因，解放军总政治部创作员黄胄，广州美院油画系、国画系、版画系的徐坚白、尹国良、陈金章等，先后来到电白县和博贺等地体验生活，随船出海劳动、作画。

美术家们在博贺体验生活和搞美术创作，获得了丰硕的成果，也大大提高了电白美术工作者的

▲ 王占鳌（前排右四）与前来电白采风的中国美术家协会秘书长、人民美术出版社社长邵宇（前排右三）及电白美术工作者合影

业务水平。电白县美术工作者邵仲新就深受其益，他后来创作的国画《南海之滨气象新》，曾参加广东省中国画展，得到了各界人士好评。

王占鳌爱交朋友，特别爱结交文化人。这倒不是因为文化人身上有多大的优长，只是因为他自己吃了很多没文化的苦头，他太羡慕文化人了。由于他对文化的善意和善待，很多文化人也特别爱与他交往。如大戏曲家《义勇军进行曲》的词作者田汉，美术家邵宇，作家张志民、赵明，著名电影演员史可夫、方化等都跟王占鳌有过较深的交往。电影作家赵明 1963 年曾以电白民兵抓捕美蒋特务为题材写了电影剧本并由长春电影制片厂拍成电影《南海的早晨》。

打倒"四人帮"后赵明带着愉悦的心情又来到王占鳌的身边采访，他对王占鳌的女儿王改英说："你父亲是个传奇人物，别看他文化低，但聪明过人，想出来的点子，干出来的业绩，叫文化人都不能不服。在他身上真有写不完的东西。"赵明很敬重这位"大老粗"朋友，他曾陪王占鳌在从化温泉疗养院住了一个多月，深入采访了他。著名作家张志民 1963—1964 年也采访过王占鳌，并以王占鳌的前半生为素材写了厚厚的一部小说——《太行儿子》，样书已经印好了，就在此时"文化大革命"来临，不但出版工作泡汤，就连此书的原稿也被造反派烧光，张志民的心血付之东流，成了一件令人遗憾的事情。

第二节　勤政廉洁垂典范

电白人都知道，县委书记王占鳌非常清廉朴素，从不搞特殊化。他下乡随身携带的"标配"也就这"三大件"：一辆旧自行车，一个旧军用挎包，还有一顶旧草帽。在下乡过夜时，

▲20世纪五六十年代县委书记王占鳌曾用过的老式自行车

则外加"四大件"：一张凉席、一张被子、一顶蚊帐和一身换洗衣服；另还有"三小件"：一只旧军用水壶、一条毛巾、一支牙刷。没有一样东西属贵重物品。

当群众听到有人骑过来一辆铃铛不响车身全响的自行车时，就知道他们尊敬的王书记下乡来了。

经常跟随王占鳌下乡的邓灌民清楚地记得一件事。那是1962年的春天，已经是下午5点了，刚开完常委会的王占鳌对他说："小邓，

▲县委书记王占鳌在县委简陋狭小的办公室里批阅文件

219

立即准备，去坡心公社蹲点去。"

王占鳌的保卫员叫沈权。很快，他就把王占鳌的东西打成一个包。衣物几件，凉席一张，被子一张，蚊帐一顶，毛巾一条，牙刷一支，水壶一个。这些东西几乎是王占鳌的全部"家产"，收拾完后，房间已是空空如也。

初春的天气，乍暖还寒，阴雨绵绵，冷风呼啸。王占鳌带着邓灌民、沈权两个人，每人骑一辆破旧自行车，冒着小雨，迎着寒风，从县城水东出发，去往下乡蹲点的坡心公社。

到了距县城 15 公里外的坡心人民公社，天已经很晚了。一位公社干部帮他们找了两间房子，他们把各自带来的行李打开，铺在床上，就算安好家了。

那位公社干部对王占鳌书记说："公社领导都不在，都下队蹲点去了。"

王占鳌说："我不找他们，我们现在下生产队工作去，你们书记回来后，你告诉他我们来了就行，不用等我们。"

王占鳌到生产队找来 10 多个社员开座谈会，一直到 12 点才回公社。接着，又照例把了解到的情况写下来。这天，王占鳌工作到凌晨一两点才熄灯睡觉。

王占鳌在下边蹲点，一般是白天跑田垌、看生产，晚上去生产队，找社员了解情况，不需要公社领导陪同。他到哪里蹲点，哪里的公社领导都特别小心，生怕出错挨王书记的批评。

坡心公社的干部全都清楚地记得，那次王占鳌书记处理后坡队花生受旱一事。

1958 年 5 月 10 日，王占鳌到后坡队检查生产，发现 100 多亩长势良好的花生苗已行将枯萎时，他发火了！当即找来社队干部在花生地里召开现场会，查原因，研究抗旱和抢救花生方案。当得知是因为干部不深入实际，没发现问题；而社员们也指望老天下雨的原因后，便狠狠地批评了干部的官僚作风和社员的等天下雨思想，立即部署干部社员连夜用龙骨车车水抗旱，抢救即将枯萎的花生。

社队干部马上连夜组织13条龙骨车，出动近100人，进行抗旱保苗。大家带着席子、被子，挑着番薯、开水，到河边吃、睡，轮班车水灌溉。

夜深了，社队干部对王占鳌说："王书记，你年龄大了，回去休息吧，抢救花生的事由我们干就行了。"

"不，我不回去。"王占鳌说，"我回去也睡不着觉，和你们一起，不能干也能看，一定要把枯萎的花生苗抢救过来。"

人们劝不动他，只好让他看看水，干点轻活。

经过这次车水抗旱，坡心的干

▲ 坡心公社后坡队因受干旱而行将枯萎的花生苗

部记住了教训，必须时时处处深入实际，调查研究，及时发现和解决社员群众生产生活中存在的各种问题。

王占鳌在坡心蹲点时，正是三年困难时期，生活条件很差。公社饭堂里，几乎顿顿都是番薯白菜汤。稍改善点的也就是吃顿番薯饭（番薯切成小段放进一些大米煮成的饭），外加清水煮萝卜白菜。王占鳌吃饭从不搞特殊化，大家吃什么他就吃什么。这样的清苦生活，年轻人都坚持不住，不要说已是年近花甲的老头了。那时，他身体已经越来越差了。

公社领导心里着急，炊事员也感到很难办。他们清楚地记得，1959年初，县委书记王占鳌在坡心蹲点时给自己规定的简单菜谱。

那天中午，王占鳌刚到坡心，公社领导便吩咐炊事员说："王书记年龄大了，应给予些照顾，今天中午第一餐给他加点好吃的菜。"

当炊事员把白切鸡、肉片炒粉丝、豆腐炒瓜和鸡蛋汤端上来时，王占鳌站了起来，握着炊事员的手，语重心长地说："谢谢你们的盛情款待。但是，我是共产党员，要和大家同甘共苦，绝不能搞任何特殊……这样吧，留下一盘肉片炒粉丝和一盅鸡蛋汤，其他都撤走。"

炊事员无奈，只好照办。

王占鳌又对炊事员说："我老王在食堂吃饭，是'单刀直入'，不要陪吃的，不搞特殊。每餐只要一个菜，肉片炒粉丝或豆腐炒青菜，一个鸡蛋汤或菜汤。吃完饭，给一杯滚烫的茶喝就行了。"

从此，炊事员就按照这个菜谱，给王占鳌安排饭菜，从不超过标准。年底往后，生活越来越困难，食堂里的饭菜也越来越差，肉片、豆腐全都取消，番薯饭就是好东西。王占鳌也和大家同甘共苦，吃一样的饭菜。

这次，王占鳌又来到坡心公社蹲点，身体明显不如1959年初了，再这样下去，他身体会垮掉的。

于是，公社领导和炊事员商议，怎么把王占鳌伙食搞好点。炊事员说："单独给王书记加菜是不行的，过去我们给他加菜，他不但不吃，还严肃批评我们搞特殊、铺张浪费，最后给自己规定了更简单更节俭的菜谱。只有与大家吃同样的饭菜，他才会吃。"

"那好，就给大家都加个豆腐吧！"公社领导最后作了拍板。

当天晚餐，当炊事员送来的

▲ 当年的公社食堂，番薯是第一主食

菜多了一碟豆腐时，王占鳌便问道："大家都有吗？"

炊事员答道："每人一份。"

"好，这就叫有福同享嘛。"王占鳌十分高兴，狼吞虎咽地吃了起来。那年头，能吃上豆腐也算不错了。

当炊事员回头看到王占鳌像风卷残云般地往嘴里扒饭菜的样子，心里乐开了花。

10多天后，王占鳌要回县委处理一些公务，邓灌民便赶紧到食堂结账，交清了伙食费和粮票。

临走时，王占鳌照例问邓灌民："伙食账算清了吗？"

"已经算清了。"邓灌民答道。

"加菜的豆腐钱算了没有？"王占鳌一点也不马虎。

"都算上了，一分也不少。"邓灌民也知道王占鳌的规矩。

"这就好嘛。"王占鳌说，"不拿群众一针一线，我们怎能吃饭不给钱呢？"

王占鳌下乡和群众实行"三同"（同吃、同住、同劳动），在县机关也和干部打成一片。该给的钱，他一分也不欠，绝对不占公家的便宜，是一位真真正正廉洁奉公、严谨自律的人民好公仆。

▲ 王占鳌下乡蹲点与干部群众"三同"场面

第三节　言传身教众人夸

1954年，电白县委机关有不少青年干部。他们大多数参加工作之前是中学生、小知识分子，土改运动开始后，跟着南下大军发动群众，清匪反霸，打土豪分田地，经受了锻炼和考验，成长为党的干部。

年轻人怕寂寞，爱活动。但是，那时没有电视，没有卡拉OK，文体活动也很少，生活很是枯燥。

有一天，县委组织部的吴善东发出倡议，提议捐款修建县委机关水泥篮球场。王占鳌知道后，十分赞成，第一个带头捐款。

有了王书记的带头，其他干部也纷纷踊跃捐款。很快就筹集了一笔款项。不久，一座标准的水泥篮球场建成了。

▲ 县委机关篮球比赛场面

这是水东地区第一个机关水泥篮球场。投入使用后，每到傍晚，吸引了县委机关许多青年人前来打球，王占鳌也积极参与其中，这使得这个篮球场"球市"迅速火爆。

后来，县委机关吴善东、赖良、何四全等篮球高手组织了县委机关"红战"篮球队，王占鳌是队员之一，身穿"红战"队18号球衣。

县委有了一流的篮球场和"红战"篮球队，吸引了县直机关的税务局、商业局、粮食局等单位的球队经常前来参加篮球友谊比赛。

每场比赛，王占鳌只要有时间，都会穿着18号球衣出现在球场上。

开场比赛后，场上气氛非常热烈，县委机关的球迷们不断为"红战"队加油助威：

"'红战'队，加油！"

"18号，加油！"

"王书记，加油！"

……

比赛结果，往往是"红战"队赢。原因可能确是"红战"队实力稍强，也可能是县委书记王占鳌作为球员参与其中，大大激励了球员，真正占尽了天时、地利、人和。

每次比赛后王占鳌都会挨个和球员一一握手，鼓励大家继续努力。

修建篮球场本是件好事，可没想到这座机关篮球场却引发了一起不小的风波。

县委机关水泥篮球场"球市"火爆后，有些不知底细的人传言说："县委用公款兴建水泥篮球场，搞铺张浪费，带头违反财经纪律！"

这话被传多了，有的人便信以为真，很快写信状告到王占鳌那里。

王占鳌非常清楚这个水泥篮球场的建设过程，在一次县直机关干部大会上，他指出，这个水泥篮球场，完全是一些县委机关干部及部分区、乡干部个人捐款修建的，没占用公家一分钱，没有违反国家财经制度，我们可以堂堂正正告诉全县人民群众知晓。他最后说："我们在场的各级领导，要多从关心青年人的学习、工作和生活上入手，关心他们、呵护他们，使他们早日健康成长。"王占鳌的讲话，很快就消除了一些人的误会。篮球场的所谓"告状"风波，就这样得到圆满解决。

王占鳌为深入了解县委机关年轻人的生活情况，专门巡视了县委机关的单身汉宿舍。他走进一间房子，看到每张床上都没有床垫，只有土改时发的又窄又薄的棉被和没有门的蚊帐；室内没有一个衣柜或箱子，衣服乱丢乱放，房间几乎空空如也。

他看了一间又一间，几乎都是"统一规格"。

他对在场的单身汉们说："你们都准备这样一辈子过单身汉的生活吗？平时是不是都把领到的工资全都塞到肚子里去了……蚊帐没有门，要是娶了婆娘，你也叫对方跟你一样钻进床上去睡觉吗？！"

▲ 20 世纪 60 年代机关干部简陋的单身宿舍

他的批评，引起大家当场哈哈大笑，而后深感言之有理。

从此，县委机关的单身汉渐渐地更换和添置了床上用品及衣柜、箱子等，并且也注意保持宿舍内的整洁卫生。

县委机关青年干部说："王书记是一位慈祥的长辈，与我们有说有笑，非常融洽，教我们怎么生活；是一位慈祥严厉的师长，要求我们努力工作，刻苦学习，有了成绩就表扬鼓励，有了缺点错误也毫不留情地批评教育，大家既喜欢他又害怕他。"

在王占鳌的谆谆教诲和热情关怀下，县委机关许多青年干部进步很快，有的入了党，有的调了职，有的提了干，成为机关的业务骨干。

王占鳌对别人关爱备至，对自己的亲人却是非常的严格。

1955 年，王占鳌夫妇来到电白已经三年了，这期间高水珍曾怀了一个孩子，后因一直不适应南方生活，加上工作劳累，一次下乡回来不慎小产了，此后就再也没怀孕过。

　　三年了，大女儿王桃英已经9岁，小女儿王改英也已6岁，两个年幼的女儿留在几千里之外的家乡，长期不能相见，的确是为人父母很难忍受的骨肉分离之苦。

　　他们夫妇白天看到左邻右舍一家家团聚，享受天伦之乐时，总感到自家太过冷清；晚上入睡后，总会梦见自己两个女儿，可醒来之后还是一场梦。

　　这年初，王占鳌夫妇捎信给弟弟王爱成，表达了思念之情，希望弟弟能把两个女儿送来电白与父母团聚。

　　不久，王占鳌的小弟弟王爱成便将小侄女王改英送到广东电白哥嫂的身边。大女儿王桃英却因为在家乡已经上了学，没能带过来。

　　王占鳌夫妇虽很是遗憾，但也只能这样。

　　小女儿的到来，给王家增添了许多喜悦。跟着王占鳌南下在电白的老战友们，听说王占鳌的弟弟和小女儿从山西老家过来了，纷纷前来探望，表示祝贺，并向王爱成打听家乡的情况。

▲1955年，王爱成（左一）从山西把6岁的王改英（中）带到哥嫂的身边，在电白照相馆留影

　　在谈到老家仍然很困难时，老战友们力劝王占鳌说："干脆把你哥哥也接来电白一起生活吧，留在家乡干什么？"

　　"他老了，离不开家乡的。"王占鳌说，"再说，若有个三长两短，我们也没有时间去照顾他。"

"那您弟弟千里迢迢来广东不容易，就不要让他回去了。您是电白县委第一把手，就在电白给他安排一份差事，不是也可以留在您身边照顾您了吗？"老战友们纷纷劝道。

"不行啊！"王占鳌严肃地对在座的老战友们说，"我虽然担任电白县委书记，但我不能以权谋私，不能给自己的弟弟安排一份工作。"

"哥哥不能接来，弟弟的工作又不能安排，您这个当县委书记的哥哥，有点太那个了吧！"老战友们一脸的疑惑。

"我要是这样，带的是坏头，共产党人哪能光想着给自己亲人谋私利呢？"

结果，弟弟王爱成仅在电白待了不到一个月，就让哥哥王占鳌遣回老家去了，一直到终老，也没有依靠自己大哥的特权为自己谋得一官半

▲1962年，高水珍（中）的二弟高誓彭（左一）前来电白探望姐姐一家与姐夫王占鳌（右二）、大外甥女王桃英（左二）、小外甥女王改英（右一）在电白海滨公园留影

职或一份可以领取财政工资的工作。

正是在县委书记王占鳌的影响下，全县其他领导在这方面没有任何人胆敢越雷池半步，在干部群众中树立了良好的形象，全县干部风清气正，深受百姓赞誉。

1958 年，大女儿王桃英也从山西来到电白。对待自己的两个女儿，王占鳌要求尤其严格。他从不让她俩搞一点特殊化，天长日久，连自己的孩子也觉得王家的孩子与别家的孩子不一样：太多的要求和约束了，父亲从不允许孩子在别人面前自称是县委书记的女儿，免得别人搞特殊化"关照"她们。

在严父慈母的严格要求下，桃英姐妹俩自小在各方面都表现良好。县委发动的植树造林、卫生运动、筑海堤、建公园，她们都积极参加，从不给父母的脸上抹黑，更不会凭自己父亲的面子去损人利己、谋取私利。就是去公家的电影院看一场 2 毛钱的电影或者一出 4 毛钱的大戏也一律自掏腰包。孩子们日后走上社会也是各自独立自谋职业，作为县委第一把手的千金，她们一直也没有沾到自己父亲一丝一毫的光！

（2019 年春，笔者在动笔撰写这部长篇报告文学作品时，曾多次采访过王占鳌、高水珍夫妇的小女儿王改英。在谈及父亲一生的清廉时，王改英动情地对笔者说："父亲的一生，真正是一身正气，两袖清风。他去世后没有给我留下房子、车子、票子，不过这些对我来说都不重要，重要的是他给我留下了宝贵的精神财富，这才是我一生最大最宝贵的遗产！"）

第四节　父女情深深如海

　　王占鳌夫妇清楚地记得，他们在山西寿阳县工作时，因忙于工作，只好把最小的女儿王改英送给老乡去抚养。王占鳌让弟弟王爱成用一担米的报酬，把小改英托付给附近一奶妈照看。其实那位奶妈家里也很穷，她自己还有一个比小改英大一点的孩子，奶妈根本没奶水，只好拿红高粱面给小改英和她的孩子做点米糊吃。这米糊不咸不甜，还有点涩，孩子都不喜欢吃，小改英只好端着一个木碗边流泪边艰难地往嘴巴里塞。

　　那年春天，天气已经很热了，小改英身上还穿着又脏又破的小棉袄。刚好有一个王占鳌的老战友路过，看到此情景便忍不住回来向王占鳌报告了此事，王占鳌听后心就像扎了一根刺，阵阵作痛，他立即骑着一匹大马飞奔到奶妈家，将女儿接走了。女儿在父亲的马背上，高兴得手舞足蹈，不一会儿就热得满头大汗，浑身发痒。父亲给女儿解开衣服，闻到一股扑鼻的酸味，里面还有许多虱子，他便脱下女儿身上的破棉衣随手扔到山沟里，迅速脱下自己的外衣把孩子裹住，然后直奔镇上的百货店，买了一件小罩衣给孩子穿上，再带回外公外婆家。

　　本来，王占鳌夫妇南下电白两年后，妻子高水珍曾怀了王家第三个孩子。可因她不适应南方气候，加上工作劳累，并常常义务参加修水利建海堤等繁重劳动累坏了身子，一次下乡回来不慎小产了，从此再也没法怀孕。身边没有孩子，夫妇俩总感觉少了一些天伦之乐。于是王占鳌便去信叫弟弟把小女儿带到广东。

　　1955 年，弟弟王爱成千里迢迢将小改英带到父母身边。但小女儿眼看着身边的父母，却不敢上前相认。这也难怪，小改英 3 岁就离开父母，到如今已时隔三年，她根本就不认识眼前俩人就是她朝思暮想的爸爸妈妈，经叔叔不停地解释、动员，她才敢上前发出很小的声音叫了一声爸爸、妈妈。王占鳌、高水珍听了，含着泪水把小女儿抱起来亲了又亲。

　　从那时起，小改英所见到的父亲就是一个大忙人，总没有闲的日子，就连星期天也难得见到他一面。年幼的王改英只知道父亲要"办公"，每每到点吃饭了也不见他的人影，她就成了"传令兵"。妈妈把饭做好了，左等右等父亲没回来吃，就叫小改英去"传令"。他们家距离爸爸办公的地方要走六七分钟的路。小改英去"传令"，见爸爸不是在写东西就是在和别人谈话。身边的工作人员也催他"王书记快回去吃饭吧"，爸爸也老是那句话"好，我马上回去"。可他这个"马上"往往都要"三催四请"，妈妈也常为此事和他生气。王占鳌工作起来那种投入，用废寝忘食形容是再准确不过了。

　　不久，王改英也上小学了。上学前一天，王占鳌对女儿"约法三章"：一是千万要注意，绝对不能透露自己是书记亲属的身份；二是严格要求，不能有任何特殊化；三是要与同学

▲1956年，王占鳌夫妇与小女儿王改英在电白照相馆留影

们打成一片，积极参加各种生产劳动。他特别叮嘱女儿："在学校，你不要与老师、同学说你是我王占鳌的女儿，你要和其他同学一样，积极参加学校的打扫卫生、打苍蝇、种树木及开荒、挑土等各种生产劳动。"

　　"嗯！"女儿点头答应。

每逢植树造林，开展爱国卫生运动，筑海堤，建公园，爸爸都问她："你去参加了吗？"

女儿回答道："都参加了。"

爸爸摸着她的头，笑着说："好！很好！我女儿改英就是好样的！你是爸爸妈妈的骄傲！"

1958 年，大女儿王桃英也从北国来到电白。第二天晚上，父母带上两个孩子去县电影院看电影。工作人员看见县委书记一家人来了，就准备免费让他们一家人进去。但王占鳌坚决谢绝了，照样去购票窗口排队花了 8 毛钱买了 4 张电影票进去看。不几天，听说电影院放映《平原游击队》，王桃英很想去看，但身上没有钱，又不敢问父母要钱，于是就一个人来到电影院门口徘徊。电影开场后，一验票员发现了王桃英，认出了她是王书记的女儿，便对她说："你想进去看电影吗？"王桃英说："想啊！"于是，验票员就放她进去了。王桃英高高兴兴地看完电影，一蹦一跳地回家，并向父母汇报了当晚看电影的情况。

爸爸严肃地问："你看电影怎么进去的？"

"验票员叔叔放我进去看的。"

"那你没有买票吗？"

"我没钱啊！"

"不是公映的电影，不买票怎么可以进去看免费电影呢？"爸爸把两个女儿叫到身边来，指着大女儿批评道，"你不买票进去看电影，这就叫'走后门'，是特权思想和搞特殊化的行为，是万万不允许的。这次，姐姐做错了，你们要记住，再也不允许。明天问你妈妈要 2 毛钱，然后到电影院去补买一张电影票，这样才是好孩子。"王桃英听了爸爸的批评，第二天乖乖地照办。

还有一次，是省剧团前来电白演出《刘胡兰》，作为文艺爱好者的二女儿王改英喜出望外，可主办单位只给两张票请王占鳌夫妇看戏。小改英没办法，只好央求她爸爸去帮她弄票。她爸爸说："省剧团只在县城演两场，那么多干部群众都给不上，我不能再要票了。"女儿很是失望，可又不想放弃这样的机会。于是跑到戏院门口看热闹，被一个叔叔认出她是王占鳌的女儿。这位叔叔与看门的人都熟悉，便对他们说："这是王书记的女儿，让她进去看戏吧！"

小改英想到父亲平时不能搞特殊化的教育，最后毅然决定放弃看戏，她对那位叔叔说："我不进去，无票看戏爸爸是要批评的，他不允许我搞特殊化。"

王改英自小就知道她和别家的孩子不同：不能随便"走后门"，于是她便毅然转身离开了戏院门口，踏着轻快的步伐一溜烟地跑回家去了……

王占鳌一家人生活俭朴，坚持操守，廉洁自律，从不占集体的一分一毫，也不会比别人有一丝一毫的特殊。小女儿初到电白时，因父母都要上班，只好请来一名保姆照看孩子。那时，一家三口加上保姆一共4个人，住在一间10多平方米的平房里。很多人不禁要问：这么小面积的一间平房，怎么可以住得下4个人？这在当今社会的人看来，简直是不可想象的。可县委书记王占鳌一家人就是这样挺过来的：房子中间用一张布帘子隔开，一边是大人的卧室，一边是保姆与孩子的卧室，床是分上下两层的架子床；撒拉用一只夜壶或尿桶放在房子的角落里解决；做饭是利用走廊小小的空地用篱笆围起来的简陋厨房；吃饭就在床前（或走廊）放一张小木台或茶几有人坐着有人站着解决。

那时，县委干部住房都困难，但是，作为县委第一书记的王占鳌，只要他愿意，是毫无问题的。可是，他不愿意那样做，也从未想过要那样做。从他南下电白直至调离电白的13年中，家人一直都是住在那一间房子里，从未改变过。后来，王占鳌搬到县委的办公室住了，也不再请保姆，都是妻子下班回来做饭给孩子吃，直到有公共饭堂为止。

王占鳌不分日夜地在忙工作，孩子也难得和爸爸说上几句话，她们就觉得父亲不疼爱她们。一次，小女儿改英生了一场大病，做爸爸的内疚极了。那是小改英刚读小学一年级，元旦前一天下午不用上学，家里没人，她只好到父亲的小办公室找爸爸。她一进门就看到父亲桌面上摆满了稿纸，他正埋头写东西，发现女儿进来，王占鳌抬头看了女儿一眼，问："今天不用上学？"女儿说："下午放假。"父亲就叫女儿先到他的卧室玩，不要打扰他工作，然后继续埋头写材料。看着忙碌的父亲，女儿不敢多言，只说了一句"好渴"。父亲头也没抬，递过他桌子上的一杯水让女儿喝下，喝过水后，女儿就到父亲的小房间躺下了。当她醒来时已经是躺在医院里两天了。原来女儿发高烧四十度昏睡了，直到傍晚妈妈过来问爸爸有没有见过小女儿，爸爸这才想起来小女儿睡在他的房间，妈妈走近一看，见小女儿满脸通红，嘴唇干裂，直喘大气，怎么叫也叫不醒，已经昏迷了。王占鳌夫妇赶忙将女儿送到就近的医院，经过医生好一番的抢救才苏醒过来。女儿醒来时一眼就看见爸爸眼里布满了血丝，显然是在医院守了一夜的缘故。此时，爸爸嘴里喃喃地说："孩子，你终于醒来了！都怪爸爸太粗心了，好险啊！"看着爸爸如释重负的样子，女儿笑了，爸爸也笑了，慈父的爱尽在他那慈祥的脸上荡漾着。

随着年龄的增长，姐妹俩更感受到了慈父的爱。爸爸实在太忙了，无暇顾及她们，但他心里却是时常惦记着的。在 20 世纪 60 年代初，国家三年经济困难时期，正是姐妹俩长身体的时候，全家人和普通老百姓没有两样：缺粮、缺油、缺糖，生活过得很是清苦，经常是一个月吃不到一点肉味。组织上为了照顾王占鳌的身体，让他留在机关小饭堂吃饭，由于王占鳌是北方人，厨师有时也会给他做些包子、烙饼吃，每逢此时，他总是省下一点，用纸悄悄包好，拿回家来让姐妹俩分着吃。那几年高水珍由于营养不良，得了肝病，最后还是医生出具了证明，按当时的政策多买了半斤油和一斤白糖。

20世纪50年代末，王占鳌一家还住在那间平房里，夜深人静的时候，他还要挑灯夜战，起草讲话稿、调查报告、汇报材料等。他文化不高，有的字不会写，用符号代替，待第二天由秘书整理后，念给他听，再补充定稿。起草时，他必须深思熟虑，把问题讲清楚，因此，很费时间。"电白无电"，晚上停电，他只好点着汽灯加班。时间长了，家里的蚊帐都熏黑了，还影响家人休息，老伴高水珍常常因此埋怨他。

▲原中共湛江地委书记　孟宪德

无奈，他只好搬到办公室去住宿。王占鳌在县委二楼一间小房子里，安放一张小床，一张办公桌，这就成了他的办公室兼卧室。

他在这里经常会见客人，找人谈话，处理公务。那时，担任湛江地委第一书记的孟宪德也是南下广东的山西老乡，他经常会到电白来检查指导工作，王占鳌也是在他的办公室兼卧室里接待他这位老乡领导。

一天，孟宪德又来了，一进房间，就开玩笑地说："老王啊，我每次来找你，都是直闯'闺房'，

▲1964年6月，王占鳌上调广州任职，与妻子高水珍（左二）、女儿王桃英（右）、王改英（左一）在赴任路上合影

真对不起啊！"

"不要紧，不要紧，孟书记，您请坐！"王占鳌起身把椅子推给孟宪德。

孟宪德见房里只有一把椅子，故意问道："就一张椅子，我坐了，你站着？"

王占鳌哈哈大笑，说道："您坐椅子，我坐床上。"

孟宪德没有马上坐下，走到房子阳台上，看了又看。

"老王啊，我给你出个主意，叫泥水工将阳台围起来，把办公桌搬到阳台上去，不就把办公室和睡觉的地方分开了吗？"孟宪德兴奋地说，"你看，这样好不好啊？"

王占鳌很佩服孟宪德出的主意，说道："孟书记想得真周到。"

王占鳌遵照孟宪德的建议，马上叫人把阳台改建成办公室。就这样，这位电白人民心中的好书记，此后就一直都是在这间简陋的办公室里办公，直到他 1964 年春调离电白为止。

2018 年，笔者为撰写好《王占鳌》一书，曾专程采访了生活在广州的王改英阿姨。她动情地同笔者谈了她父亲生前和群众打成一片、不搞特殊、艰苦奋斗的事迹之后，说道："爸爸不仅是我们的慈父，而且是我们永远学习的好榜样！"

第五节　洒向人间都是爱

一、犯错批评不留情

1958 年春，在王占鳌的发动和指挥下，电白县拉开了声势浩大的全民爱国卫生运动。

爱国卫生运动重点在县城，由县城所在地水东镇统一组织领导并负责具体实施。水东镇成立爱国卫生运动办公室（简称"爱卫办"），指导县直机关开展这一运动。各部门、机关

▲20世纪五六十年代的爱国卫生运动宣传画

单位、学校、居民住户等卫生检查评比由水东镇爱卫办负责。县里规定，在爱卫办进行卫生检查评比打分后，凡分数高的称"好"、分数低的称"差"。凡是"好"的，由爱卫办在各单位大门口贴上"火箭"，凡是"差"的则在各单位大门口贴上"乌龟"。

这一招果然很有震慑力，各个单位都害怕被贴上乌龟。整个县城水东，大家都积极行动起来，大搞卫生，积极投身爱国卫生运动热潮。结果，许多"好"的单位都在门口贴上了火箭，仅有个别"差"的单位门口被贴上了乌龟。由于此招实施得好，县城水东的爱卫工作推进得非常顺利。

但是，也有个别单位对此非常反感，其中，县商业局最突出。他们因为被贴上乌龟，其局长竟与镇爱卫办工作人员闹出了一场不小的风波。

那天，县商业局卫生检查评比评为"差"，爱卫办工作人员便将一只乌龟贴纸贴在县商业局的大门口上。谁料他们刚把乌龟贴上去，张局长就气势汹汹地冲出来一把将乌龟撕了！

▲ 爱卫工作好的贴火箭　▲ 爱卫工作差的贴乌龟

工作人员问张局长："你为什么要撕掉乌龟贴纸？"

"你们为什么给我局贴乌龟？"张局长反问道。

"你们局机关厕所苍蝇成群四处飞舞，粪坑虫子成团翻滚，卫生不合格，评定为卫生差的单位。"工作人员据实而答。

张局长强词夺理地说："厕所是拉屎的地方，哪能没有苍蝇？！"

"苍蝇成群四处乱飞就是卫生不合格。"工作人员据理力争。

"你们一个小小的水东镇，随便到我们县商业局指手划脚、发号施令，乱贴乌龟，没门儿！"张局长盛气凌人，讽刺挖苦。

"全镇范围内包括县直机关单位的卫生都由水东镇管理，这是县委规定的，任何单位和个人都应该服从。"工作人员毫不示弱。

张局长斩钉截铁地回应道："我不管谁规定的，在我们门口贴乌龟就是侮辱我们，你贴一个我撕一个，你贴两个我撕一双。"

工作人员见继续争吵下去也解决不了问题，只好一面向县里汇报，一面撤离现场。

过了几天，镇爱卫办工作人员做了个像乒乓球桌那么大的乌龟摆到了县商业局门口，并带领宣传队在该局门口宣传爱国卫生运动。

宣传队在节目表演中高声唱道：

商业局长真荒谬，卫生评比不接受。

厕所粪虫多如毛，还说这些不必搞。

卫生工作不重视，乌龟上门不会逃。

若要火箭贴门口，卫生工作第一流。

……

宣传队在县商业局门口唱得震天响，引来众多群众前来看热闹，张局长感觉威风扫地。他想阻止又阻止不了，无可奈何之下，只得硬着头皮去找县委书记王占鳌解救。

▲ 卫生宣传队在表演

张局长进入王占鳌的办公室，王占鳌问道："你们商业局的卫生搞得到底是好还是不好？"

"搞得不太好。"张局长不敢隐瞒。

"那人家评你局卫生差，错没错？"王占鳌又问。

"没错。"局长勉强答道。

"那你为什么撕掉乌龟？"王占鳌继续追问。

"贴上个大乌龟太难看了。"

"怕难看，为什么不搞好卫生？"

王占鳌生气地说，"开展爱国卫生运动是毛主席的号召，县城水东的卫生工作是县委、县人委部署的；检查评比，好的贴火箭，差的贴乌龟，是经我王占鳌批准同意的，你反对吗？"

张局长低垂着头，涨红着脸，小声说："不……不。"眼泪唰唰往下掉。"王书记，我错了！今后，我一定带领全局干部职工搞好环境卫生，服从检查评比。"

张局长回到单位后，自己乖乖地重新把乌龟贴到局机关的门口上。

此后，张局长便带领全局干部职工，日夜奋战，大搞环境卫生，彻底改变了县商业局周围的卫生落后面貌。不久，水东镇爱卫办卫生检查人员前来复检，一致同意评定为"好"，并去掉门口的乌龟贴上了火箭。后来，县商业局被评为电白县卫生先进单位，张局长本人也被评为县爱国卫生运动积极分子。

二、自身有错也道歉

1961年春的某一天，县妇联秘书梁以群被通知来到王占鳌的办公室。她一踏进房门，王占鳌开口就问："最近你们发的那份《整顿全县妇女组织的通知》文件，是不是你起草的？"

"是。"梁以群老实作答。

"这份文件怎么通篇没有一个'农'字？"王占鳌盯着梁以群问。

"这份文件不一定要有'农'字。"梁以群小声说。

"为什么，不一定要有'农'字！"王占鳌大声责问，"以农业为基础是我国的基本国策，妇联工作怎么能离开农业？！"

"我起草的这份通知，内容主要是要求各级党组织如何搞好妇女组织的整顿，没有'农'字，也没有错。"梁以群坚持己见。

见梁以群坚持己见，旁边的个别同志插嘴说起风凉话："是啰，妇联文件不用'农'字，因为她们不用吃饭。"

梁以群被王占鳌批评已感到委屈，见其他同志如此挖苦讽刺，气得全身发抖。她撇开王占鳌，同县委办公室的同志争吵起来。她说："你们起草的文件每份都有'农'字吗？比如卫生部门的文件都有'农'字吗？""你们起草的文件都可以不要'农'字，我起草的文件为什么就一定要'农'字呢？""我写的这份通知，内容紧紧依靠各级党委整顿妇女组织，有无'农'字无关紧要，我坚持我的观点，我没有错！"……

梁以群和县委办公室的同志，双方各抒己见，互不相让，争吵不休。

王占鳌见办公室的同志说不过梁以群，便大声喝住她："不准你说，不准你讲话！"

梁以群闭口不言，翘起嘴巴，以示不服。王占鳌拍桌子干瞪眼，大声训斥，严厉批评。梁以群毫无惧色，始终不肯认错。王占鳌气得七窍生烟，但又拿梁以群无可奈何。

最后，王占鳌厉声说道："你不肯承认错误，以后我在全县各种大小会上都批评你。"

"随便你！"梁以群甩下一句，头也不回地走了。

这次谈话不欢而散。

之后，王占鳌果真在全县各种大小会议上36次批评梁以群，说她起草文件连"农"字都没有一个，不重视农业……

然而，这个文件风波很快就出现了反转。

原来，梁以群起草的这份《整顿全县妇女组织的通知》，先是经过县妇联主任谢枫审查，县委秘书徐兆坤审阅过，县委办公室黄副主任审定后才印发的。王占鳌当时还没有看到此文件，只是县委办公室个别人向他反映说，县妇联印发的文件连一个"农"字都没有。他一听就说，这还了得？我要严肃批评她。于是就出现了开头的那一幕。

不过，那时的干部原则性是非常强的。当这个文件风波在全县闹得沸沸扬扬的时候，曾参与文件审阅把关的县委秘书徐兆坤勇敢地站了出来，为梁以群主持了公道。

徐兆坤也是一位南下干部，与王占鳌关系很好，敢于向王占鳌提意见。一天，他拿着那份妇联的文件，专门去找王占鳌，他说："王书记，您还没有看过那份妇联的文件，只听信别人的片面之词，就批评小梁，是不对的。你看看这份妇联下发的通知文件，梁以群她到底错在什么地方？！"

王占鳌马上打开文件，仔细地审读起来。从头看到尾，逐段、逐句、逐字阅读。他神情认真、严肃、冷静……终于，他认识到自己是做错了。

他决定当面向梁以群真诚道歉。

王占鳌一改上次冷峻的态度，见梁以群一进来，一边亲自给她斟茶倒水，一边搬过来一把椅子，热情地说："小梁，你来了，快请坐！"

梁以群坐定后，王占鳌开口道："小梁，为了那份文件，我当面批评你，大会小会上批评你……你觉得委屈吗？"

梁以群说："当然。我一直觉得我没有写错。您当面批评，我不服气，您大小会议上36次批评我，我是一肚子气。"

王占鳌听了梁以群说的"不服气"和"一肚子气"，哈哈大笑起来，然后，他诚恳地说："我是官僚主义，还未看文件，未了解清楚情况，就批评你。我批评错你了，真对不起。以后我还会在会议上作36次的纠正。我现在真诚地向你检讨、道歉，请求你原谅！"

此刻，梁以群却大哭了起来。

王占鳌见状，感到莫名其妙。他尴尬道："怎么，我检讨了你还不服气……还要我怎么办啊？"

王占鳌又误解梁以群的反应了。他作为县委书记，德高望重，能向一个普通股级干部承认错误，是多么难能可贵啊！梁以群听了他的检讨后，什么委屈啊、气啊全都消了，眼里噙满了感激的泪水。

梁以群止住了哭泣，抹干泪水，微微一笑，轻声轻气地说："王书记，我什么委屈和气都没有了，请您放心吧！"

王占鳌如释重负，哈哈大笑。然后大声说道："那好了。以后开会，我会解释清楚这件事的。你实事求是，坚持真理，抵制错误，做得很对，今后你要更好地为党和人民继续做好本职工作。"

梁以群马上点头称是。

这次谈话以喜剧收场。

多年后，王占鳌一直惦记着梁以群的进步。20 世纪 70 年代，他曾在重返电白时，对分管组织工作的县委副书记张虎说："梁以群这小丫头不错，工作认真负责，你要好好培养她。"

王占鳌的错误批评与真诚道歉，对梁以群的震动和教育都很大。在王占鳌及各级领导的亲切关怀下，20 世纪 70 年代后，梁以群担任中共电白县委办公室副主任，后又升任县委接待科首任科长，直至退休。熟悉的人都喜欢尊称她为梁姑奶。

1981 年起，王占鳌身体已严重衰弱，轻度中风并出现了痴呆症状。其间，梁以群曾先后三次前往广州王占鳌老书记的住处看望他老人家。老书记紧紧握着梁以群的手说："你有心了，谢谢你还记得我……"话没说完，两人已是泪流满面。

2020 年，笔者曾就此事专门前往梁姑奶家采访了 88 岁高龄的她，梁老动情地对笔者说："王占鳌是个爱护干部的好书记。他不管对任何人，认为你错了，他就严厉批评教育，使你欣然改过；同时，他做错了，也一定会认真检讨、道歉，使你心服口服。他对我起草的《整顿全县妇女组织的通知》无'农'字的批评和道歉，就是一典型事例。这事让我是终生难忘。"

三、爱护干部讲原则

王占鳌对犯错的干部批评严厉很是出名，但受他批评过的干部却从不记恨他，而是佩服他，这是为什么呢？主要原因是，他不是为了整人，而是一切为了治病救人，为了爱护干部、保护干部。那时电城公社党委书记梁如荣因兴建公社大礼堂犯下错误，就是王占鳌挽救并保护了他。

1962年的一天，湛江地委监委派出工作组，前来调查梁如荣兴建电城公社大礼堂一事，使电白县骤然掀起一场巨大风波。全县从县委书记到公社干部，人人都甚为关注。

梁如荣时任中共电白县委常委、电城公社党委书记，是县里一位有所作为的优秀干部。

他在电城任公社党委书记期间，全力配合县领导，组织指挥成千上万的干部和社员，在大榜和电城公社相邻的海湾建起了鸡打港海堤，使当地1.4万亩农田和大片农村免受海潮侵蚀，在堤内海滩上造地3万多亩，开辟盐田、农田和养殖场，为群众办了许多好事。

此后，在贯彻"以粮为纲，全面发展，多种经营"方针中，他组织群众在庄山周围的山坡种上胡椒，经济收入颇为可观，一时轰动全省，各地前来参观取经者络绎不绝。

电城原是电白的旧县城，新中国成立后的1950年12月，县城搬迁到水东去了，这里一度受到冷落，甚至连开干部大会也没有一个大点的会场，接待参观的客人相当困难。为了解决这个问题，梁如荣召开公社党委会研究，并经县某领导同意，动员全社干部，利用旧砖木，购置部分新材料，建起了一个低标准的公社大礼堂。

按常理来说，梁如荣不但没有错，而且是为电城人民办了一件大好事。

1962年1—2月，党中央召开了七千人大会，纠正"浮夸风""共产风"，规定各地不准建楼堂馆所。此时，电城公社大礼堂建设处在后期阶段，如停止，大礼堂就成了半拉子工程，之前投入的全都打了水漂；如继续施工，又违背了中央政策的精神。梁如荣也是左右为难。思虑再三，他决定，继续组织施工，直到竣工为止。

于是，很快有人写信告到广东省委。省里一纸批示下来——严查！梁如荣就这样突遭飞来横祸。

工作组调查之后，上级领导认为，为维护党的方针政策的贯彻执行，一定要给梁如荣党纪处分。

王占鳌站在窗前遥望远方，心里不是个滋味。他想，电城建大礼堂，我是知道的，责任怎么能让梁如荣一个人承担呢？全县干部特别是公社干部，都在看着我们县领导对这一事件的态度呢！

他立即向地委监委领导汇报了电城建礼堂的原委，并表明了自己的态度："梁如荣是好心做了错事，责任应该由我承担。他有错误，我们

▲ 公社礼堂

也要好好敲打敲打他。"

湛江地委监委根据工作组调查和王占鳌的意见进行了研究，认为电城建大礼堂，虽不合时宜，但这是在七千人大会以前开始兴建的，实际上电城又确实很需要一个礼堂，且建筑材料来源正当，梁如荣本人没有经济问题，一贯表现很好，便同意了电白县委书记王占鳌的意见，免于对梁如荣组织处理，由县委进行思想教育。

不久，王占鳌和县委副书记魏润保，专程到电城公社找梁如荣谈话。

梁如荣一进办公室，见两位书记坐在那里，表情严肃，像要开庭审判他一样，心里扑扑地跳，不敢上前去握手，也不敢坐下，耷拉着脑袋站着。一会儿，梁如荣抽抽搭搭地哭了。

王占鳌问："梁如荣，怎么啦？"

"王书记……我……犯错误了。"梁如荣抽搭得更厉害了。

"犯了什么错误啊？"王占鳌严厉地问，"光哭能解决问题吗？"

"我水平低……我错了……我痛心疾首……"

"那好嘛，知错就好好检讨吧！"王占鳌说，"魏书记是管财贸的，今天我和他一起来，听听你的检讨。"

魏润保说："你是县委常委兼公社书记，犯错误了要好好检讨。"

梁如荣心情稍微平静后，诚恳地检讨了自己的错误。他说，自己不应该在国家困难时期建礼堂，特别是中央召开七千人大会后，禁止各地兴建楼堂馆所，自己还继续兴建，错误是严重的，请求组织严肃处理。

梁如荣检讨完后，王占鳌说："认识了错误就好，今后可不能再犯这样的错误了啊！跌倒了要有勇气爬起来，可不要背着包袱躺倒啊！"

梁如荣终于卸下了压在心头的千斤巨石，抹干眼泪，连声说："不敢了……不敢了……"

谈话完后，在回县城水东的路上，两位领导继续谈论着梁如荣的问题。

王占鳌问："你看怎么样？"

魏润保说："我认为梁如荣态度很好，检查深刻，可以了。"

"毛主席说过，要允许干部犯错误，也要允许干部改正错误。"

"老梁还是个好同志嘛。"

"对犯错误的干部，要全面地、历史地看。有好人做错事的，有坏人做坏事的；有知错就改的，也有执迷不悟的。"王占鳌说，"像梁如荣这样的好人，犯了错误，给他敲打敲打，让他醒悟过来就好了，可不要一棍子打死。"

"是的，是的。"魏润保赞同王占鳌的意见。

梁如荣的问题很快得到了妥善处理，对全县干部产生了深远的影响。当年县监委的干部陈振威在回忆此事时曾在一篇回忆录里写道："大家普遍感到，在以王占鳌为核心的县委领导下，有他们关爱我们、保护我们，大家就是干上一辈子也值得。从此，电白的干部们，人人心情舒畅，个个精神振奋，都能积极主动为党为人民做好本职工作，不管遇到什么困难，总是想方设法加以克服，争创一流的好成绩。"

陈振威写出了全县广大干部的心里话。

第七章

万水千山总是情

第一节　爱民之心昭日月

一、联结百姓一条心

王占鳌在电白工作和生活期间，始终与老百姓打成一片，始终与人民群众心连心，他的爱党爱国和爱民之心，体现在他的言行之中。

1955 年，也就是王占鳌南下电白工作的第四个年头。其长期蹲点的坡心乡红十月农业合作社改革耕作制度，实行一年三熟，获得水稻亩产千斤社的荣誉。

所谓一年三熟，就是在大部分农田里一年栽种三造，全年没闲田。如今南方很多地方都实行一年三熟的耕作制。但是，在那个时代农田基本都是只实行一年一熟或一年二熟耕作制。

王占鳌听到红十月社这个好消息后，心里非常高兴。他想，总结推广红十月社一年三熟的耕作制度，是立足本县、提高单产、解决电白缺粮问题的好办法。眼下，电白全县粮食亩产平均只有 200 多斤，缺粮甚多，每年要从外地调进粮食 2000 多万斤。

不过，对于红十月社的一年三熟经验，有的人持怀疑或否定的态度，认为土地复种指数越高，消耗地力越大，土地肥力会下降，最终不能坚持三熟和高产。

王占鳌相信实践是检验科学的标准。他决定要把红十月社作为他的蹲点社，研究和试验一年三熟的课题，向全县推广。

于是，王占鳌便来到红十月社。他首先找到社主任李秀英、坡旦生产队队长李炳荣以及老农李七爹等人调查了解情况。

李秀英等人便向王占鳌详细介绍所谓一年三熟的几种耕作形式：

水稻——水稻——番薯；

番薯——水稻——水稻；

花生——水稻——番薯；

黄豆——水稻——番薯；

蔬菜——番薯——水稻；

水稻——番薯——蔬菜……

王占鳌问："你们这样轮作，土地不空闲，农田肥力会下降吗？"

"不会。"李秀英说，"因为花生苗、番薯苗回田是很好的有机肥，花生麸下田又是好肥料，且书上说花生、黄豆的根瘤菌还能把空气中的氮固定在土壤中。"

李炳荣说："特别是先种花生，收完后栽种水稻，接着种下番薯，这样轮作，大大减少水稻、花生的病虫害。"

李七爹说："这样一年三造轮作是不会使土地肥力下降的。

▲ 王占鳌当年到坡心公社蹲点，与干部群众同吃同住同劳动。图为他在参加田间管理时留影

因为有了稻草、豆苗等回田，有机肥增加了，作物生长旺盛。我们亩产一年获得 1000 斤稻谷和 1400 多斤番薯就是最好的证明。"

……

耳听为虚，眼见为实。王占鳌在现场听了生产一线人员的介绍，心里仅存的一点疑虑很快解除了。他迅速把红十月社一年三熟的耕作制度向全县推广，并决定在红十月社办丰产片，为全县农业生产作示范。

在蹲点过程中，王占鳌可不是蜻蜓点水、走马观花，而是长期吃住在乡下，与群众同吃、同住、同劳动。其间，他看到坡心生产队队长林维安对农业生产很有研究，很有一套。他管理一个有着300多人的大生产队，能做到分工协作、有条不紊、分毫不差，且连年获得增产增收，真不愧是个好生产队长！

有一天，王占鳌主动找队长林维安谈心。

说，"我们交个朋友，把你们生产队的门口大垌搞大片试验田，办成一个水稻丰产片怎么样？"

"王书记，我举双手赞成！"林维安说，"这是您对我工作的支持和帮助，我何乐而不为啊！"

1958年，王占鳌、李秀英、林维安他们合办的水稻丰产片，早晚造都获得大丰收，很快引起县、地、省各级的注意。

4月29日，广东省政协参观团前来参观，看到眼前的丰收景象，全团人员赞不绝口。

11月9日，广东省新闻纪录电影制片厂前来电白拍摄丰产片丰收景象，王占鳌、李秀英、林维安等均被摄入新闻纪录镜头里面。

1959年1月10日，王占鳌、李秀英等人光荣出席全国农业社会主义建设先进单位代表会议，电白县和坡心公社双双获得"全国农业社会主义建设先进单位"奖状一张，王占鳌还获得全国农业战线金质奖章一枚。

从此以后，李秀英一直是农业战线的模范。她1954年入党，同年秋建立红十月农业社，任社主任。1955年创造了鉴江平原第一个稻谷亩产千斤社。曾获得"广东省特等劳动模范"和"全国劳动模范"的光荣称号，7次上北京参加群英会，5次见到毛泽东主席。1958年以后，先后当选全国妇联候补执委、广东省人大代表、广东省妇联执委、坡心公社副社长、红十月大队党支部书记……

王占鳌在电白县任职期间，一直把李秀英视为农业生产的好干部，把红十月社（坡心）作为农业生产的试验场所，经常到此蹲点。

在蹲点中，他夜以继日地工作，始终与广大人民群众打成一片，与百姓心连心，从不因为自己是县委书记而搞特殊，给基层干部群众留下很好的印象，都称赞他是难得的好书记。

二、男人有泪也会弹

1958年秋，电白县副县长蔡智文和县农业局副局长丁镇泰俩人参加省农业跃进会议。会议结束回来后，因蔡智文被抽去指挥修建黄沙水库，由丁镇泰负责向县委书记王占鳌汇报会议情况。

丁镇泰汇报说："省农业大跃进会议制定了四条跃进措施：一是不能冬种，让农田休闲，提高地力；二是深翻改土三尺，增加水稻营养面积；三是大力推广北粳（北方稻种）；四是高度密植，每亩用种100斤……"

王占鳌听了这个会议精神，满脸愁云，深思不语。他心里直打鼓：这与他在坡心蹲点搞的那一套，不是正好冲突吗？

"这措施是脱离实际的。"丁镇泰说出了自己的观点，"但是，在会议上谁也不敢提出反对。"

王占鳌还是不说话。

是啊，叫他怎么说呢？上级的布置，下级能不执行吗？

但是，当时正处于"大跃进"时期，电白县和全国一样，高举总路线、"大跃进"、人民公社三面红旗，大炼钢铁，大办公共食堂，大放卫星。可满山遍野的土高炉炼出来的是毫无用处的废渣，还说是放了卫星；稻谷亩产只有几百斤，却要报几千斤、几万斤……

王占鳌最后说了一句话："解铃还须系铃人哟！"

丁镇泰领会了他的意思。

于是，丁镇泰一方面开会传达贯彻，一方面以一个技术员的身份写出对四条措施的意见，斗胆寄给当时的广东省委书记赵紫阳。

赵紫阳很快复信说："同意你的意见。但这些问题很复杂，希继续试验研究。"

丁镇泰将复信拿给王占鳌看。

▲ 当年的公共食堂宣传画

王占鳌高兴地说："就这样办。"

其时，生产队正在办公共食堂，社员集中吃"大锅饭"。

所谓吃"大锅饭"，就是禁止各家各户开小灶，让劳动妇女从厨房里解放出来，社员都集中到生产队办的公共食堂里放开肚皮吃干饭，提前进入所谓的共产主义。

但是，一日三餐吃干饭，哪来那么多粮食啊？！

这个做法很快就出现了问题。因为生产队的粮食储备不多，别说一日三餐吃干饭，就是吃稀饭，也无力支撑。到最后，社员们连稀饭也吃不下去了，只好吃糠及瓜菜木薯。可这些东西也吃没了，只能吃山上的代食品。所谓代食品，无非就是到山上挖些土茯苓（俗称硬粉头）、巴戟（俗称鸡肠薯）、金毛狗（俗称黄狗头）、牛大力、葛根之类充饥。但最后连这些能吃植物的根茎都挖光了，只好吃香蕉头或观音土来维持生命……这可是旧社会才过的苦日子啊！

饥荒很快就在全县迅速蔓延开来。

1959 年春，全县饥荒特别严重，社社队队已开始出现水肿病人。

此刻，王占鳌的心情也非常沉重，他整天不说不笑，天天下乡看生产，看食堂，看水肿病人。

一次，他带领机关人员和医生到罗坑的角子、红坎村查荒。他一家一户地查看、询问。问家里有粮食吃没有？有没有水肿病人？当他看到很多农民脚脸浮肿时，心里痛苦万分，流着眼泪说："对不起，是我们工作没有做好……"

两个村子一共查出水肿病人 30 多人。王占鳌指示将他们全部集中到生产大队治疗，并亲手给他们煮了一大锅营养粥。他亲眼看着一个个病人一口口把营养粥吃下去了，才放心离开。

当晚，他回到县里，召开公社书记生产救灾会议，当他讲到这两个村子的灾情时，又难过地哭了。

有道是，男人有泪不轻弹，只是未到伤心处。王占鳌，这位艰难困苦一路走来的北方大汉，在众多困难面前从不低头不掉泪的铁打硬汉，看到群众遭这么大的难，终于情不自禁地流下了泪水。

与会的公社书记为王占鳌的真情所感动，个个眼睛都红了。

王占鳌说："我们工作没有做好，已是对不起人民群众了，从现在起，大家同心协力，做好生产救灾工作，使人民群众尽快渡过难关……"

这时，王占鳌想到的唯一办法，就是再也不能让公共食堂继续办下去了！他决定尽快解散生产队的公共食堂。

三、公共食堂令解散

那时全县各生产队都办有公共食堂，因粮食供应不够，公共食堂根本无法继续生存下去。虽然多次向上级汇报，请求调大量的粮食过来救急，但最后却连一粒米也没能见到，人们开始忍饥挨饿。

群众失去了对体现"共产主义因素"的公共食堂的兴趣。但是，领导层却谁也不敢解散公共食堂，怕被扣上"右倾机会主义"的帽子，当然更怕上面追究责任丢掉"乌纱帽"。

▲ 当年办的公共食堂。群众吃饭不要钱，放开肚皮吃干饭，办了三年后以解散收场

王占鳌是旧社会的过来人，他当过长工、做过乞丐，也挨过饥受过饿，他不允许他领导下的人民过着穷困潦倒的日子。他首先想到的绝不是自己会担啥风险丢啥官职，而是如何解决人民群众的生活和温饱问题。

一天，王占鳌对跟随他的秘书梁振元说："你到乡下走一趟，好好调查几个生产队公共食堂的真实情况，回来后直接向我汇报。"

梁振元想，对公共食堂，人们早已心知肚明了，只是不便评说而已。叫他去调查，真是个大难题，说真话吧，很可能招来横祸，不说真话吧，对不起王书记，对不起人民群众。他说："王书记，最好派一位领导带我去调查。"

"那不行，当官的去调查，谁敢说真话啊？！"王占鳌说，"这件事由你一个人去办，我相信你！"

"好吧！"梁振元自知无法推辞，只好接受这件苦差事。

他按照王占鳌的吩咐，先到旦场公社担伞岭生产队，然后再到附近几个生产队进行深入调查。

还好，老百姓个个说出真心话，如实反映对公共食堂的看法。

梁振元把群众对公共食堂的意见，归纳为"十不满意"，写成书面报告，交给了王占鳌。

王占鳌接过报告反复看了后，问道："群众要求解散公共食堂吗？"

"对。百分之百的群众都要求解散公共食堂，恢复家庭做饭。"梁振元答道。

"哦，老百姓还是敢讲真话的……你也是老实人，能如实反映群众意见。"王占鳌深有感触地说，"咱们想得太肤浅了，原来老百姓真不喜欢吃大锅饭。"

之后，王占鳌又亲自深入农村，反复调查研究，全面收集各界群众的多方意见。

1959年4月23日，王占鳌在全县公社党委书记会议的讲话中，把群众意见归纳为20条：

一是种植番薯、黄豆太少；二是搬村拆屋不好；三是炼钢铁砍树拿锅头乱搞；四是平调东西不给钱；五是过度密植水稻不尊重自然规律；六是不给家庭喂猪养"三鸟"（鸡、鸭、鹅），群众连吃个鸡蛋也要掏钱买；七是产量浮夸报假数，吹大炮讲假话不追责；八是土地过度深耕，田地越来越瘦影响收成；九是乱抽劳动力；十是干部作风不民主，做事太武断；十一是市场上副食品供应紧张；十二是办公共食堂拿光了群众的锅头、餐具和台凳；十三是搞水利、炼钢铁，拿光了稻草、柴火；

十四是锄头、粪箕不够用；十五是集体财经不公开，助长贪污；十六是渔民打的鱼全卖给国家，再自己掏腰包买回来吃；十七是果树入社一棵不留影响农民积极性；十八是卖东西要扣款；十九是买肥料太贵；二十是办公共食堂是主观主义。

王占鳌在讲话中说："群众的意见绝大部分是正确的。有的问题能解决的马上解决，能退还的东西马上退还，该赔偿的就立即赔偿。"

知错就改，是王占鳌的作风。会后，他指示县财政局拨出专款 30 万元，赔偿大炼钢铁时用去群众的旧铁锅。

他在讲话中提出，每户屋前屋后可保留 3~5 棵果树，砍了的可补种 10 棵；每个劳动力可利用空闲时间，在路边、村边、树边、河边、地边等"五边地"、零星地种 100 斤杂粮、50 棵瓜，谁种谁收；每户可喂猪一头，每人可养"三鸟"10 只……

这些举措或者新规，在今天来说算不了什么。但在当时来说，这是要冒着被上面追责并挨批评受处分的风险的。

可王占鳌顾及不了这些。没过多久，王占鳌召开县委会议研究决定，宣布解散生产队公共食堂，把口粮分到各家各户，恢复家庭做饭。

这也是王占鳌的大胆行为。因为这时中央还没有明确解散公共食堂的指示，等到全国有政策解散公共食堂，那是 1961 年以后的事了。

当然，电白县委的决定是正确的，已被历史所证明。当年，如果不及早解散公共食堂，还不知道会出现多少水肿病人呢！解散了公共食堂后，让千家万户想方设法解决自己的吃饭问题，饥荒慢慢消失了。

四、一心只想着群众

为了落实生产救灾措施，尽快解决群众饥荒问题，王占鳌不辞劳苦，天天下乡，检查生产情况。

有一次，他到了沙琅公社大历大队。当爬上一个小山坡时，他突然蹲在地下，又喘又吐，满头大汗，脸色苍白，两手捂住胸口，痛苦地呻吟。

梁振元急忙扶住他，轻轻地为他捶背。

"用力呀，捶得越重越好。"王占鳌大声叫道。

病情慢慢缓解后，王占鳌对梁振元说："我不晓得啥时候得了'要挨打'的怪病，以后再遇到这种情况，你不要怕，尽力捶打就是。"

梁振元明白，王书记已是快60岁的人了，长期日夜操劳，天天饿着肚子与群众在田间劳作，身体吃不消呀。

回到沙琅公社，大家肚子都饿了。梁振元悄悄地给公社通信员一块钱，请他到街上买几条熟番薯回来给王占鳌充饥。

通信员到街头转了一大圈，也没买到番薯，空着手回来了。

王占鳌知道后，责备梁振元说："这么多群众都在饿肚皮，你买回来番薯我怎能忍心吃。"又说："咱们定个规矩，今后大伙儿没有吃的，我们也不能有。群众越是困难，我们就越不能搞特殊……记住啊！"

又有一次，王占鳌到了羊角公社柏屋大队，大队书记何秩谋陪同他检查生产。

他们从田垌到山头，几乎看了一天。将近黄昏时，王占鳌带领一行人走上一个小山坡察看。

山坡上，只见一块块的开荒地、"五边地"种满了番薯、瓜菜，全长得绿油油的，样子煞是可爱。

▲ 绿油油的连片番薯地

▲ 番薯

　　王占鳌越看越高兴，当来到一块长势旺盛的番薯地时，他站着不想走了，凝视着那块番薯地一会儿，忙招呼何秩谋、梁振元同他一起坐到地头上，然后点燃一支烟，舒心地抽了几口，两眼直盯住何秩谋看，笑眯眯地问："何书记，你这地里的番薯是啥时候种的呀？"

　　"唔……唔……"何秩谋摸不准王占鳌的意图，不敢正面回答，支支吾吾地说："王书记，这是您让我发动群众自发种的啊！"

　　王占鳌看出这位大队书记怕责备怕犯错的心思，便故意不再追问。他对梁振元说："小梁快过去刨开一棵看看里面的番薯到底有多大？"

　　梁振元蹲到番薯地里，沿着一棵番薯头，用手轻轻地挖开泥土，只见三四条像小酒瓶一样大的番薯露了出来。

　　王占鳌一见就高兴得跳了起来，他把烟头一甩，走到地里，俯下身子，用手抚摸着红嫩嫩的番薯，乐呵呵地问何秩谋："这样的番薯，还要多久才能收获啊？"

　　"如果是要用来救命的话，现在就可以收啦！"何秩谋见王占鳌毫无责备之意，心里疑虑解除了。

　　王占鳌又问："像这样的开荒地，全大队有多少？"

　　"面积没有统计过，但家家户户都有。"何秩谋用手指了指另一个小山坡说，"你看，到处都是。"

　　"好，我还得过去看一看。"王占鳌说着，奔向另一个山坡，毫无疲惫之意。

他们满怀喜悦地一边走，一边谈，心情甚是兴奋。

王占鳌对梁振元说："还是群众有办法。"又拍拍何秩谋肩膀说："你为柏屋人民群众立了一大功。"

回到水东后，王占鳌把柏屋大队的情况向县委作了汇报。县委决定，立即向全县推广柏屋大队的经验。

此后，王占鳌在各种会议反复强调，群众开荒不受限制，要发动群众利用开荒地、"五边地"广种粮食。

王占鳌在一次三级干部大会上说到要放手发动群众开荒种粮时，越说越激动，越说越有激情。他站了起来，对着话筒，拍着胸口说："你们大胆放手干吧，如果开荒种粮会犯错误，由我王占鳌一个人负全责！"

王占鳌的大声疾呼和号召起到了很大的作用。不久，电白大地便迅速掀起了一股广种粮食和瓜菜的热潮，全县广大人民群众的生活困难和饥饿问题很快得到了一定程度的缓解。

五、坚决纠正"共产风"

王占鳌为群众着想推出一系列政策后，全县形势有了一定程度的好转，原本应该继续抓紧抓好并推广下去的。但这时又刮起了一阵"共产风"，提出要限制社员的小自由和生产队的权利，要求各公社大力发展社办企业，争取社有经济比重一年达 25%，二年达 50%，三年达 75%。

根据这股"风"，各公社要着手办"五厂五场"（五厂指木工厂、铁工厂、炸药厂、石灰厂、水泥厂；五场指农场、林场、果场、猪场、"三鸟"场），开展"四集中"（即人力、物力、财力、技术集中）。集体要收回社员零星果树，还规定市场"十不准"（即不准群众擅自拿商品到市场交换、不准投机倒把、不准售假、不准强买强卖、不准欺行霸市、不准哄抬物价、不准短斤少两、不准打架斗殴、不准出售变质过期产品、不准乱倒乱放），限制群众拿商品到市场交换……

这个政策一出台，严重打乱了原来"三包一奖四固定"（"三包"即包工、包产、包投资，"一奖"即超产奖、减产罚，"四固定"即定土地、定劳力、定农具、定牲畜）的好政策，使广大群众感到无所适从，在思想认识上又一次遭受沉重的打击，并再次陷入进退两难的境地。

那时候是"政治挂帅"，上面的政策下来，下面是绝对要不折不扣执行的，否则就有丢掉"乌纱帽"的风险。眼下这股不合时宜的"共产风"，若不彻底揭露和批判，会影响全县人民群众的生产热情。于是，王占鳌以一个革命老同志的气魄，冒着有可能"丢官"的政治风险，决定着手纠正这股"风"。

实践证明，如不彻底揭露和纠正"共产风"，人民群众无法渡过生活困难这一关。

1961 年 1 月 3 日，电白县召开四级干部会议，王占鳌对"一平二调"（平均主义和无偿调拨的简称。"一平"是指在人民公社范围内把贫富拉平，搞平均分配；"二调"是指对生产队的生产资料、劳动力、产品以及其他财产无代价地上调）的"共产风"作了彻底的揭露和批判。他说："一平二调的'共产风'，把以生产队为基础的三级所有制刮乱了；把按劳分配，多劳多得扫掉了；把大集体中的小自由吹光了；把'三包一奖制'丢掉了，一下子形成公私不分：你的是我的，我的是大家的，你吃我吃大家吃的混乱状态。"

王占鳌在会上特别举了一个例子：麻岗公社牛门大队有一个村子，一天晚上，该村紧急召开一场秘密会议。内容是研究如何落实给全村男女老少每人造一副棺材的问题。

主持人说："请大家畅所欲言，发表自己的意见。"

老年人说："好，我快要去见阎王了，机会难得。"

年轻人说："不要，整天守着副棺材，怪别扭的。"

主持人说："不要？以后就没有了，可不要怪我啊！"

群众问主持人："可哪里有木头做棺材啊？"

"砍村里的果树。"

"为什么？"

"我们不砍，公社、大队就要派人来砍了，事不宜迟啊！"

怪不得，这个会够紧急、够秘密的。

听说有人要来砍掉村集体的果树，大家一致同意赶快砍树做棺材。

不几天时间，全村 83 人，做了 60 多副大棺材，不仅老人、年轻人有了，就连 3 岁小孩也有份。

棺材做好了，但全村的果树、树木都被砍光了……

王占鳌讲完这个例子，心里特别难受。他说，要是这样胡来下去，我们当年在海边辛辛苦苦种下的上百公里沿海防护林带就要毁掉了！这种情况绝对不能在电白大地上再次发生！

接着，他大胆总结了刮"共产风"的 22 条害处：

一是破坏三级所有制；二是损坏农具，削弱耕畜；三是丢荒浪费土地；四是生产成本增加，产量下降；五是群众生活水平下降，收入减少；六是挫伤农民生产积极性；七是破坏工农联盟；八是严重阻碍了"三包一奖四固定"管理制度的贯彻执行；九是房屋家具减少；十是干部民主作风受到损害；十一是造成人力、财力、物力的浪费；十二是助长了浮夸风；十三是葬送了一批干部；十四是破坏了小自由；十五是增加了一批懒汉，给坏人有捣乱之机可乘；十六是破坏勤俭办事、勤俭持家作风；十七是助长铺张浪费；十八是造成国家困难和市场紧张；十九是大量破坏山林果树植被；二十是伤害人民群众政治经济利益；二十一是助长干部特殊化；二十二是造成干部群众对社会主义和共产主义的误解和怀疑。

王占鳌进一步指出："电白的'共产风'问题，总的责任由县委负责、由我个人负责。我们工作中存在的问题，绝不能掩盖，绝不能隐瞒，必须加以彻底揭露，坚决纠正。这样才能统一认识，团结一致，战胜困难。希望大家回去后认真贯彻落实今天的会议精神，做好我们的工作，让老百姓满意。"

会议结束后，王占鳌一刻不停地下乡检查农民群众开荒扩种的生产情况。

在电城公社，有的干部向前来调研的县委书记王占鳌反映说："公社、大队、生产队有的干部存在'三怕'思想：一怕社员开荒扩种耽误集体生产；二怕社员家庭肥用在开荒地上，不向生产队交付家庭肥；三怕搞开荒扩种社员会搞自发，走资本主义道路。"

王占鳌说："一户社员种上了2亩番薯，可收获1万斤。有了粮食，社员可以养猪养'三鸟'，粮多猪多，还怕没有肥料吗？今后社员要执行放假制度，男社员每月4天，女社员每月6天。社员开荒扩种利用放假和工余时间去搞，这就解决了集体生产和私

▲ 闻名全国的电白小耳花猪

人开荒扩种的矛盾。"

接着，王占鳌通知各公社书记到电城公社召开开荒扩种工作现场会，他在会议上特别指出："从现在起，要求全县每户平均开荒扩种增收1000斤至2000斤杂粮。开荒扩种政策，实行谁种谁收，多种多收，多产多吃；熟地三年、新开荒地五年不包产，不计算在集体分配的产量和集体分配的口粮以内，不用负担国家公购粮任务。"

电城现场会议精神犹如一阵春风吹遍电白大地，全县上下深入贯彻执行县委书记王占鳌的指示，迅速掀起轰轰烈烈的开荒扩种生产热潮，人民群众的生活更是日渐好转起来。

1962年12月的一天，王占鳌到了林头公社木院大队石桥头生产队检查生产。他问生产队长："今年生产怎么样？"

队长说："不错。"

"怎么个不错法？"

"总的来说，是猪多、粮多。"

"猪有多少？"

"平均每人1.3头，每亩田1头。"

"粮食呢？"

"今年生产队完成国家公购粮平均每人达394斤，分配口粮每人每月40斤稻谷。"

王占鳌紧紧地握着队长的手，高兴地说："好啊，你给国家和社员立了一大功，我感谢

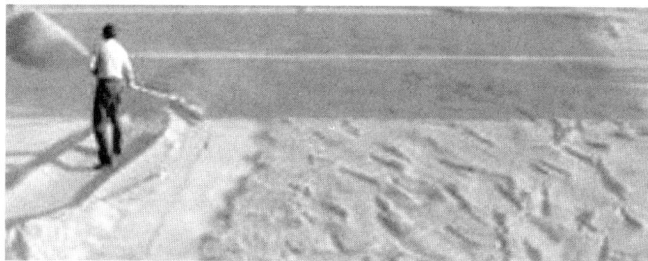

▲ 群众在晒谷坪上晒稻谷

你！"

年末，县统计部门给王占鳌送来一份统计报告：1962 年，全县粮食总产量 3.23 亿斤，比 1961 年增长 7.6%。其中，稻谷总产量 2.45 亿斤，比 1961 年增长 9.1%，比历史上产量最高的 1957 年还增长 4.3%……集体储备粮 32 万斤，社员家庭储备粮 58.3 万斤，平均每人有储备粮 336 斤……

电白人民的困难日子终于度过了。王占鳌坐在办公室里看完这份统计报告长舒了一口气。试想，如果不是他心里时刻装着人民群众，如果不是他敢于冒着丢掉"乌纱帽"的政治风险另施良策，如果不是他实事求是地果断纠正"共产风"，要取得这些喜人成绩是根本不可能的。

第二节　爱憎分明品格高

一、好人坏人分得清

许多人都说县委书记王占鳌是个大老粗，但这只是个表面现象。他其实是粗中有细，细中有实。对敌狠，对友和，体现了王占鳌爱憎分明的优秀品格：对好人，他是关爱有加、想方设法加以保护；对坏人，他是疾恶如仇、毫不留情坚决打击。

原电白县土改办有一名干部名叫何四全，在土改结束后被委以重任，担任县委秘书。何秘书善于处理事务，工作勤恳，又能写文章，很适合做秘书工作，真正体现人尽其用。后来在肃反审干运动中，何四全被查出曾担任过国民党"三青团"分队长，经组织个别谈话教育后，他作了详尽交代。如何处置何秘书的历史问题呢？王占鳌认为何四全是人民内部矛盾问题，应给予他新的出路。后经县委常委会讨论，决定给何四全留党察看、撤销县委秘书职务的处分，并重新安排他到电城公社担任办公室主任。何四全十分感激县委没有对他"赶尽杀绝"，非常乐意到新单位赴任，后来他做了许多有益于人民的工作，始终没有做过任何一件有损党和政府形象的坏事。

原电白县委办公室有一名干部名叫黄先钿，这人就阴险多了。他平时苦学速记，又能写文章，因此长时间跟随在王占鳌身边作讲话翻译，是王占鳌身边得力的工作人员之一。由于表现突出，他后来被提任县委办公室副主任。1962年期间，盘踞在台湾的蒋帮叫嚣反攻大陆时，他凶相毕露，为了打击别人抬高自己，达到升官的目的，他利用拥有港澳邮票的机会，连续伪造两封所谓寄自香港的匿名信，投寄县委办，对一位领导干部进行政治诬陷。后来公安机关刑侦人员从笔迹中获取破案线索，在确凿的证据面前，黄先钿无法抵赖，最终承认自己的犯罪事实。此案的侦破，在电白引起极大的震动。王占鳌认为，黄先钿与何四全问题性质不一样，黄先钿的问题是敌我矛盾，且情节严重，经县委常委会讨论决定并报湛江地委批准，给予开除党籍，撤销职务和公职，由政法机关依法惩处，投入监狱，黄先钿得到了应有的惩罚。从这两件事情的处理上，可看出王占鳌在团结与爱护干部方面，是非常认真和慎重的。对好人，他会给予出路；对坏人，他会不讲情面，坚决查处。

王占鳌在电白主政十多年，他十分讲求一班人的团结，实行统一领导、分头负责制，严格执行党的生活制度，开展批评与自我批评，重视相互沟通，达到思想上的一致。遇到问题，从实际出发，摆事实讲道理，以理服人，经过历史检验错了的坚决改正，努力团结广大干部，而且还注意团结被错误处分的干部。

1961年初，人民公社工作条例60条公布以后，县委在抓好整风整社、努力贯彻60条的基础上，根据党中央的有关文件精神，召开了县委常委会议，对1959年以后的反右倾整风运动中处分的案件，进行复查甄别改正。会后，由县委副书记孙玉琳主抓，县监委对反右倾整风处分的案件进行逐个复查核实，上报审批。对当时县委副书记陈荣典的处分结论"一贯严重右倾，领导水利工作失职"等不实之词，予以推倒，报地委批准撤销其党内严重警告之处分。对水利局长黄履茂原处分结论"思想右倾，对大跃进怀疑"等帽子予以掀掉，撤销党内警告处分。对林业局副局长黄成煦原处分结论"不与群众同甘共苦，假四同（当时实行同吃同住同劳动同学习）"等处分依据予以否定，恢复其党籍和工作。对电白一中校长谢克明原处分结论"不抓师生政治思想工作，严重右倾"等上纲上线问题予以更正，撤销其留党察看及降两级之处分，恢复其原科级工资待遇，补发错误处分期间的工资。由于以王占鳌为核心的县委常委决心大，对 1959 年以后反右倾整风运动处分的案件，均全部甄别改正，撤销原处分。这样，被错误处分的同志放下了包袱，轻装前进；又教育了广大干部，从思想上进一步加强了团结。

二、他人有事特关心

王占鳌能够客观对待犯过错误的同志。

1958 年 2 月，邓勋因犯错误被撤销了副县长职务，下放到水利局属下的寨头水保站劳动。王占鳌交代水利局有关人员，要好好帮助邓勋改正错误，并要求每月要把邓勋在水保站的劳动表现情况向他汇报两三次。

水利局有关人员每次汇报邓勋在水保站的表现情况时，王占鳌都问："邓勋安不安心在水保站劳动？""回不回家？""表现好不好？""身体怎么样？"……

王占鳌还经常到水保站看望邓勋，有时叫邓勋回县城谈谈心，鼓励鼓励。

一次，王占鳌动情地对邓勋说："小邓啊，你犯错误被撤了职，太可惜了。你还年轻，为人民工作的时间还很长，要振作起来，好好劳动，改正错误，重新走上领导岗位。我们都是劳动人民的儿子，一条藤上的苦瓜，要珍惜自己的前程啊！"

王占鳌说着说着，情不自禁地流下了热泪。邓勋也早已泪流满面。

此时的王占鳌，不像往日严厉批评别人的县委书记，而像关怀自己儿女的慈父……

在王占鳌的教育下，邓勋在水保站积极劳动、学习，处处起模范带头作用，受到大家的好评，这使王占鳌十分高兴。

后来，邓勋先后被任命为寨头水保站站长、霞洞公社副社长、物资局局长等职，重新走上了领导岗位，为电白人民作出了应有的贡献。

后来，邓勋深有体会地对别人说："王书记对干部既严格又爱护，真是菩萨心肠。"

王占鳌不仅对待犯错误的同志悉心关怀，而且对家境贫寒的学生也是百般照顾。

电白第一中学有一名学生名叫陈日国，考上了广东著名学府暨南大学，因家中经济拮据，入学有困难。王占鳌知道后，专程前往陈日国家中，给他送去了40元钱和20斤粮票，嘱咐他一定要好好上大学，学好本领，将来为祖国效力。陈日国深受感动，牢记王占鳌的教诲，发奋读书，大学毕业后当上了南海石油公司外语翻译，成了国家的有用之材。

第三节　"文革"磨难志更坚

一、心爱女儿受牵连

1964 年，王占鳌已满 60 周岁。花甲之年的王占鳌，再留在基层工作已不大合适了。这年初夏，王占鳌在一次冒雨骑自行车下乡中摔伤了脚。省委第一书记陶铸知道后，在一次中南局常委会上说："王占鳌同志作出了大贡献。他已经 60 岁了，骑自行车跑来跑去摔伤了身子。这样的干部我们不能忘，把他调回广州市吧，让他为广州的绿化再立新功。"7 月，省委为了照顾他的身体，正式将他调到广州市农村工作部任副部长（后任广州市农委副主任兼副书记），希望他能运用在电白的经验，把广州的绿化、水利建设好好抓一下。

王占鳌上调广州工作还不到两年，正当他准备大干一场的时候，一场席卷全国的"文化大革命"爆发了！

"文革"刚开始，王占鳌的孩子也都积极参加了。渐渐地，两个孩子有点迷茫了：这场"文革"究竟想干什么？怎么连国家主席都要打倒了，那么多她们崇拜的革命老前辈，也相继被"揪斗"。很快，她们的热情开始消退了，从此不轻易参加任何活动。母亲高水珍告诫她们："千万不要给你父亲惹祸。"

两个善良的孩子当然不敢给父亲惹祸，但祸还是从天而降。

1967 年 1 月，随着国家领导人陶铸被"打倒"，王占鳌不可避免地也被"揪"了出来。他一次一次地问自己："陶书记怎么会是走资派、大叛徒？"还不等他弄清怎么回事，造反派已来到他家抄家了，并大声呼喝："你是陶铸死党，你要好好交代问题。"

就这样，王占鳌就成了地地道道的"走资派"，每天没完没了地被造反派批斗，没完没了地作交代、写检查。

他文化低，不能写出像样的检讨书。还是用老办法，他口述，秘书记录整理。但是，往往有想不周到的地方被造反派抓住把柄，越斗越厉害。

在校读高中的大女儿王桃英，看到爸爸因请人代写检讨书而吃亏，便自告奋勇地接过起草检讨书的任务。

女儿为了保护父亲，对检讨书反复斟酌、修改，避免了被造反派抓住辫子。

造反派把稿子拿过去一看，问道："谁写的？"

"我写的。"王占鳌说。

"胡说，你写不了。"造反派说，"是你女儿王桃英写的吧！"

"不是。"王占鳌不想牵连女儿。

……

造反派调查落实，检讨书确实出自王桃英之手。于是，造反派不但写大字报批判王占鳌，而且也写大字报批判王桃英。铺天盖地的大字报贴到了王占鳌家门口、走廊、房门前，贴到王桃英读书的学校。骂王占鳌是死不改悔的"走资派"，王桃英是"保皇派""黑五类""狗崽子"……扬言要揪王桃英出去一同批斗。

王占鳌和高水珍商量决定，让王桃英回山西老家暂避灾难。

当王占鳌夫妇把决定告诉女儿时，却引发了一场家庭争论：

"我不走！"王桃英说，"我不怕！"

"不走不行啊，造反派什么事都干得出来的啊！"

"最多抓我去批斗。"

"一个女儿家怎么可以让人批斗呢？！"

王占鳌夫妇主意已定，王桃英只好同意回老家去。

为了防止被造反派拦截，王桃英化了妆，尽量不让人看出原貌。

临走前，高水珍抱着王桃英痛哭流涕，王占鳌对大女儿说："对不起，爸爸连累你了！"

"爸，不要说了，女儿不怨您。"王桃英哭着说，"我走后，你们要多多保重啊！"

王桃英一个人悄悄地逃出了家，往广州火车站走去。

王占鳌、高水珍不敢出门送别，两眼泪汪汪地望着女儿离去。

王桃英回到了山西老家跟随舅父、叔叔生活，避开了政治斗争的旋涡。但是，命运还是捉弄了她。因为父亲是"走资派"，她在北京军区当参谋的对象赵金保也受到了牵连，不久就被部队处理复员回乡。为此，赵金保还得了一场大病，这给他们日后的家庭生活带来了不幸。

赵金保、王桃英夫妇后来被安排到山西榆次市国营经纬厂工作。面对丈夫，王桃英充满愧疚："老赵当年是很有前途的，就因为我父亲的事才落到这步田地，我对不起他。"

王桃英在山西老家苦苦地支撑着，等待着这在南方父亲的消息，盼望父亲早日走出厄运。可是，等来的却是父亲已被押回电白县惨遭批斗的消息。

二、在电白惨遭批斗

1967年春，电白县红卫兵、造反派批斗走资派达到了高潮。他们除了批斗县委书记陈华荣、县长欧学明等"走资派"外，还没忘记早已调往广州市农委任职的王占鳌。各派组织纷纷派员到广州活动，争取把"电白头号走资派"王占鳌夺回来，成为本派批斗的对象。

3月的一天下午3点，电白一中红卫兵传出消息：

"'头号走资派'王占鳌被押回来了。"

"马上要押王占鳌游街。"

……

红卫兵、造反派纷纷涌向电白一中球场，围观王占鳌。此刻的王占鳌，已不是当年威严的县委书记，而是任由造反派摆布的阶下囚了。

不一会儿，就有人冲进围观圈，抓住王占鳌的衣领大打出手。其他围观者也疯狂地呼喊："打他！打他！打倒走资派王占鳌！"

顿时，秩序大乱，造反派头头们担心出人命，马上布置红卫兵拉开打人者，把王占鳌围起来，并大声命令："不要闹，不要乱，赶快排队，准备游行！若有闹事者，以破坏游行论处！"

游斗终于开始了。队伍前面是红旗引路，接着是一群拿着木棒的红卫兵押着王占鳌，后面跟着的是红卫兵、造反派队伍，有上千人。王占鳌胸前挂着一块大牌，上书"头号走资派王占鳌"。

游斗队伍不断高呼口号：

"打倒头号走资派王占鳌！"

"把无产阶级文化大革命进行到底！"

……

游斗刚开始时，王占鳌还能跟上队伍，到后来就走不动了。两边的红卫兵只好架着他走。他已是60多岁的老人了，坐了一天汽车，又饿又累，下了车后又要马上挂牌游街，怎么受得了这罪？

游斗队伍路过的街道两旁站满了观看的群众，议论纷纷：

"可怜哦，昨天还是人人拥戴的县委书记，今天就像斗地主一样被押着游街，太不人道了！"

"听说他走的是资本主义道路，这是罪有应得！"

"我就不信。谁看见电白的资本主义道路到底在哪里？"

"你们不要乱讲了，让红卫兵、造反派听到了不得了，他们都能把皇帝拉下马，你们这么说不怕被他们拉去一起游街？！"

……

游斗完后，王占鳌已不能动弹了。造反派把他关进电白一中旧楼北面的一间房子里，由红卫兵日夜看守着。

之后，王占鳌又连续被押往水东中心台、羊角公社等地进行大会批斗。

只要王占鳌被红卫兵押上台，台下便高呼口号：

"打倒王占鳌！"

"革命无罪，造反有理！"

"王占鳌必须低头认罪！"

……

随着口号声响起，在王占鳌的背后，两个红卫兵一人一手按住他的头，一人一手反转他的手臂往上拉，迫使他低头、弯腰，双手反转举到背后，这就是当时流行的所谓"坐喷气式飞机"。等到众人把口号喊完了，红卫兵才把他放开，恢复站立姿势。

接着，发言人一个个上台念批判稿，每人念完后，台下又是呼一阵子口号，台上那两个红卫兵又让王占鳌"坐喷气式"。

被批斗得多了，王占鳌也积累了些许经验。一听到喊口号，他便主动低头弯腰，做"喷气式"模样，以免红卫兵大动手脚。待口号喊完后，他才慢慢地伸直腰。每次一斗就是几个小时，不伸伸腰杆，是谁也受不了的。至于发言人讲些什么，他听不听都无所谓，只要能坚持站下来就行了。

没有大会批斗时，就有成群结队的小红卫兵来到关押王占鳌的房子门口批斗他。他们手里拿着红白两色的"威武棍"，在门口叫喊："走资派王占鳌，滚出来！"

王占鳌走到门口，小红卫兵立即把他围起来，命令他跪下。领头的问道："解放前，你在家乡国民党保卫团干什么？"

"教拳。"

"是反革命吗？"

"不是。"

"是汉奸吗？"

"不是。"

"那是什么性质？"

"我只管教拳，不管别的。保卫团当时也是保卫家乡，抵御日本鬼子侵略的。"

"你胡说。"

"是真的。"

"他不老实交代，打！"

几个小红卫兵拿起威武棍打他的背，戳他肋骨、肚子……

领头的见这个问题问不出什么，又问第二个问题。

"你被国民党抓去坐过牢吗？"

"抓去坐过两个月。"

"你写自首书了没有？"

"没有。"

"叛变了吗？"

"没有。"

"那你怎么出来的？"

"党组织营救出来的。"

"我们不信。"

"你们可以调查嘛。"

"他还是不老实，打！"

又是一通棍棒打在王占鳌身上。

……

由于年老体衰，王占鳌经不起大会小会的批斗、折腾，身体和精神都受到极度的摧残，加上饮食条件太差，生活规律紊乱，不久，老人很快患上了便秘症，折磨得他难受至极。

三、贵人相助渡难关

由于便秘，王占鳌每次大便，都要蹲上一二个小时，使尽全身力气，唔唔地叫喊，头冒大汗，肛门出血，才拉出一二颗花生米大小的屎粒。后来，他便秘的情况越来越严重，一蹲就是半天，也拉不出一点屎来，肛门又胀又痛，折磨得他苦不堪言。

就在这个时刻，他遇到了生命中的三个贵人。

一天，电白一中总务蔡锦玉、炊事员谢庆荣和帮厨学生小招结伴前来看望王占鳌。蔡锦玉问道："王书记，您想吃点什么？"

"什么都不想吃。"王占鳌说，"我现在拉不出屎来，很难受。"

"买点芭蕉吃吧！"

"我拿钱让一个学生去买了，但一直没有买回来。"

"哦……"蔡锦玉拿出5元钱给小招说："你去给王书记买芭蕉，老谢你快回厨房端半碗花生油过来给他喝。"

王占鳌吃了小招买来的芭蕉，又喝了谢庆荣端来的花生油，终于拉了一点屎出来。

但是，第二天又不行了。小招用手指给他抠也抠不出来。

蔡锦玉说："小招，你带他去看医生。"

看守的红卫兵说："不行，不能去看病。"

"为什么？"蔡锦玉说，"他是革命前辈，是抗日大英雄，对党对人民是有功劳的，现在有病你也看到了，怎么能不让他去看呢？"

"没有批准。我做不了主。"

"有事我负责，你们头头问就说是我让去的，让小招带他去看病。"

王占鳌这才去医院看了病，看病吃药后，便秘好转了。

蔡锦玉心想：王占鳌已是60多岁的老人了，每餐1角钱的白菜咸鱼，没有什么汤水，怎么行呢？即使现在吃药便秘好了，以后还会复发的。如果能每天给他做一盅猪肉汤喝就好了。

给走资派做猪肉汤喝，是要担风险的。若被红卫兵发现了就不得了。王占鳌关在电白一中时，红卫兵头头向蔡锦玉交代过，王占鳌和其他人一样，每餐4两米饭，1角钱菜，由看守的红卫兵押王占鳌到厨房取饭菜回关押的房间吃，不能特殊。

蔡锦玉和炊事员谢庆荣两人都认为王占鳌是好书记，是为电白人民作出贡献的好人，决定冒这个风险。

第一天早上，炊事员谢庆荣事先偷偷在饭盅米饭的底层里放入一些鱼肉及猪肉，再将一碗猪肉汤装入一个汤盅里，上面放一碟菜。红卫兵押王占鳌来取饭菜时，由总务蔡锦玉亲自端给王占鳌。王占鳌见多了一个盅，问道："这是什么？"

蔡锦玉说："是开水。"

"我还有开水，不要了。"王占鳌说。

蔡锦玉给王占鳌使了一下眼色，说："明天开始，好几天都没有开水，你快拿去放着喝吧！"

炊事员谢庆荣也在一旁说："饭不多，您一定把饭吃光啊！"

王占鳌把饭菜端回房间，一边吃一边发现了饭里的鱼肉，他才明白蔡、谢俩人的用心良苦。吃完饭后，他正想喝点开水，便把菜碟子移开，见盅里不是开水，而是猪肉汤。他眼睛都睁大了，怪不得今早蔡锦玉和谢庆荣神态不一样还给他使眼色。在惊喜之余，他感动得流下了热泪。他三下五除二把汤喝了，怕被看管的红卫兵发现。

以后，每天早上取饭菜时，蔡锦玉和谢庆荣都用同样的办法给予王占鳌特殊的关照。王占鳌接过饭菜也不多说话，点点头就走了。

王占鳌的便秘就这样不治而愈。

1967年5月，电白县的"文革"运动风起云涌，各"造反"组织逐步分裂成势不两立的两大派："司派"和"核派"。两派斗得你死我活，死伤惨重。电白一中的红卫兵头头们害怕出大事，于是决定赶快派人把王占鳌送回广州去。

终于等到了回家的这一天。王占鳌的妻子和女儿听见楼梯上传来"咚、咚"沉重又熟悉的脚步声，都不约而同冲到楼梯口，她们看到眼前的王占鳌头发花白、衣衫不整，人瘦了一圈，一家人抱头痛哭。妻子高水珍赶忙上前扶着爱人进入房间，不停地安慰说："老王呀，你能活着回来就好。"

回来后的日子并不好过。"打倒走资派，打倒陶铸死党王占鳌！"的标语贴到了王家门口。造反派天天逼着王占鳌写检讨，写交代材料。

1967—1968年间，王占鳌又受了多次大批小斗。有时候批斗省领导赵紫阳时他也要去陪斗，因为他们都是"陶铸死党"。有一次，王占鳌挨批斗回来，问爱人："老高，有什么药酒吗？"二女儿王改英听了一怔，上前掀起父亲的衣服一看，只见几个红红的皮带扣印印在了爸爸的背上，她当场气愤地说："凭什么打人，中央不是说要文斗不要武斗吗？我找他们去。"父母连忙制止了女儿，那年头哪里有说理的地方啊。王占鳌说，造反派硬说他与陶铸"勾结"由来已久，战争年代就是陶铸的"心腹"。他就顶了一句："我与陶铸50年代后才认识。"造反派认为他"不老实"，拿起皮带就抽打他。后来，王占鳌虽多次被关"牛棚"，但他始终也没有屈服。

1969年，形势稍有好转。王占鳌与妻子分别进了不同地方的"五七"干校劳动，养猪、养牛，接受思想教育和劳动改造。

▲ 1970年已下放"五七"干校劳动的王占鳌回城治病时，与参加工作不久的女儿王改英摄于广州

进入"五七"干校后，王占鳌不再像以往"蹲牛棚"那样常挨批斗，日子也渐趋正常。而此时他的二女儿王改英刚好高中毕业。幸运的是，她当时被作为"可以教育好的子女"，没有安排她下乡当知青，而是被选拔到广州第一师范学校继续上学。就这样，这个孩子在没有父母呵护的情况下独自在外艰难生活了近两年。毕业后，她被批准留城任教。王占鳌对女儿留城当教师表示祝贺，他欣喜地说："咱家的人都读书不多，现在有个教师先生我很高兴，你一定要忠诚党的教育事业。"女儿原本并不喜欢教师这个职业，但在父亲的鼓励下，她还是安下心来工作，尽管后来有多次跳槽、转行的机会，她都放弃了，初心从未动摇过。之后，她就一直在广州市的一所小学里，从一名普通教师干到学校的校长直至退休。

王占鳌没有被眼前的折磨所打倒。他在干校里积极参加劳动和改造，接受贫下中农的再教育，直至1971年被批准回城。

四、干到死的"老黄牛"

1971 年，不少老干部开始逐步恢复工作。王占鳌因为年纪问题也被批准回城了。回到家后，他想的事就是何时能恢复工作，再为党为人民多做点工作。于是，他主动出击，天天去找"军管会""革委会"，见人就说："我要工作！"甚至跑到革委会主任的家门口坐着等对方给安排工作。对方劝他说："老王啊，你都 67 岁了，干脆办理退休手续吧。"王占鳌说："我不退，我要工作，再等就真老了。"妻子也对丈夫说："退就退吧，免得以后再遭罪。"王占鳌坚定地说："我相信党，党也会相信我的忠诚。"

王占鳌历尽磨难，却始终改变不了他对党和人民的忠诚，他要继续为党工作。

上级见他如此执着，只好同意再给他重新安排工作。因他原工作单位广州市农委的主任位置已满员，组织上便把他安排到广州市水利局，后来又调他到园林局当局长、书记。他不论在哪个岗位工作，他都能做到始终如一，默默地做好本职工作。

同样恢复工作的省领导赵紫阳同志对王占鳌的工作十分关心。他对组织部门说："市农委安排不了老王，就调他到省农委吧。"王占鳌后来虽然没有去省农委，但他还是回到原单位广州市农委工作。就这样，他在这里一直干到 1981 年，直至 1982 年因病干不动为止，即他年满 78 岁时才正式办理离休手续，是一位真正的革命"老黄牛"。

第四节　山山水水总是情

一、助力建麻岗渡槽

　　王占鳌恢复名誉和工作后，曾两次重返电白。除了他对心目中的第二故乡的眷恋，更多的是对电白积蓄多年的那份真情。他助力为麻岗渡槽建设筹措资金一事，在省里被传为佳话。

　　1979 年，电白县委决定在麻岗河上修建麻岗渡槽，将热水水库的水引向东部沿海，解决树仔、电城、博贺等地的农田灌溉和农民生活用水问题。

　　工程开始动工了，但建设资金尚缺口 15 万元，一直没有落实到位，怎么办？工程指挥李川急得如热锅上的蚂蚁。

　　正当李川一筹莫展的时候，他想到了老领导王占鳌。于是决定前往广州拜访老书记碰碰运气，看看老书记有什么办法能解决这个问题。

　　李川风尘仆仆地来到广州市农委见到了老领导王占鳌。老书记听说县里要将热水水库的水引到东部沿海去非常高兴。

　　早在 1964 年 6 月，王占鳌调离电白前，他曾组织制定了《电白县沿海地区水利建设规划》，其中，就有把热水水库的水引向东边的树仔、电城和西边的旦场、陈村和南边的博贺等计划，但因他调离和"文革"爆发等原因没能实现，现在就要实施了，他怎能不高兴呢？

　　王占鳌对老部下李川说："我虽然离开电白多年了，但心里还老惦记着电白的水利事业。现在你们要在麻岗河上修建渡槽，我很高兴。你看，需要我帮什么忙吗？"

　　"现在最大的困难是资金问题，缺口很大。现在仅落实了 12 万元，尚缺 15 万元。"李川说，"王书记您能不能跟省领导说一下，给我们解决资金欠缺问题。"

"好。这条线是由副省长罗天分管的，我立即向他反映这个情况，请他帮忙解决资金缺口问题。"

李川说："多谢多谢！麻烦老领导费心了。"

王占鳌当即打电话向副省长罗天汇报了电白县修建麻岗河渡槽的相关情况，请他想办法给予解决 15 万元资金缺口问题。

罗天说："老王呀，你人都不在电白了，为何心还想着电白啊！"

"罗副省长啊，电白的事我尚未做完呀，这也是我的一份责任，请您务必帮帮他们吧！"王占鳌恳切地说，"这也算是您帮我的忙嘛。"

"好吧，我想想办法。"

"我替电白人民谢谢您。"

"不用谢。"罗天说，"这也是你帮我的忙嘛。"

"此话怎讲？"王占鳌不明其意。

罗天说："因为电白是广东的，你帮了电白的忙，不也是帮了我的忙吗？"

"哈哈……"俩人都在电话里头哈哈大笑起来。

就这样，在罗天、王占鳌的热心帮助下，麻岗渡槽的建设资金全部落实到位了。

有了建设资金，麻岗渡槽的建设工工程开工了，大伙儿干得热火朝天。不久，就吸引了 20 多个省区水利参观团前来工地参观学习，李川等人忙得应接不暇。

为何麻岗渡槽值得省内外人士千里迢迢前来参观学习呢？

该渡槽是由水利工程师王圳芳、李延俩人共同设计的，全长 700 米，双曲拱，无钢筋，设计有给水秒流量和排水秒流量各一个，工程费预算

27万元。这种无钢筋、双曲拱设计是很先进的，既经济又美观。特别是在当时钢材紧缺的情况下，它对水利、公路拱桥（槽）的建设设计具有重要的借鉴作用。因此，才会引得各地同行前来参观学习。

有一天，来了一个新会县（今江门市新会区）的参观团，带队的是该县县委王副书记。他说，早年曾来过电白参观过造林绿化，还同原县委书记王占鳌见过面。这次，是副省长罗天介绍他们过来取经的，新会县也计划建一座与麻岗渡槽一样流量和跨度的渡槽。

李川等人听说是罗天副省长介绍来的，又认识老书记王占鳌，便特别热情地接待了他们，详细介绍渡槽的设计、建设情况，并把一份图纸送给他们。

"多谢，多谢！"王副书记非常感动，再三表示谢意。

李川说："不用谢，我们这渡槽，没有罗副省长和王占鳌书记的支持和帮助，是建不起来的，如果说要感谢，我们都感谢他们吧！"

麻岗渡槽顺利建成了。它不仅是一项重要的水利工程项目，而且是一道美丽的风景线，它像一条彩虹，给当地增添了一处人工景观，人们路过此地总会驻足观赏。电白县水利局后来将它的英姿拍成照片，收入

▲ 坐落于电白麻岗河上的麻岗渡槽

《电白县水利志》一书，让更多的人能够一睹它的芳容。

李川及时向王占鳌汇报了麻岗渡槽胜利建成通水的喜讯。王占鳌高兴地说："我一定要回电白看看，第一站就去看麻岗渡槽。"

二、两次回来看电白

王占鳌人在广州工作，心里仍然牵挂着电白。每当电白有人去看望他时，他总是关心询问电白的经济社会发展情况。

自 1964 年 7 月调离电白后，除 1967 年 3—7 月被电白一中红卫兵押解回来批斗外，他没回过电白一次。

1971 年，王占鳌终于从干校"解放"回城。回到广州没几天，他就心急火燎地要重回电白看一看，感谢最困难的时候帮助过他的几个恩人。但因为工作还没有落实，所以也就没有成行。

一直到 1976 年，王占鳌终于抽出时间了，回到了魂牵梦萦的第二故乡——电白。

王占鳌是性情中人，他回到电白后，首先要探望的是他在"文革"受磨难时出手救过他的恩人。

他来到电白一中饭堂，看到总务蔡锦玉时，远远就飞奔过去，紧紧抱住蔡锦玉，像久别重逢的情人一样，吻了左脸又吻右脸，久久不放手，他激动得流下热泪，说道："谢谢你！在我最难的时候，你帮助我渡过了难关，谢谢你！谢谢你！"

蔡锦玉说："王书记不用谢……不用谢，这是我应该做的。您是革命前辈，电白人民的好书记，为改变电白的落后面貌立了大功劳，我们应该受恩莫忘。在您困难的时候，我们做点力所能及的事，是不足挂齿的，应该是施惠莫念。"

受恩莫忘，施惠莫念。这是多么平实美好的语言，多么高尚的精神境界啊！

因为有许许多多这么高尚精神境界的人，在明里、暗里帮助王占鳌，才使他得以渡过了"文革"的磨难，所以他对当时那种环境下帮助过他的恩人，心里一直感念。

"饭堂炊事员谢庆荣同志呢？快叫他出来见我。"王占鳌清楚地记得当时的厨师谢庆荣给他饭里暗藏鱼肉猪肉及用猪肉汤冒充开水的情景，所以他一时没有见到老谢，连忙急切地大喊。

蔡锦玉连忙说："王书记，谢庆荣同志已经不在四五年了。他是1972年8月病逝的。"

王占鳌听到这个消息，深感难过，一时控制不住，居然当着众人的面失声痛哭……

探望完恩人，王占鳌紧接着就赶去看望他的老同事老部下了。当他得知他的秘书梁振元正在沙院公社任党委书记时，便兴冲冲地决定赶赴沙院，他要第一时间见到梁振元。

王占鳌在水东镇镇长吴瑞兰及李清、李稚等同志的陪同下，来到沙院公社大院，刚停下车，他就迫不及待地大喊："小梁！小梁！"

梁振元在办公

▲1976年，王占鳌（前排左三）重返电白看望曾经的同事故友。这是他到沙院公社探望党委书记梁振元（前排左二）时在公社大门口留影。左四为全国爱国卫生模范、时任水东镇委副书记、镇长吴瑞兰（后任水东镇委书记）

▲1976年，王占鳌（前中）重返电白，与昔日的同事故友登上虎头山望海亭眺望生机勃勃的南海林带

▲1976年，王占鳌（前排中）与昔日的同事故友在虎头山望海亭留影

室里听到熟悉的叫喊声，连忙冲出办公室。

王占鳌上前紧紧地握着梁振元的手，说："小梁呀，我是专程前来看望你的！"说着，他就叫人拿来相机，要同大家一起合影留念。

之后，他又带领几个同事故友来到南海虎头山，爬上他当年亲手建设的望海亭，远眺他当年指挥营造的南海林带，并留下了一张珍贵的照片。

这次的电白之行，王占鳌一路走一路看，他看到电白的变化和昔日的同事故友，感慨良多。他激动地对大家表示：等到他正式离休后，一定会再多回来几趟看看。

王占鳌没有食言。1982年9月，他正式办理离休手续后，第二次重返电白。他要践行上一次许

▲1982年秋，王占鳌（后排右三）与昔日的同事故友在海边留影

下的承诺：回来多看看他在电白奋斗过的山山水水和与他一起共同奋斗的老同事老部下。

他首先去看了麻岗渡槽，接着去看了东部河角水库、北部罗坑水库。在这里，他深情回忆起当年成千上万民工不怕劳苦、忍饥挨饿兴修水利的情景，激动得手舞足蹈。他又来到了西南部的虎头山，面对波浪滔滔的南海和绿浪滚滚的百里防护林带，仿佛当年造林绿化的宏大场面就在眼前。他感

▲1982年秋，王占鳌（前排中）与昔日的同事故友在龙头山绿海亭上留影

慨万分，以大海和林带为背景，让陪同的同志给他照了张单人照，又和同志们一起合影留念。

电白的山山水水到处都有王占鳌的足迹，电白的人民都是王占鳌的好朋友。当人们听说"王书记回来了"时，从机关到工厂，从沿海到平原和山区，来看望他的干部、工人、农民络绎不绝。他下榻的县委第一招待所甚至比过"年例"还热闹。县委一位领导干部深有感慨地说："王书记真是一位优秀的领导干部，不但在职时受到干部群众的拥护，就是他离开这块地方多年后，仍然受到广大干部群众的爱戴。"

王占鳌向前来看望他的人问好、致谢，并将他们提出的问题向县委领导转达。

县机关干部杨乃干曾受过错误处理，王占鳌曾在不同时间和场合多次给县领导反映过，要适当处理，但仍未解决。这次，王占鳌来电白后，还记住此事，特地找县委常委、组织部部长孙来秀到第一招待所，专门讲了对杨乃干一事的处理意见。

王占鳌说，对杨乃干的处理有错误，应该纠正。有错必改是党的一贯作风。改正了错误，并不影响党的威信，而是提高党的威信。一个人被组织处理错了，心情是很痛苦的，会影响他的思想、工作、生活、家庭，对党、对个人都不利……

孙来秀不停地回答"是……是……"，并表示一定向县委汇报，抓紧处理好此事。

王占鳌叫人通知杨乃干到县招待所来，与他推心置腹地谈心，告诉他组织上会正确处理好他的问题，鼓励他好好学习、工作和生活。

推心置腹的谈话，让杨乃干感动得热泪盈眶。

不久，杨乃干的问题得以纠正。

王占鳌的第二次重返电白之行，办了很多实事，看望了很多老同事。

为了看望已调往吴川、湛江的老同事，他不顾疲劳，驱车前往。

一路上，他多次讲到欧学明。他当县委书记时，欧学明任县长，俩人曾携手创造了闻名全国的广东省"五好县"的荣誉。他说："老欧是知识分子，我是大老粗，但我们工作配合得很好。"

在吴川，王占鳌为了见到已上北京开会的原电白县委副书记阎富有，不惜在当地等了好几天。

王占鳌对同志的那份真挚感情，使陪同他的人员深受感动。

谁能想到，这第二次的重返电白之行，却成了王占鳌留给电白人民永远的绝唱……

第五节　魂归北国情未了

1984年春，80岁高龄的王占鳌因患脑出血住进了医院。虽然没有生命危险，但说话已不太清楚了。

中共电白县委得知情况后，便委派县委副书记、县政协主席崔文明前往广州看望。崔文明说："县委派我专程来看望您，现任县委书记陈大勋和其他领导都嘱咐我代他们向您老问好，并祝您老早日恢复健康！"

王占鳌很感动，流着热泪说道："谢谢！谢谢大家！""等我病好后，要再回电白看看。"……

电白人民牵挂着老书记王占鳌的病情，不少干部群众自发到广州看望他。当年的老同事、老部下梁振元、丁镇泰、陈振威、梁以群等人都多次前往广州，到他家里去探望。

他们每次来，谈起当年的一些人和事时，王占鳌总是忍不住掉泪。每当遇到这种情况时，爱人高水珍即倚过身来，一边帮他抹眼泪，一边心疼地说："你呀，人家隔几天没来，你就唠唠叨叨地念着想人家来，人家来了你便哭，叫人家怎么敢多来啊！"王占鳌听了闪着泪珠笑着说："人老了，不同年轻时了，一激动就要掉泪，想忍也忍不住。"……

1984年冬，崔文明再次去广州看望王占鳌时，他说："我有一个小小的请求，不知道电白方面同不同意？等我走后，我希望组织上批准，把我埋在罗坑水库的一座山岗上。"

罗坑水库是王占鳌组织指挥修建的。他熟悉这里的山山水水、一草一木，这里环境幽静、风光旖旎，是个好去处。他早就把电白作为他的第二故乡了。

不久，中共电白县委经过慎重考虑和研究，决定同意王占鳌去世后安葬在罗坑水库山岭上的请求。

1985年3月，崔文明再一次来到广州，把县委通过他请求的意见传达给了老书记王占鳌。

这时老人家的病情越来越重了，他已不能说话了。

老伴高水珍告诉崔文明说，山西方面欢迎老王回老家养病，广州市委已拨款在其大女儿王桃英所在的榆次市干休所为他们安排了房子，正准备搬回山西去养老，老王有关身后事的请求应该无法实施了。

是啊，王占鳌千里迢迢回到山西榆次去养老，他老人家想第三次踏足电白的心愿看来再也无法实现了；还有他希望去世后葬身罗坑水库山岗上的愿望也就更难实现了。

随着王占鳌北归山西老家，他一生的心愿和对第二故乡电白的一腔深情与眷恋，都因为病魔的折磨而消失在不尽的遗憾中……

春蚕到死丝方尽，蜡炬成灰泪始干。

王占鳌住进榆次干部休养所才一个多月，老两口都双双病倒了。其时正好学校放暑假，王改英便带着孩子回到父母身边，在榆次干休所整整陪伴父母40多天。假期结束，王改英对父母亲说："您俩一定好好保重身体，等明年暑假我再回来陪伴你们。或者您老两口还是回广州一起生活吧。"王占鳌听了点头微笑。可第二年还没等到学校放暑假，王占鳌却突发重病，等王改英接到姐姐王桃英的电报坐火车赶回到老家，却没能见上王占鳌最后一面，这成了王改英终生的遗憾。

1986年6月29日，电白人民心中的好书记王占鳌因病在山西榆次市与世长辞，享年82岁。

噩耗传到广东，王占鳌原工作单位广州市农委专门派出两人远赴山西榆次殡仪馆吊唁，并送去丧金、挽联、花圈，对老领导的逝世深表哀悼，对其家属表示深切的慰问！

在湛江市，王占鳌原在该市工作过的单位，也纷纷给老领导王占鳌的亲属发去唁电，对老领导的逝世表示深深的哀悼！

在电白，曾经的老同事、老部下均以各种方式吊唁他们心中的好书记。各界干部群众泪洒衣襟，默默为老书记致哀。

因为路途遥远等原因，中共电白县委、县人民政府没有派出人员前往山西参加追悼会，但给老书记王占鳌的亲属转去丧金，并委托相关方面协助送去挽联和花圈，对老书记王占鳌的逝世深表哀悼！

DI BA ZHANG

第八章

丰碑永立民心中

第一节　干部楷模永铭记

电白人民心目中的好书记王占鳌逝世，是电白人民的重大损失。他的优良品质与他为电白人民立下的丰功伟绩，电白人民永远不会忘记。电白人民每当看到一座座壮丽的水库、拦河坝和海堤；看到一条条淙淙流水的排灌渠、渡槽；看到宽阔的公路、美丽的东湖西湖和凉亭，还有沿海的"绿色长城"、小良的"花果山"……第一时间就会想到老书记王占鳌，感念王占鳌倾注在这里的毕生心血。

今天，虽然斯人已去、物是人非，但老书记王占鳌留下的宝贵物质和精神财富永在，为广大党员干部树立起的榜样楷模精神永存。

一、至死不忘战友情

老革命魏名扬是王占鳌的领路人和入党介绍人。自王占鳌 1952 年南下电白后，俩人一别就是 10 年整。

1962 年，魏名扬离休后，想起了自己的那些生死相交的战友，于是从山西太原给王占鳌寄来一封信。信上说："兰成兄弟，自从你南下后，我们没有机会再见过一次面，甚是想念。现我退休了，你还在位，还有时间为党、为人民出力，望你好好干……"

这一封远方来信，一下子就激起了王占鳌内心中的愧疚，王占鳌知道，只有老战友魏名扬还记得他的原名，而自己因为工作繁忙，连和老领导老战友间的相互问候都忽略了，真是对不起啊！

魏名扬的信让王占鳌回忆起了当年入党时的情景，想起了抗租的斗争，想起了反"扫荡"的战斗，想起了一幕幕血与火的战斗路程。他情不自禁地流下了热泪，对身边的工作人员说："老魏比我小两岁，但我一直尊他为大哥，因为他是我革命的引路人和入党介绍人。要不是共产党指引我走上革命的道路，要不是毛主席领导我们翻身得解放，哪有我们今天啊！"

王占鳌当即一边流泪一边给老魏写回信："魏大哥，近来一切可好？我现在千里之外的南方，不能照顾您老人家，真是惭愧啊。但我王兰成决不是忘恩负义之辈，我们俩永远是好兄弟和肝胆相照的好战友。等我有机会回山西，我一定去看望您老人家。今后，我一定会努力做好革命工作，活到老干到老，用我的一生来报答您和党的恩情……"

1964 年 7 月，王占鳌调往广州工作之前，曾举家回过山西一趟，并专程探望了魏名扬。1975 年，王占鳌恢复工作后，有一次到昔阳大寨参观，兄弟俩相约又见上了一面。

1976 年，魏名扬身体尚好，便约上几个战友，决定共同南下。他们一行先到武汉，正当准备前往广州与王占鳌等一聚时，因家里变故，只能返回山西。这成了魏名扬一生的憾事。1985 年，王占鳌回山西养老时，魏名扬因身体欠佳，已经无法前来探望老战友了。王占鳌逝世时，魏名扬也只能派儿子儿媳代他送老战友最后一程。1994 年 6 月 8 日，魏名扬，这位威震太行的抗日英雄与世长辞，享年 88 岁。

二、关心年轻人成长

当年，县委办的汪演强、李本镐是跟随在王占鳌身边工作的，他们俩的入党问题却迟迟没能解决。1956 年 6 月，王占鳌暂时调离电白到湛江边防任职，在面对送行的人们时他说："我还有一件心事，就是汪仔和小李的入党问题，他俩是从校门出来的知识分子，在机关工作踏实，表现不错，希望党组织加强对他们的培养。"等到王占鳌第二年再回电白县继续担任县委第一书记时，汪、李二人都顺利入了党、提了干。后来，他们都事业有成。汪演强是电白县委常委、县委办公室主任；李本镐是电白县政协副主席。他们直至退休后，都念念不忘老书记王占鳌对他们年轻一代成长的无限关怀。

三、牵挂水库迁安户

修建电白县罗坑水库时，需要搬迁50多个村庄、500多户人家、2000多人。他们中几百人搬迁到水库下游的竹根村，另有1000多人搬进了更高的山区甘坑、万坑一带的山顶或山腰。恰是这些搬迁户的理解和支持，让原计划需两年时间建成的罗坑水库，仅仅半年就胜利竣工了。

作为穷苦人出身的王占鳌，深知背井离乡、举家搬迁的不易，尤其是那些搬迁到条件更恶劣的山区的迁安户。每每想到这些的时候王占鳌都深为这些迁安户的付出而感到心情沉重。因工作繁忙，他安排工作人员李应超代表他去了解一下搬迁户的情况。李应超回来汇报后，王占鳌说："我必须亲自上山去看看，不看一眼我不放心。"迁安户所在地山路崎岖，不通汽车，年轻人走一趟都觉得很难。王占鳌意志非常坚定，他花了三个多小时，终于艰难地爬到了迁安户所在的山顶住处。众迁安户社员见到县委书记来了都非常感激，一起围拢过来。一老汉说："这荒山野岭，过去是土匪出没的地方，从没有县太爷来过。如今县委书记的到来，真是破天荒第一回！"王占鳌听了哈哈大笑。他主动与大家一起拉家常，嘘寒问暖，吃的住的、孩子上学、赶集买卖等等都一一问得很细，群众很认真地作了回答。王占鳌说，目前的困难是暂时的，只要大家努力搞好生产，日子会好起来的。迁安户们对王占鳌的关心深表谢意，端茶倒水，一再挽留。直至晚上 9 时多王占鳌才走下山。

四、节俭的占鳌菜谱

邓灌民是跟随王占鳌下乡较多的工作人员。他每次跟王占鳌下乡，吃饭都是固定的"三菜一汤"。当时王占鳌到坡心公社蹲点比较多，公社领导考虑到王占鳌年纪大了，就想给他改善一下伙食，于是便特别吩咐炊事员偷偷给王占鳌加点好菜。饭菜端上来，王占鳌立即不高兴了。他说：

▲ "占鳌菜谱"三菜一汤样式

"你们的盛情我心领了，我们作为共产党的领导干部，绝不能搞任何特殊。"在王占鳌的坚持下，炊事员只好把为他特意做的菜撤走。从此，凡王占鳌下乡吃饭，就形成了一个不成文的"占鳌菜谱"：青菜、丝粉、豆腐加蛋汤，也就是所谓的"三菜一汤"。

第二节 高风亮节树风范

斯人已逝，风范长存。

老书记王占鳌逝世后，曾跟随在他身边工作过的同志，回忆起老书记王占鳌的一言一行、一点一滴都会喉咙哽咽、难以自抑。阳江市委原书记梁振元，原电白县县长欧学明，原电白县人大常委会主任蔡智文，原电白县政协主席崔文明，以及赵剑平、汪演强、李应超、李本镐、李川、李应钦、丁镇泰、郭瑞璋、黄崇干、陈振威、邓灌民、伍时芳、陈仲三、车凡等老同志，都曾撰写过许多回忆老领导王占鳌的文章，他们一致认为：王占鳌是一位难得的好班长，是老百姓心目中永远的好书记！

忠心耿耿、艰苦朴素的带头人。王占鳌一贯对党的事业忠心耿耿，他廉洁奉公、公而忘私，时时深入实际，处处以身作则，用自己艰苦朴素的模范行为来引导人、鼓舞人。当年在造林绿化和水利建设的关键时刻，他把握住航向，又带头参加工作和劳动。当年罗坑水库主坝堵口时，他亲自带领民工跳入齐腰深的水中，连续奋战 24 小时，对工地干部民工起了巨大的鼓舞作用。

虚心求教、胸怀坦荡的好班长。王占鳌知道自己文化程度不高，但始终坚持学习、虚心求教，学以致用。他善于听取别人的不同意见，做到集思广益，又善于用人所长，充分发挥每个人的特长，调动他们工作的积极性，为人处世更是胸怀坦荡，从不诿过于人。

善于总结、尊重群众的领头人。王占鳌善于运用"从群众中来，到群众中去"的工作方法。他经常深入农村、工地，摸索经验，发现典型，总结推广。造林绿化抓博贺、大陂，水利建设抓黄沙、罗坑，农业生产也树立了几个典型，借以推广全面。他还十分尊重人民群众的创造，在任职 10 多年间，主持召开了 6 次劳模会议，宣扬人民群众的功绩和经验。

相信科学、尊重人才的掌舵者。王占鳌对技术干部，从不仅仅看对方出身、成分的纯洁，而只要对方历史清楚，有真才实学，表现突出的，他就敢于大胆使用。使之有职有权，发挥专长，为建设电白服务。如对黄履茂、丁镇泰、崔法天、陈华昌、邓湖秋、周家矩等一批知识分子，他都大胆任用，充分发挥他们的积极性，使他们在各条战线上为电白建功立业。

热情好客、结交知音的好同志。王占鳌一贯热情好客，尤其对外来的专家、学者、文化人更是喜爱有加。曾在《羊城暗哨》中饰演侦察员的冯哲，来电白采写大榜渔民反特斗争的英雄事迹时，王占鳌就派黄崇干和王业余二人专职接待了冯哲一段时间。这位惯于他乡作客的漂泊

▲ 1975 年 12 月，王占鳌（右）与作家、电影编剧赵明（反特电影《南海的早晨》编剧）在广州从化温泉疗养院留影

者，深受感动地说："王占鳌这样的县委书记真难得呀！在他的领地里工作，我十分快活。"王占鳌任职电白期间，全国知名人士邵宇、黄谷柳、赵明和人民日报社的汪振华、王越，南方日报社的曾惠存、陈树生、陈若平等老一辈新闻界人士，都与王占鳌有着密切的交往，建立了极为深厚的革命同志情谊。

为人低调、广交朋友的好作风。王占鳌身为县委书记，从不居功自傲，从不高高在上。他无论对上级领导或广大群众，都是一样的对待。

在他经常蹲点的坡心公社坡心生产队，有一位生产队长名叫林维安，是一位出身贫苦、多才多艺、对农业生产有比较独到钻研的农民。王占鳌在接触过程中发现，林维安管理着全队 300 多人，却管理得井井有条，且生产年年获得增产增收。因而王占鳌非常看重他，俩人很快就成了无所不谈的知心朋友，还一起在生产队门口的大田垌合办一个丰产片，搞得非常成功。早晚两造水稻都获得大丰收，每亩比上一年增产 215 斤。1958 年 11 月 9 日，广东省新闻纪录电影制片厂拍摄坡心丰产垌丰收景象，王占鳌、李秀英、林维安和许多农民兄弟被摄入镜头，大大火了一把。

知错即改、主动担责的好领导。王占鳌在下乡蹲点办试验田时，曾受新闻媒介吹嘘的所谓"万斤亩"的影响，指示农科人员也搞个试验来试一试。于是，农科人员一时心血来潮，将 4 亩水稻合并作 1 亩，挂上"王书记试验田"，以示高产放"卫星"。结果惨遭失败，王占鳌对此非常难过，主动承担工作失误的责任。他一面向生产队长和社员表示道歉，一面想办法赔偿损失。王占鳌对农民社员负责到底的可贵精神令老百姓深受感动。

▲ 当年被广泛宣传的稻穗能托起一名小姑娘的放"卫星"照片

为人高尚、先人后己的老前辈。王占鳌品格高尚、清正廉洁，体恤干部，体现其了不起的人格魅力。20 世纪 60 年代初，根据规定，王占鳌有一次提级调资的机会，大家都公认王占鳌工作出色，应该给他晋升一级。可他居然把这个机会让给了一位姓孙的县委副书记。他说："孙书记家里孩子多，经济上比我困难，工作也干得不错，我等下次吧。"

这一等就是 10 多年后的 1976 年。王占鳌在广州市农委工作期间，好不容易有了一次调级的机会，大家也想让王占鳌这位老革命同志提上一级。可 10 多年的积压，新调上来的干部多，调资的比例又少，主管干部都快愁死了。当他看到那么多的干部都在眼巴巴地盼望着调资时，他又主动表态："这回我还是算了，把我的指标让给他人吧。"结果一直到他离休时，工资才按上面政策给套涨上的。

心胸宽广、忘人之过的好书记。王占鳌一生光明磊落，只会记人之功，从不记恨他人。上面提到，王占鳌在调资时曾把自己的指标主动让给了县委孙副书记。可在"文革"期间，此人为了自保，竟在造反派的威迫下写了王占鳌的"黑材料"。"文革"后，一次孙某来广州开会，打电话给王占鳌说想见见他。妻子高水珍一听是孙某，当即火冒三丈，说："我们家不欢迎这个没良心的家伙。"王占鳌却说："别记恨他了，今天他能上门，就是知错了。过去他对电白的建设还是做了不少贡献的。"而后，王占鳌热情地把孙某迎到家里来，并设宴款待。席间，孙某流着眼泪向王占鳌认错，他恳求给予原谅。大度的王占鳌还没等他说完就说："你放心，我不记恨你，欢迎你今后常来做客。"

另一位姓杨的青年干部，曾是造反派头目，对王占鳌这位"陶铸死党"多次组织批斗，带人抄了王家，还把王占鳌关押在机关一间黑屋里，天天逼着他写交代材料。王改英给父亲送去 2 毛多钱一包的飞马烟，这家伙却给换成了 1 毛多的百雀、大钟之类的廉价烟给王占鳌。王改英和高水珍都非常讨厌这个人。"文革"后，王占鳌回到了广州市农委工作，仍是他的上级。当这位干部被纳入提处长的名单时，不少领导对他当年的"整人"行为都愤愤不平，一致反对提拔他。在党委会讨论时，不少同志仍然提出反对意见。组织上非常重视老前辈的意见，征询王占鳌意见时，他说："小杨是大学生，文化高，有一定的工作能力，只要改正了自己的缺点，还是一位好同志，我个人同意他提干。"后来杨某顺利晋升为处长。后来王占鳌生病时，杨某曾来到王占鳌的病榻前痛哭流涕忏悔赎罪，还多次前来探望并到处为王占鳌寻医问药，视王占鳌为他一生的知己。

王占鳌心胸广阔、高风亮节的人格魅力，一直为人们所称颂。

第三节 一座丰碑占鳌亭

王占鳌生前一直把电白当作他的第二故乡，他对电白有着极深厚的感情。他有病在身期间，曾几次向中共电白县委提出他去世后要安葬在罗坑水库山岗上的愿望，且县委还专门召开常委会议通过了这一请求。但因为山西方面提出让他

▲ 山西太原双塔寺革命公墓一角

回去老家养老，且广州市还拨出专款为他大女儿王桃英所在的工作单位山西榆次安置了房子。有病在身行动不便且说话不清的他不得不回到老家山西去安度晚年。谁都没有想到，他回到山西榆次不久，也就是仅仅一年零三个月的时间，王占鳌便驾鹤西去了。

王占鳌的遗体在榆次市殡仪馆火化后，其骨灰开始时安放在山西省太原市双塔寺革命公墓里。他生前要求将遗体埋葬在罗坑水库山岗上的愿望也就永远无法实现了。

但电白人民并没有忘却老书记王占鳌的心愿。既然老书记的骨灰无法埋在罗坑水库的山岗上，那就在这里为他修建一座纪念亭吧。

1991年，曾与老书记王占鳌共过事的电白老革命、茂名市水利局原局长王克，向中共电白县委、县人民政府提出建议，在罗坑水库边上为老书记王占鳌修建一座纪念亭。不久，县委、县政府研究决定，同意王克提出的建亭方案，并拨款修建了一座"占鳌亭"。

占鳌亭建成后，中共电白县委、县人民政府专门举行了隆重的落成

仪式。县委、县人大、县政府、县政协、县纪
委五套班子成员以及各镇、各单位主要负责人、
当地部分师生及干部群众前来参加活动。

占鳌亭屹立在罗坑水库的青山之巅、绿水
之旁，山上的林涛、山下的水浪日夜为电白人
民的这座丰碑亭歌唱。亭里没有碑文，只有"占
鳌亭"三个大字，但它却永远矗立在电白人民
心中。

▲ 王占鳌遗像

每一年春暖花开的日子，电白许许多多干部群众都怀着崇敬的心情，
前来罗坑水库这座山岗瞻仰、缅怀王占鳌，悼念他们心中永远的好书记。
特别是一些跟随过王占鳌并曾经一起共事的老领导，还写下了一首首发

▼ 矗立在罗坑水库山上的占鳌亭

自肺腑的感人诗篇，歌颂他们心中这座永远的丰碑。

1993 年春，电白县原县委副书记、政协主席崔文明一行前来瞻仰占鳌亭并亲笔作诗：

> 奉公廉洁体民情，改造山河水利兴。
> 政绩辉煌功在众，黎元千载仰英明。

1993 年夏，电白县人大常委会原副主任李应钦一行前来瞻仰占鳌亭并亲笔作诗：

> 库坝岭上占鳌亭，绿水青山悼斯人。
> 为民艰辛创伟业，世代敬仰垂千秋。

1993 年秋，电白县人大常委会原副主任丁镇泰一行前来瞻仰占鳌亭并亲笔作诗：

> 王公好书记，实干不喧哗。
> 莅电十三载，清廉堪可夸。
> 辛勤俭建设，五好党令嘉。
> 众口齐声颂，人民好管家。
> 潺潺银光泻，大地放彩霞。
> 占鳌仝大坝，笑看绿城花。

1997 年春，电白县原县长欧学明一行前来瞻仰占鳌亭并亲笔题诗：

默念亭前想故贤，生平志在改山川。

亿方水库掀波浪，万顷田畴纳涌泉。

昔日风沙多旱岁，从今林带保丰年。

战天斗地同甘苦，五好辉煌奏凯旋。

……

1997年，王占鳌的亲密战友、爱人高水珍与世长辞。三年后，王占鳌的亲属决定将他们夫妻俩的骨灰运回老家武乡县小活庄合葬于王家祖坟。至此，一代老革命、优秀县委书记王占鳌落叶归根了。

多年来，电白人民对老书记王占鳌的怀念一直也没有停止过。

1999年，在庆祝国庆和电白解放五十周年前夕，由中共电白县委、县人民政府主编的《人民心中的丰碑王占鳌》一书，由广东人民出版社出版并公开发行，号召全县人民学习伟大的县委书记王占鳌。

2009年春，坐落在电白县中小学教育基地的"电白县廉政文化教育馆"宣告落成，为让后人永远铭记一生清正廉洁、艰苦奋斗的老书记王占鳌，在该馆的正中央竖起了一座高大的王占鳌铜像，每年前来瞻仰缅怀的各地参观者络绎不绝。

2014年，电白县正式撤县建区，成为茂名市区的一部分。建区后的电白，也没有忘记老书记王占鳌为

▲1999年出版的《人民心中的丰碑王占鳌》一书封面

电白人民立下的丰功伟绩。

2017年春，中共茂名市电白区委、区人民政府决定，要在当年由老书记王占鳌亲手建起的西湖公园西北角，矗立一座高大的王占鳌立姿铜像，以供电白子孙后代永远瞻仰和缅怀。之后，电白乡贤、广州恒鑫地产集团总裁、广东恒鑫书画院院长杨振鑫当即向区委、区政府表示，他个人将全额捐资制作老书记王占鳌铜雕塑像的全部经费。在社会各界人士的大力支持下，由广州美术学院教授、著名雕塑家曹崇恩设计、雕塑和由电白籍著名书画家陈光宗亲笔题字的王占鳌铜像正式落成。这座王占鳌全身立姿铜雕像总

▲ 2017年春，王改英（中）与著名雕塑家曹崇恩（右）、电白区委原宣传部副部长黄增期在一起讨论创作王占鳌铜像

▲ 2017年春，为筹集资金建好王占鳌铜像，广州恒鑫地产集团董事局主席杨秋（左一）、公司总裁、广东恒鑫书画院院长杨振鑫（右二）和电白区领导黄小猛（右一）、陆小莉（左二）在广州启动书画义卖活动仪式

▲ 2017 年"七一",王占鳌小女儿王改英在出席父亲铜像落成剪彩仪式上致辞

高 3.3 米,前宽 2.2 米,侧宽 1.3 米,于"七一"前夕建成揭幕,成为全区开展爱国主义教育的又一好去处。

第四节　继承遗志创伟业

历史的车轮滚滚向前，时代的脚步永不停歇。

一代人有一代人的使命，一代人有一代人的担当。

在电白这片广袤的土地上，因为有了优秀县委书记王占鳌的好榜样，总有一股无形的力量在助推每一任县委书记的责任担当。他们接过老书记王占鳌的接力棒，沿着王占鳌走过的足迹，带领着勤劳勇敢的电白人民不畏艰辛、砥砺前行……

王占鳌调离电白不久，发生了全国性的十年动乱。其间，电白经历了陈华荣、魏润保、鞠荣章、赵守桐4位县委书记。在那动荡的岁月，经济几乎是停滞不前。从以下的数据可见一斑：

1978年，全县地区生产总值仅2.72亿元，其中，第一产业增加值1.88亿元，占比69.1%；第二、第三产业增加值分别为0.4亿元和0.44亿元，占比分别为14.7%和16.2%；人均地区生产总值275元；固定资产投资0.22亿元；社会消费品零售总额1.06亿元；财政预算收入仅0.21亿元。全县全年金融存款仅0.13亿元，城乡居民储蓄存款仅0.06亿元。全县职工工资水平很低，月均工资45.75元，年均工资549元。人民的生活仅仅是解决了温饱问题，日子过得紧巴巴。

1979年起，随着全国深入贯彻党的十一届三中全会精神，确立了以经济建设为中心的基本国策，全面开启了建设中国特色社会主义道路的探索。从这一时期起至2014年电白撤县并区的35年间，电白县又经历了宋来春、陈大勋、邱国钦、许光辉、练有月、李喜气、潘本多位县委书记。这段时间，特别是在2012年党的十八大之后，在以习近平同志为核心的党中央坚强领导下，电白人民解放思想、实事求是、锐意进取，在改革开放和社会主义现代化建设新时期奋力推进改革发展。2012—2013 年这两年间，电白境内先后建立了三大经济功能区：广东茂名滨海新区（含茂名博贺湾海洋经济综合试验区）、茂名高新技术产业开发区、广东茂名水东湾新城，电白社会经济发展日新月异，发生了翻天覆地的变化。

2012 年，电白地区生产总值首次突破 300 亿元大关，达到 302.55 亿元，比 1978 年增长 111.2 倍，年均增长 14.5%。第二、第三产业得到前所未有的快速发展，经济结构逐步优化，第一产业增加值 92.27 亿元，第二产业增加值 162.98 亿元，第三产业增加值 179.36 亿元，三大产业占比由 1978 年的 69.1：14.7：16.2 优化为 21.2：37.5：41.3，第二产业占比提高 22.8 个百分点，第三产业占比提高 25.1 个百分点。人均地区生产总值 2.65 万元，年均增长 12.6%。社会消费品零售额达到 170.2 亿元，比 1978 年的 1.06 亿元增加 169.14 亿元，增长 158.6 倍，年均增长 16.1%。对外贸易迅速发展，实际利用外资增长。1981 年全县实际利用外资 15 万美元，1990 年 298 万美元，2000 年 2057 万美元，2012 年 3062 万美元，从 1981—2012 年实际利用外资年均增长 18.7%。全县金融机构存款余额 248.71 亿元，比 1978 年的 0.13 亿元增长 1856.5 倍，年均增长 24.8%；金融机构贷款余额 99.75 亿元，比 1978 年的 0.67 亿元增长 146.6 倍，年均增长 15.8%。地方公共财政预算收入 13.38 亿元，比 1978 年的 2136 万元增长 61.6 倍，年均增长 12.9%。固定资产投资逐年加大，2012 年全县固定资产投资 109.17 亿元，比 1978 年增长 505.4 倍，年均增长 19.7%。房地产行业崛起，2012 年房地产行业投资额达 29.93 亿元，1990—2012 年房地产开发投资年均增长 46.5%，是全县国民经济中发展最快的行业。全县城镇居民人均可支配收入 15054 元，农村居民人均纯收入 9491 元。

2014 年春，电白迎来了新的更大发展机遇。经国务院批准，原茂名

▲2014年4月18日，茂名市电白区正式挂牌成立

市茂港区和电白县合并设立茂名市电白区。

电白建区后，第一任区委书记由原茂名市委常委、常务副市长刘小涛担任；两年后的2016年6月，第二任区委书记由原茂名市委常委、市委组织部部长陈小锋担任；5年后的2020年9月，第三任区委书记由原电白区委副书记、区长谭剑锋升任。这三任电白区委书记不忘初心、牢记使命，树牢"四个意识"，坚定"四个自信"，做到"两个维护"，以舍我其谁的责任感、时不我待的紧迫感，团结带领电白人民继承和发扬老书记王占鳌伟大的战天斗地精神，顽强拼搏、昂首奋进新时代，全面贯彻落实新发展阶段、新发展理念、新发展格局和高质量发展的要求，紧紧围绕"建设成为粤西县域经济排头兵、湛茂阳临港经济圈核心区、特色优势产业集聚地，当好建设产业实力雄厚的现代化滨海城市、打造广东沿海经济带上的新增长极的主力军，加快建设宜居宜业宜游的山海好心之城"的发展定位，齐心协力抓党建、强治理、促发展、惠民生，聚焦交通基础设施建设、中心城区扩容提质、产业园区扩能增效、乡村振兴四大抓手发力，全区经济社会实现了跨越式发展。此时的电白，区

域经济实力夯实，基础设施日臻完善，交通网络内畅外联，城区面貌日新月异，乡村风景如诗如画，民生福祉更加殷实，宜居宜业宜游的山海好心之城已具规模，群众的幸福感、获得感、安全感不断增强，一个全新的美丽电白、活力电白正在崛起！

2014年，电白撤县建区后，地区生产总值飙升至500亿元大关，实现地区生产总值516.79亿元。

2017年，电白区仅用短短三年时间就迈进600亿元GDP俱乐部之列，实现地区生产总值613.69亿元。县域副中心在北部山区镇沙琅强势崛起；茂名万达广场进驻电白；茂名市中心医院、广州科学技术职业学院滨海校区、广东茂名健康职业学院、茂名职业技术学院、华南师范大学附属电白学校和附属滨海学校纷纷落户电白，填补了电白有史以来没有高等院校的空白。

▲广州科学技术职业学院滨海校区一角

▲ 水东湾九曲科普栈道

▲ 博贺湾大桥

　　2018年，水东湾红树林湿地成功入选"广东十佳观鸟胜地"；电白沉香、古荔贡园、浪漫海岸成功入选"茂名市十大文化名片"；沙琅镇荣获广东省十大明星小镇产业类明星小镇；罗坑镇获"广东省森林小镇"称号。创建全国文明城市、国家卫生城市取得突破性进展。

　　2019年，茂名市水东湾城区引罗供水工程建成通水，位于旦场镇并以老书记王占鳌名字命名的占鳌水厂正式开机制水。从此，电白沿海城乡可以饮用上罗坑水库清洁的环保水。同时，电白正式上榜"中国十大休闲县市"；林头镇槟榔村入选"全国乡村治理示范村"，旦场镇楼阁堂村入选"广东省乡村振兴示范村"；年末，连通博贺与电城的博贺湾大桥建成通车。

2020年，电白人民在区委书记谭剑锋的带领下，抓党建固基础、抓作风优环境、抓项目强产业、抓改革促创新、抓治理惠民生，统筹推进疫情防控和经济社会发展，不断提高生存力、竞争力、发展力、持续力，全区经济社会保持高质量发展。2020年地区生产总值673.67亿元，排名粤东西北74个县（市、区）第二。地方一般公共预算收入19.6亿元，排名粤东西北县（市、区）第一。第一产业增加值153.69亿元，增长4.8%；第二产业增加值211.33亿元，增长7%（工业增加值94.06亿元，增长8.4%）；第三产业增加值308.65亿元。固定资产投资增长13.6%。社会消费品零售总额268.4亿元。外贸出口额50.31万元，增长17.6%；实际利用外商直接投资338万美元，增长53.6%。居民人均可支配收入23912元，增长5.5%。获评2020年全国综合经济竞争力百强区（新城区）、全国"脱贫攻坚与乡村振兴有效衔接示范区"、广东省全域旅

▲ 绿城碧道

游示范区、省"四好农村路"示范区等荣誉称号。沙琅镇获"广东省卫生镇"称号；沙琅镇尚塘村获第六届"全国文明村镇"称号；观珠镇葛山村获广东乡村振兴大擂台"厕所革命优秀村（自荐类）"荣誉称号。

如今的电白，拥有洛湛、深茂、广茂、河茂、疏港、广湛等"四纵五横"的铁路网和两条国道 G228 线和 G325 线，其中，深茂铁路标志着电白进入动车时代，正在修建的时速 350 公里的广湛高铁，将进一步加快电白融入珠三角 2 小时经济圈、生活圈。还有沈海（G15）、包茂（G65）、汕湛（S14）及其支线（S61）等纵横交错的高速公路网，连通主城区的茂名大道、茂东快线、西部快线、包茂大道南、潘州大道、工业大道、工业大道南、中德大道、电白大道、迎宾大道、水东大道、海滨大道、凤凰大道、向洋大道、环市大道等快速干线，以及水东港区、

▲ 凤凰大道

▲ 水东湾跨海大桥

博贺新港区、博贺港区（渔港）吉达港区等茂名港四大港区及在吴川塘㙍修建的粤西（湛江）国际机场，使电白形成海、陆、空兼备的立体交通网络。

如今的电白，已是中国沉香之乡、中国建筑之乡、中国十大休闲县市、国家水利风景区、全国绿化先进区、全国农村综合实力百强区、全国荔枝种植连片面积最大区、全国水果总产值百强区、全国水产先进区、全国农村推广示范区；还是省龙舟之乡、省林业生态区、省水产品先进区、省现代农业科技示范区、省产油产粮产肉大区、省"双拥模范城（县）"（连续十届）、省优秀产业转移工业园区、省教育强区、省体育先进区、省十佳观鸟胜地、省全域旅游示范区、省"四好农村路示范县（区）"……

第五节 电海风来满眼春

奋斗百年路，启航新征程。

电白，是一片红色的热土。

电白，是全国 1599 个革命老区县之一。

电白人民具有光荣的革命传统。作为巾帼英雄冼太夫人的故里，电白历代子民继承了前辈冼太夫人爱国爱乡爱民的情怀，涌现了一代又一代、一批又一批可歌可泣的英雄人物。在革命战争年代到社会主义建设时期，电白牺牲的革命英烈多达 256 名。其中 1924—1937 年的大革命和土地革命战争时期，牺牲英烈 13 名；1937—1945 年全民族抗日战争时期，牺牲英烈 16 名；1945—1949 年解放战争时期，牺牲英烈 54 名；1949—2020 年社会主义建设时期，牺牲英烈 173 名。

习近平同志指出："一个有希望的民族不能没有英雄，一个有前途的国家不能没有先锋。"同理，一个崇尚英雄的地方，才有大发展的希望。

跨入 2021 年，以电白区委书记谭剑锋、区长黄东明为班长的领导集体，团结和带领近 200 万勤劳的电白人民，决心发扬老书记王占鳌的精神，接续奋斗，砥砺前行，以大手笔绘就出新时代新电白"产业强、生态美、百姓富、干劲足、事业兴"的新画卷：

产业强。全力打响"中国建筑之乡""中国沉香之乡"和山海电白的亮丽名片，重力打造五大千亿元级产业集群。一是以建筑企业总部基地和建筑绿色产业园为龙头，致力打造国家级"装配式"建筑产业小镇，与建筑产业总部"双轮驱动、齐头并进"，打造全链条高质量的电白建筑千亿元级产业集群。二是以广东省级沉香产业园和观珠、沙琅、马踏等沉香专业镇以及波顿香精香料产业为龙头，打造国际一流的香精香料研发生产中心，培育第二个千亿元级沉香与香精香料产业集群。三是借"南海旅游岛"建设，以滨海旅游公路为纽带，整合冼太文化故里旅游度假区、

▲ 电白区委书记谭剑锋（中）一行到省级沉香产业园瑜丰沉香产业有限公司调研

"南海旅游岛·中国第一滩"旅游度假区、放鸡岛海上娱乐世界旅游度假区、浪漫海岸旅游度假区、御水古温泉旅游度假区等 5 个国家级 AAAA 景区，推进浮山岭生态文化旅游景区、鹅凰小镇、御水古温泉小镇建设，建成滨海度假、冼太夫人文化体验、沉香温泉康养、田园休闲综合体、体育赛事等融合发展的大旅游产业，打造第三个千亿元级的文旅康养产业集群。四是着力打造港口物流、海洋渔业、食品加工、绿色化工和新能源等临港产业，支持冠利达、新洲海产、海宝罐头等企业延伸产业链，引导水产品加工企业向产业园区集中发展，让电白182公里长的"黄金岸线"产生"黄金效益"，打造第四个千亿元级的海洋产业集群。五是以建设

▼ 崛起的水东湾新城区

市荔枝优势产业园为抓手，加快建设省级农产品加工示范园和区域特色农产品示范园区，推动水东芥菜、圣女果、小耳花猪、优质水稻等特色品牌产业化，充实"菜篮子""果盘子""米袋子"。同时，发展电子商务、新能源、石化加工、风力发电、航空小镇等新兴产业，加快发展新兴产业，打造第五个千亿元级的特色产业和新兴产业集群。电白区委书记谭剑锋、区长黄东明表示，要在他们任内，实现电白跨入千亿 GDP 俱乐部行列！

生态美。全面打好污染防治攻坚战和蓝天碧水保卫战。全区 52 家加油站和 8 家储油库的油气回收治理设施已配套，新购进电动公交车 64 辆，空气质量达标率 97%，优良天数 354 天。3 个国考断面的水东河（关屋河）水质达到地表水 Ⅲ 类标准，寨头河水质达到地表水 Ⅳ 类标准，森高河截污断流成效显著，并通过国家强化督查考核。5 个市考断面罗坑水库、亭梓坝、秋花桥持续达标，那楼水库、三角圩水库全部达到或优于 Ⅲ 类，城市集中式饮用水水源水质达标率 100%。近岸海域水质持续保持良好。完成 1728 个自然村生活污水治理设施建设，完成 8 个乡级集中

▼ 美丽的水东湾新城区

式饮用水水源地环境问题整治任务，完成 20 个入河排污口和城区 6 个超标入海排污口整治。净土保卫战、镇级生活垃圾简易填埋场整改进展顺利，乡村"四小园"（小公园、小菜园、小果园、小花园）建设全面推进，全区完成"四小园"建设 6485 个。开展乡村绿化美化工程 5000 多宗，创建省级卫生村 18 个、市级卫生村 5 个。

百姓富。全区 35 个省定贫困村全面脱贫，积极响应省"万企帮万村"行动，组织开展"千企帮千村"行动。实行"一企一村一策""一个项目一个团队"等扶贫暖企措施。2020 年成功入选全国新城区综合经济竞争力 100 强。相比于 20 世纪 60 年代不到 200 元的人均纯收入，如今的城镇常住居民人均可支配收入达 2.97 万元，农

▲ 电白县域副中心沙琅新姿

▲ 电白美丽新农村一景

村常住居民人均可支配收入 1.99 万元，分别增长 150 倍和 100 多倍！如今，电白城乡面貌翻天覆地，广大城乡到处都是洋楼，交通四通八达，人民群众生活富裕，安居乐业。

干劲足。全区干部在茂名市唯一履行上下班"打卡"制度，出台措施全面整顿"怕、慢、假、虚、庸、懒、散、贪"等八种不良作风，并对"出勤不出工、出工不出力"、不担当不作为慢作为乱作

▲ 方便群众办事的电白区公共服务中心

为、推诿扯皮和"脸难看、话难听、事难办"等方面开展专项整治，全区机关作风建设明显好转，一个"能干事"和"干成事"的氛围正在电白大地形成。

事业兴。全区文教体卫等各项社会事业蓬勃发展。教育方面，全区现有普通高校 3 所，在校学生 2.36 万人；普通中学 44 所，在校学生 7.79 万人；小学 381 所，在校学生 13.45 万人。着力办好人民满意的教育，继续加大教育投入，2020 年全区通过集团化办学、办分校区、抱团发展联盟等方式，促进义务教育学校均衡发展。全年下拨小规模学校和乡镇寄宿制学校建设资金 9917 万元。投入 1600 万元新建和改扩建一批幼儿园，竣工项目 18 个。投资 4600 万元扩建的电白一小沙琅校区（沙琅新城小学）于 2021 年秋季学期投入使用。华南师范大学附属电白学校投入使用。广东实验中学电白班、广州大学附属中学电白班初见成效。全年高考成绩取得新突破，全区上优先投档线人数 761 人，优先投档线、本科线上线人数均创电白建区以来历史新高，实现连续三年大幅度提升。中考成绩喜人，获得多项全市第一，全市中考总分前 10 名，电白占 5 名，优质生源培养效果显著，学科教学质量整体提升。卫生方面，全区共有医院 40 所（其中乡镇卫生院 37 所），增设床位 7122 张。全年投入资

▲原电白一小新校区建成投用后，区委、区政府决定以老书记的名字将该校命名为茂名市电白区占鳌小学。上图为改名前的电白区第一小学，下图为改名后的茂名市电白区占鳌小学正门

▲ 以老书记王占鳌名字命名的占鳌水厂

金 11.7 亿元，改扩建或整体搬迁新建区直医院 3 间，其中包括区人民医院改扩建工程、区中医院和区妇幼保健院整体搬迁新建工程。文体方面，全区文体设施建设全面推进，建设体育公园 4 个、足球场 17 个、文体广场 2 个，"好心戏台" 10 个，推进全民健身运动，安装一大批文体健身设备，为广大人民群众营造良好的文化娱乐和体育健身环境。区博物馆被评为国家三级博物馆，新建区博物馆、美术中心完成主体结构封顶，区图书馆、综合档案馆、规划展览馆项目正在动工建设。

请看以下这几组数据：

翻天覆地的交通建设。全区公路通车总里程达 6308.14 公里。其中：高速公路里程 123.29 公里，国道（G228 线、G325 线）120.6 公里，省道 303 公里，县道 106.62 公里，乡道 1599.24 公里，村道 606.39 公里，乡村小路 3449 公里。公路桥梁 521 座 /13790 延米。主城区所有半截路全面开工，电白大道、凤凰大道、水东大道、迎宾大道、海滨大道、向洋大道正以新的面貌展现在人们面前；沿海观光公路茂名段全面动工，连接该观光公路的粤西地区最长的水东湾跨海大桥胜利建成通车。

▲ 夜幕下的向洋大道与海堤路相辉映

　　滨海绿城强势崛起。水东城区环境大变样，城区人民路、新湖路、厂前路和东湖、西湖改造工程全面完工，水东海堤全线贯通并设置城区环水东湾绿道，红树林科普栈道美轮美奂，成为人们休闲、健身、科普的好去处。华侨城、保利大都会、碧桂园等大型房地产强势进驻，万达广场建成开业。

　　美丽乡村与乡村振兴全面开花。2020年，电白区100%行政村完成村庄规划，农村集中供水工程扎实推进，全域集中供水管网覆盖3636个自然村，覆盖率96.83%；完成"四好农村路"硬底化建设任务231.54公里，完成率100%；317个建制村通客车率100%；全区建有区级农村物流服务中心16个，镇级服务站177个，村级服务点373个。完成202个村卫生站规范化建设，完成率100%。建设小公园、小菜园、小果园、小花园等"四小园"6485个，100%完成"三清三拆三整治"，全区行政村、自然村全部实行垃圾收费制度，建污水处理设施自然村442个，完成率94.61%，达到省定指标。

▲ 当年由老书记王占鳌带领电白人民建起的东湖，后几经改造，成为美丽的公园

▲ 当年由老书记王占鳌带领电白人民建起的西湖，如今几经改造，变得更美丽迷人

▲ 林头镇槟榔村新貌

▲ 浪漫海岸

　　幸福城市亮点纷呈。全面打赢脱贫攻坚战，群众的获得感和幸福感大为提高。电白主城区框架从35平方公里拓展到55平方公里，区委、区政府致力推进美丽圩镇、精品镇建设，全力打造"两个一百里"生态风貌带（沙琅江沿江百里风光带、水东湾环湾百里风景带）和提升主要交通道路风貌带，随着城市道路、绿化、公用事业、民生工程等重点项目的投入使用，如区体育公园、区中医院、区妇幼保健院、占鳌水厂的相继投用，区博物馆、图书馆、美术中心的相继投入建设，向洋大道等13条"半截路"（断头路）的顺利建成通车和人居环境的全面改观，以及电白成为国家文明城市、国家卫生城市，一个全新的宜居宜业宜游的山海好心之城正在南海之滨强势崛起！

▲ 深茂铁路电白站

▲ 新建成的开元路

▶ 城区西湖公园的占鳌广
场，安放老书记王占鳌铜像
的地方成了群众的打卡地

看吧！敬爱的王占鳌老书记，如果您的在天之灵能再一次回到您的
第二故乡电白，亲眼看到如今日新月异的电白、粤西经济排头兵的电白、
"非珠"地区经济第一强区的电白、繁荣富强惊天巨变的电白……您一
定会深感宽慰、含笑九泉了！

附录

王占鳌主政电白时期中共电白县委书记年表

中共电白县委员会

第一书记：陈兆荣（1950.11—1951.6）

书　　记：陈光华（1950.6—9）

　　　　　孙子彬（1950.10—11）

　　　　　马伯雄（1951.12—1952.12）

第二书记：钟正书（1950.11—1951.6）

　　　　　陈兆荣（1951.6—1952.12）

　　　　　王占鳌（1952.12—1953.1）

第三书记：王占鳌（1952.8—12）

第一书记：马伯雄（1953.1—1956.6）

　　　　　王占鳌（1953.4—1956.6）

第二书记：王占鳌（1953.1—4）

　　　　　陈荣典（1954.9—1956.3）

中共电白县第一届委员会

第一书记：陈荣典（1956.6—1957.3）

　　　　　王占鳌（1957.3—1961.10）

书　　记：陈荣典（1957.3—1958.9）

　　　　　黄成海（1956.6—1958.8）

　　　　　梁兴进（1956.6—1957.10）

阎富有（1956.6—1958.9）

张兆孝（1956.6—1958.9）

中共电白县第二届委员会

书　　记：王占鳌（1961.10—1964.6）

陈华荣（1964.6—1968.9）

后 记

为深入贯彻落实习近平总书记在庆祝中国共产党成立 100 周年大会上重要讲话精神，积极响应区委关于"学习王占鳌精神，推动电白持续高质量发展"的号召，赓续精神血脉，传承红色基因，由我创作，区委、区政府编纂的 30 万字的长篇报告文学《王占鳌》一书，终于与广大读者见面了！

本来，我以前对老书记王占鳌是一无所知的。因为 1964 年春老书记王占鳌调离电白到广州工作的时候，我都还没出生。所以少年时代的我，对谁是王占鳌自然是毫无印象的。自从我于 1985 年有幸进入基层镇政府机关工作后，才陆陆续续听到老书记王占鳌的部分感人故事，并在干部群众赞誉声中感受到了他为官与为人的伟大魅力。后来，我于 2003 年调入电白县人民政府办公室综合科工作，有幸从办公室存档的《人民心中的丰碑王占鳌》《王占鳌在电白全景纪实》等相关书籍和追忆报道中，逐渐了解到这位"焦裕禄式的优秀县委书记"一些闪闪发光的事迹。此时，他高尚清廉的为官风格和震撼人心的人格魅力便深深地感染了我。从那时起，我心胸就燃起了总有一天要好好写一写他的冲动，于是我便开始四处搜集有关王占鳌老书记的资料。2009 年，因为编写《电白县志》《中共电白历史》和《电白年鉴》的需要，我服从组织的安排调到县党史地志办工作，这使我更方便从相关党史、组织史等书籍和历史档案中，进一步对王占鳌在电白工作 13 年中的所作所为有了更深入更具体的了解。2016 年，为写好《王占鳌》一书，我自费到王占鳌的故乡山西省长治市武乡县采风，对王占鳌南下电白之前的事迹作更深入考究。其间，我得到中共长治市委党史研究室和中共武乡县党史、档案部门的大力帮助和支持，获得了大量的有关王占鳌早年参加革命工作的详细资料和部分老照片，补上这段不可或缺的素材，成为一段珍贵的史料，这为我动笔创作《王占鳌》一书打下了坚实的基础。及至 2017 年，我参加由乡贤杨振鑫捐资近 50 万元兴建、在电白城区西湖占鳌广场的王占鳌铜像落成仪式，时任电白区委常委、组织部部长欧美霖在现场指着老书记王占鳌的铜像对我说："现在全国上下都非常重视党史学习教育，你能不能搜集一下这位电白人民爱戴的好书记一生事迹材料，写出一部有分量的纪实文学《王占鳌》，公开出版并印发给全区广大党员干部和群众学习用呢？"

啊，这真是天助我也！我当场对欧常委说："我已在这方面下了一番功夫了，只是还没动笔而已。那就让我试试写《王占鳌》吧！"于是，我很自信地接受了领导交办的这个光荣任务。不久，我便列出了纪实文学《王占鳌》一书的详细写作大纲。全书除序言、引子、后记外，正文共分八大章，每章分五节，全书不多不少刚好四十节。我将精心拟就的写作大纲提交给区领导审定，待我拿到批示后，在 2019 年春起便正式动笔进行创作。写了两个月，因我自身工作太忙，一边要编年鉴，一边要爬格子（其间还应茂名市老战士联谊会和电白区老促会的约稿分别撰写长篇纪实小说《浴血芳华——李嘉梁之模烈士的故事》和《茂名市电白区革命老区发展史》），实在是没有一个稳定的创作时间，且也经常没能静下心来写作，故《王占鳌》第一章五大节居然写了半年时间也无法脱稿。这样到了年末，近一年时间也才写了两三章共六七万字，离领导的要求实在是相距甚远。

2020 年春，一场突如其来的新冠肺炎疫情，更是打乱了我的创作计划。我就这样写写停停、停停写写，时间都过去两年多了，也没能完成《王占鳌》一书的初稿。

庆幸的是，我在艰难的创作过程中，始终得到王占鳌二女儿王改英

（现名王武军）阿姨的鼎力帮助和支持。当她得知我搜集了大量写作素材，要全景式地书写她父亲伟大而光辉的一生时非常高兴，当即赞同和支持我的写作计划。她说："小吴，那你好好写吧，写作过程中有什么具体问题随时联系我。"从此之后，我总免不了要经常打扰她、麻烦她，但她每次对我的电话或微信"骚扰"毫无怨言，总是不厌其烦地给我讲述有关她父亲的一点一滴和不为人知的细节。最令我钦佩和感动的是，在我两年多的创作过程中，我每写好一个章节，便会立即与她沟通并第一时间以文档形式发送给王阿姨审阅。尽管她也上了年纪身体不太好，但她每次收到我的书稿，还是十分认真地一章一节、一字不漏地看完，然后再告诉我需要注意和修改的具体细节。更难得的是，收录在本书中许多与她父亲相关的老照片，都是她亲自提供给我的。所以说，王改英阿姨为本书的成书提供了巨大的支持！

在这里需要特别说明的是，为了保证《王占鳌》一书的质量和顺利出版，中共茂名市电白区委、茂名市电白区人民政府专门成立了强有力的《王占鳌》编委会（期间因人事变动作了多次调整，现附本书前面的编委会成员是最新的调整名单），并指定由原在王占鳌书记身边工作过的、茂名市政协原主席吴兆奇，王占鳌书记的亲生女儿王改英任荣誉顾问，总顾问则由中共茂名市电白区委书记谭剑锋担任，顾问由电白区委副书记、区长陈研，区人大常委会主任谢金坚，区政协主席阮汉担任。编委主任由区委副书记、区长陈研担任，常务副主任由区委副书记、政法委书记李院新兼任，副主任则由区委常委、宣传部部长黄小猛，区委常委、组织部部长、区委党校校长顾兴伟，副区长罗亮兼任。编委会成员则由区委办公室主任周辉江，区政府办主任梁建锋，区委组织部副部长张永顺，区党史地志办主任陈明校，区委党校常务副校长张辉，区党史地志办副主任吴望星、车国辉等相关人员担任。全书主编由区委常委、组织部部长、区委党校校长顾兴伟兼任，执行主编由区党史地志办主任陈明校兼任；副主编由吴望星、车国辉兼任；全书稿由中国作家协会第十届全国委员、吉林省作家协会副主席、第六届鲁迅文学奖获得者任林举任总编审。参加全书编辑和历史事件把关的人员有：王改英、梁以群、李爵勋，老党史人吴生，区党史地志办地志股股长谢树银，原电白县文联主席叶锦，广东省作家协会会员黎衍俊、黄桦，作家、剧作家、"电白通"陈毅艺，以及老干部梁梓材、李雄、罗兆兴，还有校对人员王玉瑜、杨奕文等。最令作者感动的是，区委书记谭剑锋同志在审读了部分书稿后，在百忙中亲笔给《王占鳌》一书撰写了一篇高质量且感情真挚的序言。广东省人民政府文史馆员、广东岭南诗书画研究院执行院长胡江教授就全书的美术排版提出了指导意见。国家一级美术师、茂名市书画院院长、中央文史研究馆书画院研究员、国家开放大学特聘教授、中国书法家协会会员、广东省书协理事廖静亲笔为本书题写了书名。区新闻中心以及王改英、蔡焕、曾庆鑫、刘泰、林宗瑜、周启昌、何伟、黄修金、张越军等也给了我大量珍贵的照片，给全书增色不少。全书清样出来后，编委会还专门组织区委办及相关专业人员对全书内容进行进一步的审阅、修订和定稿。为了能让本书顺利公开出版发行，区财政局在财力上也给予大力支持，这为《王占鳌》一书的公开出版注入了强大的底气。另外，广州恒鑫地产集团有限公司、电白老革命杨瑞春家族旗下公司——广州名花香料有限公司以及作者所在单位区党史地志办等也对《王占鳌》一书的创作出版给予大力支持。借此机会，让我对电白区各级领导、各相关部门、全体编委会成员以及社会各界人士的无私奉献与鼎力支持，一并表示最衷心的感谢！

还有一个好消息要告诉大家的是，在长篇报告文学《王占鳌》一书即将出版之际，我被省里评为"广东党史专家"，还被茂名市列为市党史讲师团的一员；革命烈士李嘉的母校——广东茂名幼儿师范专科学校特聘我为该校客座教授，这真的有点受宠若惊之感。对各界巨大的关心支持，本人在此深表谢忱！

老书记王占鳌同志的一生，是战斗的一生、光辉的一生、伟大的一生。正如爱尔兰剧作家、诗人萧伯纳的这段名言所说的："人生是什么？人生不是一支短短的蜡烛，而是一支由我们暂时拿着的火炬，我们一定要把它燃烧得十分光明灿烂，然后交给下一代的人们。"

从本书中，读者不难发现，这位老书记从参加革命直至病逝，他一生都在为党、为国家、为人民，如春蚕一样吐尽了最后一缕茧丝，他这光辉伟大的一生，不正是对萧伯纳这段经典名言的最好诠释吗？！

今天，我们手捧沉甸甸的《王占鳌》，就是要以老书记王占鳌作为我辈学习的好榜样，要从老书记的身上汲取丰富的精神营养，学习他公而忘私、廉洁自律、战天斗地的革命精神，学习他心中有祖国、心中有人民、时刻为人民谋利益的高尚情操，学习他"为民服务孺子牛、创新发展拓荒牛、艰苦奋斗老黄牛"的"三牛"精神，全心全意为人民服务，为建设宜居宜业宜游的山海好心之城和平安有序的新电白及打造"非珠"地区经济第一强区贡献自己的青春和力量！

最后还有一个好消息要告诉大家的是，在本书即将付梓之际，区委、区政府、区教育局研究，决定将新建成的电白一小新校区正式命名为"占鳌小学"，这是对老书记王占鳌最好的纪念。

亲爱的读者，由于作者水平有限，加上时间仓促，本书难免有不尽如人意之处，恳请大家提出批评，以便将来有机会再版时改正。

吴望星

2022 年春记于水东陋室